Zes maanden zonder

Charlotte de Monchy bij Boekerij:

Zes maanden zonder
Enkeltje Ierland
Eens gegeven

www.boekerij.nl

Charlotte de Monchy

Zes maanden zonder

BOEKERIJ

Eerste druk 2014
Achtste druk 2018

ISBN 978-90-225-8410-1
ISBN 978-94-6023-924-3 (e-boek)
NUR 301

Omslagontwerp: © Johannes Wiebel | punchdesign
Omslagbeeld: Shutterstock.com (Rafal Olkis; Canicula)
Zetwerk: CeevanWee, Amsterdam

Voor David natuurlijk

1

Het voordeel van een affaire met je baas is dat hij je niet geïrriteerd aankijkt als je veel te laat op kantoor komt na een potje ochtendseks, dacht Robin. Het nadeel zou ze zo dadelijk ondervinden.

'Maak je het uit omdat ik van sjaaltjes hou?' Sandor keek Robin niet-begrijpend aan.

Robin probeerde zo ver mogelijk bij hem vandaan te schuiven. Waarom had ze dit gisteravond niet gedaan? Ze was het echt van plan geweest. Waarom was ze toch met hem tussen deze glibberige, violetkleurige lakens beland? Met twee handen pakte ze haar hoofd vast. Er leek een fanatieke dwerg met een pikhouweel in te zitten. Het kleine mannetje herinnerde haar aan alle scroppino's die ze, leunend tegen de oplichtende bar, in een foute tent in het centrum hadden staan wegwerken. Na genoeg drankjes had ze beide uiteindes van zijn sjaaltje vastgepakt en hem naar zich toe getrokken. Nu lag ze hier in zijn smetteloze huis onder zijn beddengoed van satijn en waren ze veel te laat voor hun werk.

'Ik dacht dat we het leuk hadden, dat we naar iets groters toe aan het werken waren.' Sandor deed geen enkele poging om zijn bed uit te komen. 'Ik voel me beetgenomen.' Hij pakte het sierkussen naast hem en drukte het tegen zich aan.

'Kom op, Sandor. Je doet alsof we al jaren elkaars haren uit het doucheputje vissen. We hebben het een paar keer leuk gehad maar nu moeten we er een punt achter zetten, voordat het te ingewikkeld wordt. Je blijft tenslotte mijn baas.' Robin liet haar hoofd los, zwaaide een voor een haar lange benen uit bed en bukte om haar turquoise hipster van de grond te pakken.

'Ik snap nog steeds niet wat je tegen mijn sjaaltjes hebt...'

Waar was haar bh gebleven? Ze ging plat op haar buik liggen om onder het bed te kijken. Niets. Zelfs geen stofwolk.

'Ik heb er niet zoveel mee, dat is alles.' Robin kwam omhoog. Ze moest echt snel iets aan die dwerg doen. Hebbes, haar bh hing over de auberginekleurige lamp naast het bed. Had ze meteen een mogelijke brand voorkomen. Het shirt dat ze over haar hoofd trok rook naar frituur, zweet en aftershave, die haar baas te royaal op deed. Waarom kon er ook niet meer gewoon gerookt worden in de kroeg? De alles camouflerende sigarettengeur kon ze nog wel aan 's morgens.

Ze hield een paar tellen haar adem in en concentreerde zich op haar tegensputterende maag. Toen ze die onder controle had, draaide ze zich naar hem toe. 'Het gaat niet om die sjaaltjes. Ik wil alleen duidelijk maken dat we niet bij elkaar passen. Jij hebt een blad geurkaarsen bij je bed staan en paars beddengoed dat bij je tapijt past. Je weet toch hoe mijn bureau eruitziet? Nou, zo ziet mijn huis er ook uit. Mijn ondergoed past nooit bij elkaar.' Ter illustratie trok ze haar shirt omhoog zodat haar rode bh zichtbaar werd. 'Ik ben rommelig, ook met mannen, en ik doe niet aan langetermijnplanning.' Ze moest twee keer in de lucht springen voordat ze haar skinny jeans over haar billen kreeg. 'Geloof me, Sandor, wij zijn tegenpolen. Kijk nou naar die gezellige bos anjers die jij op tafel hebt staan.' Ze gebaarde naar de hoekige, witte designvaas op tafel. 'Bij mij houdt zelfs een basilicumplant het geen drie dagen uit.' Snapte hij nu nog niet dat ze gewoon niet op hem viel?

‘Waarom zeg je niet gewoon dat je niet op me valt?’ Sandor was nu ook uit bed gestapt.

‘Ik val niet op je.’ Zo, alleen nog haar schoenen aan en dan kon ze de deur uit lopen. ‘Laten we het vergeten en gewoon weer collega’s zijn.’ Aan de felle manier waarop hij zijn benen in zijn Björn Borg-short stak zag ze dat hij boos begon te worden.

‘Nee, sorry, daar heb ik geen zin in.’

Au, haar hakken deden pijn. Ze waren ook veel te hoog voor naar kantoor. ‘Vind je het goed als ik de ochtend vrij neem? Ik wil toch douchen en andere kleren aan.’ Robin stond al bij de deur.

‘Volgens mij hoorde je me niet. Je hoeft helemaal niet meer terug te komen.’

Dit was een grapje, toch? Langzaam draaide ze zich naar hem toe. ‘Wat? Ontsla je me?’ Zijn gezicht stond bloedserieus.

‘Inderdaad. Ik denk niet dat dit de sfeer op kantoor bevordert. Privé en zaken hou ik liever uit elkaar.’ Sandor schoof zijn armen over elkaar voor zijn blote borst en lachte even.

Was dat een zelfvoldaan lachje? ‘Dat had je beter kunnen bedenken voordat je me versierde op het personeelsfeest, baas!’

‘Volgens mij was jij degene die mij uitnodigde om naar dat pornohol te gaan.’

Ah, daar had hij een punt. Zij had hem inderdaad om vier uur ’s morgens meegevraagd naar de enige bar die nog open was. Midden op de wallen. Vol dubieuze figuren. ‘Je kunt me niet zomaar ontslaan!’

‘Je contract loopt over twee maanden af, dus je mag die twee maanden nog uitzitten, maar ik kan je garanderen dat het er niet veel gezelliger op zal worden.’

Robin dacht na. Er waren twee dingen die ze op dit moment kon doen. De eerste was haar hoofd in haar nek gooien en waardig zijn appartement verlaten. De tweede was de bos paarse anjers uit de vaas halen en het bruine water langzaam over zijn zachte tapijt uitgieten.

Met natte voeten sloeg ze even later de deur achter zich dicht.

De hete douche en de dubbele dosis ibuprofen die ze, eenmaal thuis, had ingenomen, bleken niet tegen haar kater opgewassen. Gehaast, om op tijd op haar afspraak te zijn, trok ze het dikke kettingslot door de spaken van het achterwiel en wikkelde het om het stuur van haar fiets. Robin vroeg zich af waarom Roos haar op deze pechdag zo nodig moest spreken. In de stad lunchen was niets voor haar zus. Normaal gesproken at die haar meegenomen lunchpakketje efficiënt achter haar computer op, terwijl ze e-mails beantwoordde. Er was iets aan de hand. Als ze maar niet ging trouwen. Niet met hem!

Met één hand aan het stuur van haar fiets, graaide ze in haar tas naar haar zonnebril. Roos had nieuws. Dat was duidelijk. Onhandig klemde ze het zwarte Hennes-montuur tussen haar lippen, voordat ze de pootjes rechtboog en hem op haar neus zette. Misschien ging Roos het wel uitmaken en had ze een laatste zetje nodig. In dat geval was ze bij Robin aan het goede adres!

Ze negeerde het bordje VERBODEN VOOR FIETSEN en zette haar fiets tegen de enige vrije gevel in de buurt, die van een coffeeshop. Ze stak de straat over. Voor een donkerrood geschilderd winkeltje met op de ruit: DE ZOEKTOCHT, BOEKWINKEL EN TEAROOM IN ÉÉN bleef ze even staan. De koperen bellen aan de deur begonnen luid te rinkelen toen ze hem met enige kracht openduwde. Meteen werd ze begroet door een muskusachtige wierooklucht. Niet bepaald de beste remedie tegen haar achtergrondmisselijkheid. Ze baande zich een weg tussen de dromenvangers en displays met zelfhulpboeken door naar de tearoom achterin. Haar adem probeerde ze zo lang mogelijk in te houden. Het verbaasde haar niet dat alle tafeltjes in de tearoom leeg waren. Hoe kon je nou rustig thee drinken in deze allesoverheersende weeë lucht? Nog drie stappen tot de drempel. Op het kleine, schaduwrijke buitenplaatsje stonden twee tafeltjes. Aan één ervan zat Roos. Robin schoof het kralengordijn opzij, nam een grote hap frisse lucht en zette haar god-wat-gezellig-lach op. Roos sprong meteen op om haar op haar wang te zoenen.

'Je bent op tijd! Wil je ook een kopje vrouwenmix?'

Robin haalde haar schouders op en knikte.

'Wil je er een stuk bananencake bij?'

Robin knikte weer en ging op een knalgele stoel zitten. Door het raam bekeek ze haar zus, die eerst uitgebreid een praatje maakte met de lijzige jongen met paardenstaart achter de counter, voordat ze haar bestelling deed. Echt iets voor haar. Ze had vast met de jongen te doen omdat er bijna niemand op zijn terras zat. Aan de manier waarop Roos haar blonde krullen opnieuw opstak, zag Robin dat ze de tijd nam. Waarschijnlijk hadden ze het nu over het kraakpand waar hij uit moest of over zijn maandenlange reis naar Tibet, waarvan hij net terug was.

Ongeduldig met haar tong klakkend, pakte ze de mosterdgele menukaart die voor haar op tafel lag. Hij plakte. Er stond alleen maar thee op. *Zuiveringsthee, Lenteluchtmix, Zomerkracht, Vrouwenmix.* Eronder stond uitleg: *de ideale mix van biologische kruiden om klachten rondom de menstruatie te verlichten.* Menstruatie? Ze was niet eens ongesteld en als ze dat wel was geweest, dan had ze tijdig nog een dubbele dosis ibuprofen genomen. *Deze mix smaakt zacht met een frisse en tegelijk lichtbittere ondertoon.* Dit klonk toch echt weinig aantrekkelijk. De wierookgeur weerhield haar ervan om naar binnen te lopen en haar bestelling te veranderen. Door het raam zag ze dat haar zus nog altijd geduldig naar de blonde jongen stond te luisteren, die in het tempo van een schildpad in de weer was met hun thee. Ze zag hem duidelijk kracht zetten bij het snijden van de bananencake en ze had spijt dat ze die genomen had. Uiteindelijk kwam Roos met een oranje plastic dienbladje en een stralende glimlach weer naar buiten. Ze was toch niet zwanger?

'Er is een reden dat ik je hiernaartoe heb laten komen.' Ze schoof het blaadje naar het midden van de tafel. 'Ik wil iets met je bespreken, buitenshuis.'

Robin kauwde op de keiharde bananencake en vroeg zich af waarom ze niet net als de rest van de mensheid op een zonovergoten terras zaten, waar ze romige koffie verkeerd serveerden met een zoete, luchtige muffin.

'Ik ga je iets vragen en je moet heel eerlijk antwoord geven...'

'Dat doe ik toch altijd? Dat vind je toch juist zo irritant aan mij?' Robin kamde met haar vingers door haar lange bruine haar.

'Hou je vast.'

Robin pakte met veel drama beide stoelleuningen beet.

'Alex wil bij mij intrekken.'

Stilte.

'Bij ons bedoel je?'

'Nee, bij mij.'

'Bedoel je dat ik weg moet?'

'Ik vraag wat je ervan vindt. Jij woont al een tijd bij mij en ik ga je er natuurlijk niet zomaar uitgooien.'

Robin nam een te grote slok en brandde haar keel. Ze schoof de bruine mok van zich af. De kruidenthee smaakte toch weeïg.

'Neem rustig de tijd om iets anders te vinden.' Haar zus wees op de thee. 'Het is heel gezond, er zit citroenmelisse in.'

'Het is dus niet echt een vraag. Je wilt dat ik verhuis.' Robin brak de cake in stukjes en begon de dikke stadsduif te voeren die hen vanaf de grond al een tijdje verlangend aan zat te kijken.

'Het is mijn huis, Rob, ik heb het gekocht. Je mag zo lang blijven als je wilt, dat meen ik, maar als jij weggaat, trekt Alex bij mij in.'

'Waarom trek je niet bij hem in?'

'Hij moet over een maand zijn huis uit.'

'Ik voel helemáál geen druk.' Robin keek naar de felle blos op de wangen van haar zus. Dit was moeilijk voor haar. Het was on-Roos.

'Zo bedoelde ik het niet.'

'Wel toevallig dat hij ineens wil samenwonen als hij zijn huis uit moet.'

Roos zuchtte diep.

'Waarom wilde je het per se hier vertellen? Het is niets voor jou om je lunchpauze op te offeren.'

'Het is hier zo sereen. Het leek mij een fijne plek om dit nieuws te brengen.'

De jongen met de paardenstaart bond het kralengordijn op, ging in de deuropening staan en tuurde wazig voor zich uit. Robin wou dat hij wegging. 'Je bent de tweede met slecht nieuws vandaag. Ik ben mijn baan kwijt.'

'Jeetje Rob, dat wist ik niet. Wat erg!' Roos sloeg allebei haar handen voor haar mond.

'Ik moet nadenken. Ik zie je thuis wel. Bij jou thuis bedoel ik dan, hè!'

'Blijf nou.'

'Ik ben liever alleen.' Ze stak haar hand op als afscheid en schuurde op weg naar de uitgang met haar rug tegen de deurpost om langs de smoezelige jongen te komen zonder hem aan te hoeven raken.

Haar fiets was weg. Robin vloekte binnensmonds terwijl ze een stuk de straat in liep. Halverwege stond ze stil en zuchtte opgelucht. Met een paar harde rukken trok ze haar oude barrel los uit de kluit fietsen waar hij waarschijnlijk tegenaan was gesmeten. Het gevolg was dat het voorwiel aanliep. Afstappen en er een schop tegen geven hielp doorgaans, maar daar had ze geen zin in. Het ritme waarmee haar wiel tegen het spatbord schuurde, deed haar denken aan de dancemuziek die ze gisteravond draaiden in de club waar ze met Sandor was geweest.

Waarom was ze met hem meegegaan? Ze vond hem niet eens leuk. Zijn naam vond ze ook stom. Wie noemt zijn kind nou Sandor! Noem hem dan gewoon Sander. En dan dat aangeharkte appartement! Stond er een glas wijn op het aanrecht, dan pakte hij meteen een papieren wegwerpdoekje om de kringen weg te boenen. Hij had zelfs onderzetters! On-der-zetters! Van kurk!

Hij maakte het feit dat ze vrijgezel was alleen maar eenzamer. Alcohol en mannen. Beide zorgden ervoor dat ze dingen deed waar ze niet trots op was. Ze voelde hoe haar shirt tegen haar buik plakte. Het leek wel of ze de Mont Ventoux beklom, zo fanatiek trapte ze. Ze moest iets rigoureus verzinnen om haar leven een nieuwe wending te geven. Rode stoplichten negeerde ze zo veel mogelijk. De beat van haar voorwiel klonk steeds sneller. Mannen en alcohol. Ze was er klaar mee. Nog twee straten en dan was ze er. Voor de laatste bocht nam ze een beslissing. Een heel belangrijke.

Thuis liep ze rechtstreeks naar de buffetkast in de woonkamer en pakte er een krat uit. Vervolgens zocht ze een oud T-shirt en begon dat in stukken te scheuren. Daarna ging ze met een busje zilverpoetsmiddel aan de eettafel zitten en pakte een voor een de zilveren voorwerpen uit het krat.

Het lullige van de hele situatie was dat ze niet eens boos kon zijn op haar zus. Alex was al een jaar haar vriend. Het sprak voor zich dat ze privacy wilden. Dat ze er niet op zaten te wachten dat zij binnen kwam lopen als hij diep in de nacht in een boxershort een pak Franse kwark stond uit te lepelen in de keuken. Of dat ze geen zin meer hadden om getuige te zijn van het feit dat zij op zaterdag met opgenomen versies van *Nederland in Beweging!* meedeed in de huiskamer.

Robin bekeek alles wat op tafel lag en pakte uiteindelijk het gembercouvert op. Met haar vingers streek ze over het familiewapen op de lepel. IJverig begon ze daarna te poetsen tot het setje glom. Roos had natuurlijk een strakke planning in haar hoofd. Waarschijnlijk een jaar latrelatie, daarna een jaar samenwonen en dan zwanger worden. Vroeger was ze al zo geweest: Robin was meteen na het krijgen van haar wekelijkse zakgeld naar de snoepwinkel gerend om zure matjes te halen, terwijl Roos net zo lang had gespaard tot ze het pastelkleurige My Little Pony-kasteel kon kopen dat bij de speelgoedwinkel in de etalage had gestaan. Maanden achtereen hadden ze samen dromend tegen de ruit staan ademen, opkijkend naar het lichtgroene plastic gebouw. Het had pijn gedaan toen Roos uiteindelijk de winkel uit was gelopen met de enorme doos in haar handen geklemd.

Robin legde het couvert terug op tafel en pakte een doffe, bruin geworden natfruitschep op. Roos had Alex leren kennen op haar werk. Ze had netjes gewacht tot ze bij een ander advocatenkantoor was gaan werken voordat ze met hem uit eten ging. Roos was duidelijk de verstandigste van de twee zussen.

De talloze gaatjes in de onderkant van de zilveren lepel zorgde ervoor dat ze wel even bezig was. Beelden van vroeger schoten door haar hoofd. Roos in een donkerrode capuchontrui met een lichte bolling eronder, van de huissleutel die ze om haar nek droeg. Later had zij diezelfde trui ook nog gedragen. Tegen die tijd hadden alleen de stiksels nog de originele donkerrode kleur gehad. De rest was vaal geworden. Hun moeder was nu eenmaal geen winkelmoeder geweest. Als manager bij een Nederlandse telefoonmaatschappij was ze veel aan het werk. Net als hun vader, die een eigen verzekeringskantoor had. Na school nam Roos haar bij de hand en gingen ze naar oma. Ze hield van de geur daar; het rook er naar oud tapijt en gekookte aardappelen. Oma leek altijd alle tijd van de wereld te hebben.

Robin pakte de bus zilverpoets en hield hem ondersteboven. Een paar klodders vielen op haar doek. Uit de voorwerpen voor haar koos ze een setje theelepels en met haar vinger wreef ze met kleine bewegingen alle zes de lepeltjes nauwkeurig op tot ze blonken. Het klusje gaf haar rust. Gezien de grote hoeveelheid zilveren snuisterijen op tafel kon ze nog minstens een uur vooruit.

Ze had net haar propedeuse Communicatiewetenschap gehaald, toen haar ouders vertelden dat ze een boerderij hadden gekocht in Nieuw-Zeeland. Een nieuw hoofdstuk in hun leven, noemden ze het. Binnen drie maanden waren ze vertrokken. Robin was nog niet bij ze op bezoek geweest. Ze was het in de toekomst ook niet van plan.

Toen ze bij de laatste sauslepel was aangekomen, hoorde ze de deur beneden dichtvallen. Roos' voetstappen herkende ze uit duizenden.

'Heb je al oma's zilver gepoetst?' Ze schudde haar hoofd. 'Het is hier zo'n zooitje en dan ga je uitgerekend dat oude bestek oppoetsen.'

Robin keek om zich heen. Naar haar mening was het best netjes in huis. 'Ik hou van die oude spulletjes. Ik moest nadenken.'

Roos zette een tas met boodschappen op het aanrecht en ging voor haar staan, met haar handen in haar zij. 'Luister Rob, je bent mijn zus en ook al ben je een ontzettende viezerik, je mag hier zo lang blijven als je wilt. Ik hoop wel dat dat duidelijk is...'

Robin rolde het blinkende zilver zorgvuldig een voor een in een stukje keukenrol voordat ze het terug in het krat stopte. 'En jouw geluk in de weg zitten? Ik snap heel goed dat je wilt samenwonen. Praktisch gezien woont hij hier al. Ik heb gewoon een beetje een rotdag...'

Roos liep terug naar het aanrecht en begon de boodschappen uit te pakken. Opeens moest ze lachen. 'Heeft hij je eruit gegooid omdat je hem ging dumpen?'

Verbaasd keek Robin op. 'Waarom denk je dat?'

'Ik ken jou, zusje. Jij loopt altijd met een grote boog om de mannen heen die je leuk vindt. Pas als je zeker weet dat je niet op iemand valt, ga je een relatie met hem aan, om hem vervolgens binnen zes weken te kunnen dumpen...'

'Nou ja!'

'Er is genoeg bewijsmateriaal voorhanden.' Ze haalde een pot pindakaas uit de tas en wees ermee in de richting van Robin. 'Weet je Max nog? Die sportleraar met dat litteken in zijn wenkbrauw...'

'Gaan we oude koeien uit de sloot halen? Je moet toch af en toe iets proberen in je leven? Niet iedereen is zo serieus als jij. Trouwens, dat litteken was sexy.'

'Het was inderdaad fijn om naar hem te kijken.'

'Oké, hij was niet de slimste en hij beheerste de Nederlandse taal niet helemaal...'

'Het was de enige taal die hij sprak!'

'Jeetje Roos. We maken allemaal wel eens een foutje!'

'Of die jongen die slangen hield thuis en je telkens vroeg om een muis mee te nemen van de dierenwinkel?' Roos legde alle ingrediënten voor het eten naast elkaar op het aanrecht en begon een ui te snijden.

'Jeroen, gadver!'

'Of de Turkse groenteboer van de winkel hier om de hoek, waar jij van de een op de andere dag niet meer naar binnen wilde? Of...'

'Ja, nu weet ik het wel!' Robin stak ter overgave haar handen in de lucht. 'Ik ben er ook niet echt trots op. Ik weet ook niet waarom ik die mannen uitkoos.'

'Omdat je er zeker van was dat ze jou niet zouden kwetsen. Dat is toch duidelijk?'

'Bedankt voor je diepgaande huis-tuin-en-keukenpsychologie. Heb je zeker opgedaan in dat tentje van vanmiddag.'

Roos ging op haar hurken zitten en stak haar hoofd in het kastje onder het aanrecht. 'Daar gaat toch de helft van die clichématige damesromannetjes over?' Ze stond op en zette met een klap een gietijzeren pan op het fornuis.

'Waarover?' Robin keek op van haar inpakwerk.

'Over vrouwen die mannen op afstand houden omdat ze bang zijn gekwetst te worden.'

'Er is toch niets mis met ongecompliceerd lol hebben?'

'Hoezo ongecompliceerd?' Roos maakte zorgvuldige draaibewegingen met de fles olijfolie, zodat er precies genoeg olie in de pan kwam.

'Omdat je zeker weet hoe het afloopt. Het is vanaf het begin duidelijk dat je iemand over niet al te lange tijd nooit meer ziet en dat vind je niet erg.'

'Ik denk alleen niet dat je ver komt met dat soort ongecompliceerde lol. Durf jezelf eens te verliezen! Doodeng, maar dan kom je misschien nog eens iemand tegen die blijft hangen. Met wie je wat opbouwt.'

'Zodat ik uiteindelijk kan gaan samenwonen en mijn zus het huis uit kan gooien?'

'Jemig, wat kan jij slecht tegen kritiek!'

Robin scheurde een stuk keukenpapier af voor het laatste stuk zilver. 'Roos, dingen gaan zoals ze gaan, ik heb er geen invloed op. Ik zie een man en het gebeurt. Ik denk er niet bij na.' Ze zuchtte diep. 'En nu een ander onderwerp graag.'

'Waarom zitten er gaten in die lepel?' Roos knikte naar de lepel in Robins handen.

'Omdat het een suikerstrooier is, je kunt hem in de suikerpot doen en dan zo,' Robin wiebelde met de lepel heen en weer, 'over de aardbeien strooien of over je pannenkoek. Handig hè!'

'Hoe komt het toch dat jij altijd irrelevante informatie paraat hebt?'

'Omdat ik het leuk vind. Ik hou van ouderwetse spullen. Er kleeft een bepaalde romantiek aan vast. Weet je niet meer hoe oma altijd alles uitstalde?'

Roos schudde haar hoofd. 'Nee, ze heeft er goed aan gedaan al het zilver aan jou na te laten. Ik herinner me eerder het eindeloze gekibbel met opa.'

'Misschien is dat wel waarom ik geen vaste relatie wil.' Robin rolde dramatisch met haar ogen. 'Ik ga dit opruimen.'

'Waarom heb je het helemaal niet over je baan? Het lijkt wel of er niets is gebeurd.'

Robin probeerde zo snel mogelijk een wortel te snijden en gaf geen antwoord.

'Zeg op!'

Ze pakte de volgende wortel uit de zak. Dat moest toch sneller kunnen. 'Ik deed de distributie voor een kledingmerk dat alleen maar grote maten verkoopt. Ik heb daar op de wc alle drie seizoenen van *The Killing* uitgekeken.'

'Jeetje, op je mobieltje?'

'Nee, ik nam mijn tas mee naar de wc met jouw iPad erin.'

'Werd je dan niet gemist?'

'Ik zei altijd dat ik een bespreking had in het magazijn.' Ze keek naar Roos die haar verbluft aanstaarde. 'Sorry Roos, maar als je de hele tijd dozen met reusachtige huidkleurige bh's aan het in- en uitpakken bent en daar vervolgens een Excel-bestand van maakt, dan moet je soms een verzetje.'

'Misschien ben je indirect wel met je baas naar bed gegaan omdat je van die baan af wilde?' Roos trok een ooglid naar beneden, alsof ze iets heel slims had gezegd.

'Dat lijkt me een brug te ver. Au!' Robin sneed in haar vinger.

'Stop hem onder de kraan! Hier.' Roos zette de koude kraan aan.

'Ik heb een beslissing genomen op weg naar huis vanmiddag...'

'Alex eet ook mee, trouwens.'

'Ik ga zes maanden geen alcohol drinken en niet met mannen mee.'

'Jeetje.'

'Ik heb het geld van oma nog, dus ik hoef niet meteen een andere baan te vinden.

Eerst heb ik tijd nodig om na te denken. Ik wil niet zomaar weer in een andere middelmatige baan duiken. Misschien ga ik wel op reis.'

'Dat lukt je nooit.' Roos zocht in het laatje naast het fornuis naar een pleister.

'Hoezo niet? Ik heb de halve wereld rond gereisd.'

'Ik bedoel dat van die mannen en de alcohol.'

'Alsof ik alleen maar dronken aan het sletten ben!'

'Het houdt anders wel verband met elkaar, als jij veel drinkt, word je nogal aanhankelijk.'

'Daarom wil ik er dus mee stoppen. Zullen we wedden dat het me lukt?'

'Het lukt je toch niet.' Roos stak vastberaden het laatste stuk wortel in haar mond.

'Als het me lukt, zoen jij met een man van mijn keuze.' Robin draaide de kraan dicht en wond de pleister die Roos had klaargelegd om haar vinger.

'Hoe kan dat nou! Ik ben toch met Alex. Die vindt dat nooit goed.'

Robin haalde haar schouders op. 'Je weet toch zeker dat het mij niet lukt? En trouwens, ik zou een heel leuke man voor je uitzoeken. Iemand die écht bij je past...'

Roos stak afwerend haar handen in de lucht. 'Niet weer die discussie. Ik hou nu eenmaal van Alex. Maar ik ga akkoord. Het lukt je toch niet! En als het wel lukt om een half jaar nuchter te blijven en geen man aan te raken dan zoen ik, als diegene het ook wil, met de man van jouw keuze. Ik bedenk ook nog een goede voor jou, geef me even...'

Robin pakte de pollepel van Roos over en roerde een paar keer door de saus. Het was altijd haar zus die het voortouw nam met het eten. Waarom eigenlijk? Zij kon toch ook best wat vaker boodschappen doen en koken? Dat werd haar tweede goede voornemen.

'Oké! Hou je vast. Als je het niet volhoudt, dan blijf jij een nacht bij Barry slapen!'

'Wat! Dat kun je niet maken!' Robin zwaaide met de pollepel waar nog pastasaus aan zat naar haar zus. 'Ik vraag jou alleen maar om een kus met een leuke man en ik moet met de onderbuurman die in een invalidekarretje rijdt naar bed!'

'Je vraagt mij om vreemd te gaan en mijn relatie op het spel te zetten. Gadver, nu zit er bolognesesaus op mijn Anne Fontaine-blouse!'

Roos liep naar de badkamer.

'Trouwens, hij is niet invalide,' riep ze boven het geluid van de stromende kraan uit. 'Hij heeft dat karretje alleen omdat hij overgewicht heeft.'

'Nee, dat helpt!' In gedachte zag ze zichzelf bedolven onder het corpulente lichaam van Barry. Als hij op haar ging liggen kwam ze nooit meer levend onder hem vandaan. En hij zou zelf waarschijnlijk ook het loodje leggen. Zo veel opwinding kon zijn hart vast niet hebben. Ze probeerde het beeld van het op en neer klotsende, rood aangelopen lichaam van Barry van zich af te zetten. Waarschijnlijk wilde Barry helemaal niet met haar. Was ze niet eens zijn type. Roos had haar echt een reden gegeven om het zes maanden vol te houden. 'Ik ga akkoord!' riep ze luid.

Roos stak haar hoofd om de badkamerdeur. 'Echt?' Ze klonk verbaasd.

'Echt!' Robin spuugde in haar hand en liep op Roos af.

'Hè bah, moet dat?'

Robin bleef voor haar staan met haar hand uitgestoken. Roos zuchtte, spuugde op haar hand en pakte die van haar zus stevig vast.

2

Granmoore, Ierland

Sam stond op het dorpsplein voor de bloemenwinkel van haar moeder. Ze snakte naar een koud biertje. En niet naar zo'n bescheiden blikje. Een halve liter blik. Ook verlangde ze ernaar om haar acht centimeter hoge hakken uit te schoppen. Het voordeel van pumps kopen bij Primark was de prijs. Het nadeel was dat je ze maximaal twee uur kon dragen voordat de slechte pasvorm pijnlijke, donkerrode striemen in je huid veroorzaakte.

'Zo, nou, dan ga ik maar.' Kenneth opende het portier van zijn donkerblauwe Audi en leunde er met zijn arm overheen.

'Oké!' De poging om haar stem enthousiast te laten klinken mislukte. Sam wilde dat hij voortmaakte. Zijn getreuzel was een spel. Allebei wisten ze dat hij zou gaan, dus waarom net doen alsof hij twijfelde? Met haar ene been iets van de grond, draaide ze rondjes met haar opgezwollen voet om de pijn te verzachten. Haar vlees leek aan alle kanten als rijzend deeg uit de zwarte pump te knallen. Uit respect voor haar moeder had ze op de begrafenis haar doorgaans kleurige outfit ingewisseld voor een zwart jurkje. Ze had zelfs een panty aan. Ook van de Primark. 'One size fits all', had er op het pakje gestaan, maar dat was een leugen. Het elastiek aan de bovenkant knelde verschrikkelijk.

'Weet je het zeker?' Hij zette zijn zonnebril op zijn voorhoofd, zodat hij haar vragend kon aankijken.

'Nee, Kenneth, laten we hier nog een uur op het plein blijven staan in de gloeiend hete zon. Misschien dat mijn panty dan wel spontaan ontvlamt.'

'Het is best heet in dit zwarte pak.' Hij negeerde haar kattige uithaal.

'Ga gewoon. Zet de airco aan en rij weg.'

Kenneth wierp haar een verontschuldigend lachje toe en stapte in. Sam keek hem na. Was het opluchting die ze voelde? Nadat ze de Ierse plattelandslucht diep had ingeademd, strommelde ze de trap op naar het appartement van haar moeder boven de winkel. Halverwege kwam de zoete geur van alle gekregen boeketten haar tegemoet. Eerst had ze alle vazen die ze in huis kon vinden gevuld en daarna had ze wijnkoelers en emmers gebruikt om alle bossen in te zetten. Haar moeder was blijkbaar geliefd geweest in dit dorp. Versneld strompelde ze het laatste stukje van de trap op toen ze haar telefoon hoorde.

'Gaat het wel?'

'Kenneth, het gaat prima, mijn hoofd tolt, ik moet beslissingen nemen. Dat doe ik altijd beter in mijn eentje.' Ze hijgde licht.

'Het is dat ik onmogelijk onder die vergadering uit kan morgen. Ik was liever bij je gebleven. Ik heb je amper gesproken. Het is allemaal niet makkelijk voor je.'

Sam hoorde muziek aanstaan op de achtergrond. Toen ze op hun tweede afspraakje die cd had ontdekt, had ze acuut geweten dat ze nooit oud met hem ging worden. 'Ken, ik bel je later, ja? Ik moet eerst alles op een rij zetten en bedenken wat ik ga doen.'

'Het huis van je moeder verkopen en haar winkel afronden bedoel je? Ik denk dat je alles zo snel mogelijk leeg moet maken, voordat je de makelaar laat komen. Als het allemaal weg is, kun je terugkomen naar Dublin en je leven weer oppakken.'

Als het allemaal weg is? 'Ik bel je later. Geniet jij nu maar lekker van je knuffelrock.'

'Daar ontspan ik van, dat weet je. Het was voor mij ook een heftige dag. Het is wel mijn schoonmoeder die is overleden...'

Ze was te moe om hem eraan te herinneren dat hij haar maar één keer had ontmoet.

'Sam, ik ben er vrijdag weer. Het hele weekend kan ik komen sjouwen. Moet ik Andy vragen om te helpen?'

'Mijn hoofd staat er niet naar. Nee, laat Andy alsjeblieft thuis! Dag schat!' Sam zette haar telefoon uit en ging midden in de kamer in kleermakerszit op de grond zitten. Haar hoofd leek net als haar voeten te ontploffen. Een voor een trok ze haar zwarte pumps uit en met kracht smeet ze de schoenen door de kamer. Het luchtte niet op. Een potje janken moest ze. Daar was ze echt aan toe. De dagen daarvoor had ze er nog geen tijd voor gehad. Vragen als: wat voor soort kist? Cake of taart tijdens de receptie? Watermerk of geen watermerk op het overlijdensbericht? Toespraken of geen toespraken in de aula? hadden haar afgeleid van haar verdriet. Tijdens haar laatste baantje had ze tientallen begrafenissen meegemaakt. Nu ze zelf voor al die keuzes had gestaan, wist ze pas hoe al die nabestaanden die ze eerder met haar camera had vastgelegd, zich daadwerkelijk gevoeld moesten hebben.

Met haar handen masseerde ze een tijdje haar pijnlijke voeten. De tijd om een potje te gaan grienen was nu echt aangebroken. Waar bleven die verdomde tranen als je ze nodig had? Ze trok haar jurk op en hield hem omhoog met haar tanden terwijl ze haar panty omlaag sjorde. Ze negeerde de bel. Er stond vast weer iemand met een schaal lasagne voor de deur. Het zou de vierde zijn. Blijkbaar was het de ideale rouwmaaltijd. Er was zelfs iemand geweest die er een stapel Curver-bakjes bij had geleverd, kon ze lekker hamsteren!

In de keuken hield ze haar neus boven de drie flinke schalen die op het aanrecht stonden. De middelste rook het lekkerst. In het kastje boven haar hoofd vond ze een klein schaaltje waar ze met een te kleine lepel een eenpersoonsportie in schepte. Ze hield het bakje met de rommelige inhoud voor haar gezicht. Zo zag het er ineens een stuk minder gezellig uit. Met een zetje schoof ze het bakje de oven in. Wat maakte het uit? Het ging erom dat ze iets at. Daar had haar moeder vast op gestaan. Of niet? Ze had geen idee. Close waren ze niet geweest.

Met de lepel die ze nog steeds vasthad, begon ze de overige schalen lasagne over de plastic bakjes te verdelen. Met de opgestapelde bakjes tussen haar hand en haar kin opende ze de deur van de diepvries. Daar zag ze de bevroren eenpersoonsporties soep staan. Het enige wat haar moeder nog had kunnen eten de laatste weken. Het was het bewijs dat ze nooit meer terug zou komen. De bakjes schoven onder Sams kin vandaan en kletterden op de grond. Ze voelde haar wangen nat worden. Eindelijk, daar waren de tranen. Ze liep naar haar moeders slaapkamer en ging in haar bed liggen.

'Ik kom al!' Het leek wel of een of ander vervelend kind een plakbandje over het knopje van de bel had geplakt, hij bleef maar gaan. Sam doofde haar sigaret in het halfvolle bierblikje dat nog naast haar bed stond en griste haar moeders badjas van de grond. Weer dat snerpende, indringende geluid. Waarom had haar moeder geen normale bel laten installeren! Dit ging door merg en been. Toen ze de deur eindelijk opendeed zag ze de man voor haar schrikken. Hij stak meteen zijn handen op ter verontschuldiging.

'Sorry dat ik zo aandrong, als ik had geweten...'

'Dat ik eruit zou zien als iemand die net een terroristische aanslag heeft overleefd...' maakte ze zijn zin af. Ze keek langs de man heen en zag de ronkende, met bloemen beschilderde vrachtwagen staan. 'Het is dinsdag,' concludeerde ze. Kenneth was zondagmiddag vertrokken. Had ze dan anderhalve dag in bed gelegen?

'Ja, en volgens mij kom ik erg ongelegen.' Hij tikte met zijn pen tegen het mapje dat hij in zijn hand had.

'Sorry, mijn moeder is vorige week overleden. Ik ga de winkel sluiten.'

'Ehm, wat moet ik nu met haar bestelling doen? Ik heb geen annulering ontvangen.'

'Tja... Ik kan er niet echt iets mee. De winkel is dicht...'

'Ik ga bellen.' De man liep weg.

Sam deed een paar stappen achteruit en keek in de kleine spiegel in de gang. Ze schrok van zichzelf. Haar mascara was, vermengd met haar tranen, een eigen leven gaan leiden. Haar ogen waren zwart en haar huid was bleek, wit bijna. Geïntrigeerd keek ze naar haar spiegelbeeld. Zo zou ze er dus uitzien als ze besloot 'gothic' te worden.

Met haar handen probeerde ze haar rode krullen te fatsoeneren terwijl ze diep nadacht. Ze moest zichzelf bij elkaar rapen en een lange lijst maken van zaken die ze moest regelen. Haar moeder was binnen een maand na de diagnose overleden. Ze had blijkbaar geen tijd gehad de boel te overdenken. Toen ze opzij keek, zag ze een vrouw met een rode shopper onder haar arm geklemd voor de winkel staan.

'Sorry, we gaan sluiten. Mijn moeder is overleden.' Dit was toch een gehucht, daar wist toch iedereen altijd alles?

De vrouw keek bedenkelijk naar haar gezicht. 'Dat weet ik. Ik was op haar begrafenis. Ik was ervan uitgegaan dat iemand het wel zou overnemen. Joyce werkte toch altijd bij haar in de winkel?'

Joyce! Die kon ze bellen. Sam glimlachte verontschuldigend. De vrouw liep, na een vriendelijk knikje, het plein over.

'Sorry, maar u krijgt toch de rekening als u de bestelling niet afneemt.' Gegeneerd keek de vrachtwagenchauffeur haar aan.

Sam snoerde de riem van haar moeders badjas extra strak aan. 'Dan zit er niets anders op.' Ze opende het sleutelkastje naast de deur en gaf de vrachtwagenchauffeur de winkelsleutel. 'Ik ga die winkel openen. Zet maar binnen.'

3

Energiek liep Robin de twee trappen op naar het studentikoze reisbureau in een zijstraatje van de Kalverstraat. BACKPACK WITH US... stond er boven de entree. Eenmaal binnen slenterde ze een poosje langs de tafels met klamboes, slaapzakken, sneldrogende handdoeken en first aid kits. Het rook er muf, alsof er al in de slaapzakken was geslapen en mensen zich al veelvuldig hadden afgedroogd met de handdoekjes.

Voor het uitgebreide assortiment reisgidsen bleef ze staan. Overal kon ze heen: India, Australië, Zuid-Amerika... In gedachten zag ze zichzelf in een afritsbroek, zwetend naar Machu Picchu klimmen. Het idee wond haar niet echt op. Het geld van haar oma zou na het kopen van het ticket al bijna op zijn. Dan was ze daar, en dan? Dan zou ze op zoek gaan naar een zo goedkoop mogelijke maaltijd. Waarschijnlijk zou ze daarvan aan de diarree raken en zou ze in een jeugdherberg met acht anderen op een kamer liggen te creperen, op een zompig matras met haar hoofd op een smoezelig kussen, waar ze noodgedwongen haar fotocamera en haar geld in had opgeborgen. Iedere keer als ze naar de weinig hygiënische wc moest, met dat kussen met inhoud onder haar arm (je weet nooit wie er anders snel mee vandoor gaat!) zou ze wensen dat ze thuis was.

De hevige kriebels en de hang naar avontuur die vroeger

acuut waren ontstaan bij het zien van de tafels met inklapstoeltjes en 1 kilo-tenten was drastisch afgenomen. Ze was geen student meer. Met z'n negenen in een gemengde dorm slapen waar zeker meer dan de helft zichzelf en hun kleding sporadisch waste, bleek op haar achtentwintigste ineens niet meer aanlokkelijk.

'Kan ik je helpen?'

Robin liet de Lonely Planet van Nieuw Guinea zakken en keek naar de jongen naast haar. Meteen had ze spijt van haar zes maanden weddenschap. 'Ehm, ik wil een tijdje weg, maar ik wil niet backpacken.'

'Oké, loop maar mee.'

Robin hield haar ogen op zijn goedgevormde achterwerk gericht, dat in een versleten spijkerbroek voor haar uit bewoog.

'Misschien is dit iets voor jou?' De jongen wees naar een poster boven de informatiedesk. Een stoer meisje met een bak vol appels in haar armen keek haar vanaf de muur aan. 'Werken en reizen. Goedkoop en bijzonder.'

Haar ogen gleden naar de praktische Teva's die het meisje droeg. 'Het goedkope snap ik, maar bijzonder? Wat is er zo bijzonder aan appels plukken?'

'Het gaat erom dat je de cultuur van een land extra goed leert kennen als je werkt. Je kunt ook Engelse les gaan geven in Nepal als dat je meer trekt.' Hij klonk vrolijk.

'Heb je niet iets dichter bij huis?'

'De meeste studenten willen zo ver mogelijk weg van huis. Daar is ons aanbod op afgestemd. Ik heb wel een folder over au pair worden in Parijs.' Hij trok een lade open en begon erin te zoeken. 'Anders kun je online kijken. Daar hebben we een prikbord waar mensen rechtstreeks een advertentie op zetten. Dat scheelt ook in de kosten.' Weer een stralende glimlach. 'Ah, hier is de Parijs-folder.'

Robin nam de folder aan. Er stond een meisje op de voorkant dat niet ouder dan zeventien kon zijn. Snel scande ze de folder. Op de laatste pagina stond een tarievenlijst. 'Kosten? Moet ik betalen als ik ga werken in het buitenland?'

'Meestal wel, aan het bureau dat je werkplek regelt. Het werk is meestal tegen kost en inwoning. Je houdt er misschien zakgeld aan over, maar dat is het dan ook.'

Waarom bleef deze jongen maar stralen? Zo'n geweldig product bracht hij nu ook weer niet aan de man. 'Ik kijk wel op het onlineprikbord.'

'Wij distantiëren ons wel van de geplaatste advertenties.'

Robin keek hem niet-begrijpend aan.

'Daar bedoel ik mee dat wij geen verantwoordelijkheid nemen voor, ehm, hoe kan ik dat nu eens goed formuleren...'

'Je bedoelt dat als ik ga werken voor een boer in Oekraïne die na twee dagen mijn hoofd eraf hakt, mijn familie jullie niet aansprakelijk kan stellen?'

'Ik denk niet dat er binnen onze doelgroep veel animo is om daarheen te gaan, maar zoiets ja, het is op eigen risico...' Hij keek nog altijd alsof hij net tweeduizend euro had gekrast.

Hij was toch niet zo leuk als hij eruitzag.

Vrij zijn is fijn als je een baan hebt. Zonder baan is het ineens een stuk minder leuk, bedacht Robin op de fiets naar huis. Vooral als je geen idee hebt wat de toekomst brengt. Binnen pakte ze haar laptop en zette ze een stoel op het krappe Franse balkon in Roos' slaapkamer, waar eigenlijk net geen stoel paste. Het was nogal een gedoe om er vervolgens ook nog op te gaan zitten, maar toen ze eenmaal zat en ze de zon op haar huid voelde, leek alles meteen een stuk minder erg.

Ze startte haar laptop op. In de tijd dat het ding kreunend tot leven kwam, had ze haar nagels kunnen lakken. Waarschijnlijk zou hij het binnenkort begeven. Dan zou ze naar de bieb moeten. Daar zou ze tussen de andere werklozen moeten gaan zitten, die online een baan zochten. Dat zou het teken zijn dat ze officieel aan lagerwal was geraakt.

Robin googelde de naam van de vacaturesite die als eerst bij haar opkwam. Ze kwam op een nogal schreeuwerige site. '*Vul een trefwoord in*', stond er boven aan de pagina. Daar had je het al. Als je een vage studie als Communicatiewetenschap hebt gevolgd en daarna in drie jaar tijd vier banen hebt versleten die totaal geen overeenkomsten hadden, wat is dan in godsnaam je trefwoord? Ze begon maar met het volgende veld. *Postcode en zoekstraal.* Het moest wel te fietsen zijn. Vijf kilometer? Bij gebrek aan inspiratie vulde ze als trefwoord het woord 'leuk' in en klikte op de 'zoek'-button. 96 resultaten.

Ze scrolde naar beneden om de eerste 'leuke' banen te bekijken: front end developer, kassamedewerker bij Deka, callcentermedewerker, management-assistent pensioenfondsbestuur... Het zag er allemaal even akelig uit. Ze was op zoek naar iets nieuws, iets opwindends.

Robin sloot snel de pagina af, wrong zich uit de stoel en liep naar de keuken, waar ze een groot glas limonade voor zichzelf inschonk. Eenmaal terug ging ze naar de site van het reisbureau waar ze die ochtend was geweest en klikte het 'prikbord' open. Er stonden 29 advertenties op. Dat was tenminste overzichtelijker dan de 96 resultaten van net. Robin las ze een voor een. De meeste waren afkomstig van gezinnen die een au pair zochten. Lyon, Bath, New York. New York? Waarom niet? Het bruisende middelpunt van de wereld! Robin klikte de advertentie aan.

Gezocht: Lieve betrouwbare oppas voor onze kinderen Lena (4), Sophie (3), Max (2) en August (0). Aangezien wij allebei fulltime werken en...

Snel klikte ze de advertentie weg. Vier kinderen onder de vijf? Ze snapte wel waarom die mensen fulltime waren gaan werken! Tijd voor zichzelf had ze nodig, zodat ze kon nadenken over wat ze met haar leven moest en een plan kon maken. Met vier kinderen aan je arm leek dat onmogelijk. Ze ging door: Hamburg, Nantes, het klonk niet erg aanlokkelijk. De laatste advertentie was een vacature in het plaatsje Granmoore. Ze klikte alleen maar door omdat ze nieuwsgierig was waar het lag.

Gezocht: Nederlands sprekende vrouw die af en toe wil zorgen voor ons kind hier in Ierland. Voldoende beloning en een auto zal beschikbaar zijn. Mail naar ConnorMcFarland@gmail.com

Haar buik maakte een bescheiden salto. Ierland! Daar zou ze graag naartoe gaan. Granmoore was vast een klein dorpje met een pub, een kruidenier en veel schapen. De ideale plek om na te denken en zes maanden geen seks te hebben! Drie keer las ze de advertentie. Weinig informatie kon een goed, maar ook een slecht teken zijn. Op een nieuw tabblad opende ze Google Earth en zocht ze Granmoore op. Het lag niet al te ver van Cork vandaan. Volgens de routebeschrijving van de ANWB was het anderhalf uur rijden vanaf het vliegveld. Ze waren op zoek naar iemand die 'af en toe' op hun kind kon passen? Het klonk ideaal!

Ze opende haar mail en begon het mailadres in te tikken. Daarna twijfelde ze. Moest ze het eerst aan Roos laten zien? Kijken wat zij ervan vond? Onhandig kwam ze uit het stoeltje om haar telefoon te pakken. Au, haar been sliep. Met haar ene hand wreef ze hem wakker, terwijl ze met de andere haar telefoon ontgrendelde en naar de foto op de display keek. Het was een foto van hen samen, die ze een tijd geleden op Koninginnedag had gemaakt. Haar zus keek met een gereserveerd lachje in de camera. Roos zou het zeker een rare advertentie vinden en waarschijnlijk een slecht idee. Ze moest niet altijd alles met haar zus delen. Inmiddels was ze volwassen genoeg om haar eigen beslissingen te nemen. Een mailtje sturen kon sowieso nooit kwaad. Ze wrikte het stoeltje tussen de spijlen van het Franse balkon vandaan en ging aan de eettafel zitten.

Beste Connor,
Ik las zojuist je advertentie op internet. Zou je mij wat meer informatie willen sturen? Het mag ook in het Engels als je dat fijner vindt. Ik heb mijn cv bijgesloten als attachment, zodat je een beeld van mij krijgt.
Groeten,
Robin

Nadat ze op 'send' had gedrukt, tintelde het aangenaam in haar hele lijf. Misschien was het wel de perfecte baan. Ierland was vast prachtig. In gedachten zag ze zichzelf, in kaplaarzen gestoken, wandelen over groene heuvels. Het gezin woonde vast in een kleine, natuurstenen cottage. Granmoore, *the place to be!* Daar kon ze mooi haar gedachten op een rijtje zetten en ondertussen zandkoekjes bakken en touwtjespringen met een vrolijk Iers meisje met rode krullen. Het zou ook meteen een oplossing bieden voor het probleem van Roos. Alex zou snel zijn glimmende brogues in haar kast kunnen zetten.

Dezelfde avond kreeg ze een mail terug.

Beste Robin,
Dank voor je mail. Ik had helemaal niet aan een jongen gedacht, maar dat kan natuurlijk ook. Is deze baan niet te simpel voor iemand van de universiteit? Wij wonen in een

mooie omgeving. Het werk bestaat uit kleine huishoudelijke klusjes en voorlezen. We hebben een extra kamer waar je in mag wonen. Je mag op onze kosten langskomen voor een gesprek. Als je eenmaal hier bent geweest wil je vast niet meer weg!
Groetjes,
Connor

Langskomen voor een gesprek! Robin klapte in haar handen en struikelde bijna over haar eigen voeten toen ze naar de kamer van Roos rende.

'Ierland? Weet je het wel zeker? Het is daar altijd nat en druilerig en je hebt niet echt iets met kinderen, toch?' Roos reikte haar een bakje gesneden selderij aan. 'Wil je ook?'

Robin schudde haar hoofd. 'Ik kan toch altijd op gesprek gaan? Dat is al een avontuur op zich, vind je niet? Zij betalen mijn ticket.'

'Misschien is het wel een rare gek! Er is veel inteelt hoor, in dat soort kleine dorpjes.'

Robin liep naar de keuken om een zak chips te pakken.

'Moet je zoiets niet via een gerenommeerd bureau doen?' riep Roos haar na.

Robin liep terug naar haar kamer en ging op het uiteinde van het bed zitten. 'Die bureaus zijn zo duur. Ik heb er wel naar gekeken vanmiddag.' Ze propte een hand chips in haar mond.

'Misschien is die man wel een serieverkrachter. Kan je niet beter gewoon chipje voor chipje in je mond stoppen? Het ziet er vrij onsmakelijk uit zo.'

Robin wachtte tot haar mond leeg was, voordat ze sprak. 'Ik vind het fijn, die massa in mijn mond. Eén chipje bevredigt niet.'

'Het is vast een vrouwenlokker.'

'Hij dacht dat ik een jongen was en dat vond hij geen probleem. Waarschijnlijk werken hij en zijn vrouw gewoon hard en hebben ze thuis hulp nodig.' Robin keek naar de zak chips. Misschien moest ze niet alleen mannen en alcohol maar ook ongezond eten afzweren, de komende zes maanden. Ze stak haar neus in de zak en snoof de licht zure geur op. Dan werd haar leven wel héél erg sober. Haar hand verdween weer in de zak.

Terug op haar eigen kleine kamer dacht ze na. Roos vond het een slecht idee. Dat had ze van tevoren ook kunnen bedenken. Wat kon er nou fout gaan? Ze konden toch gewoon in de plaatselijke pub afspreken voor een sollicitatiegesprek? Misschien hadden ze daar nog wel een kamer voor haar ook. Als het een rare man was, zou ze meteen afhaken. Dan kon ze een paar dagen wandelen en haar gedachten op een rijtje zetten.

Beste Connor,
Ik ben geen jongen. Robin is hier ook een meisjesnaam.
Hoeveel uur per week heb je mij nodig?
Groet,
Robin

Na de halfnegenfilm en de hele zak *salt & vinegar*-chips kreeg ze een mail terug.

Beste Robin,
Graag bied ik jou mijn excuus aan. Zou je voor 28 uur beschikbaar zijn? Kan je koken? Je mag ook langskomen voor een gesprek. Wij bijten niet!
Groeten,
Connor

Moest ze er een nacht over slapen? Ze was vrij zeker van haar zaak. Een verzetje kon ze wel gebruiken en trouwens, als je nooit ergens aan begon, dan gebeurde er ook nooit iets. Ze kon moeilijk blijven zitten kniezen in een appartement waar ze uit moest en zonder werk om naartoe te gaan.

Beste Connor,
Koken kan ik! Irish stew niet, maar ik ben leergierig. Ik neem graag je aanbod aan om langs te komen voor een gesprek. Ik zou dit weekend kunnen en de week daarna ook. Ik hoor wel of het schikt. Als je nog meer informatie wilt over mij, kan ik je dat sturen.
Groeten,
Robin

Als je veel energie hebt, kun je die beter maar meteen gebruiken, bedacht Robin de volgende ochtend. Na een bord muesli liep ze naar de huiskamer om een opgenomen uitzending van *Nederland in Beweging!* aan te zetten. Het idee dat ze naar Ierland ging had haar een flinke dosis adrenaline bezorgd. Een avontuur was exact wat ze nu nodig had. Ze drukte op vooruitspoelen. Meteen begon ze energiek mee te steppen met de presentatrice. Het ging haar zo gemakkelijk af dat ze hem nog wat sneller afspeelde. Na een tijdje veegde ze met haar arm het zweet weg dat via haar nek haar T-shirt in liep. Toen ze zich weer tot het scherm wendde, zag ze aan het einde van de kamer iets bewegen.

'Jezus!' Ze legde haar hand op haar hart en stond abrupt stil.

Daar stond Alex. In alleen een boxer. Een nogal kleine. Hard drukte ze op de pauzetoets. 'Ik dacht dat je al weg was.'

Hij grinnikte om haar schrikreactie. 'Thuiswerkdag.'

'Is er iets?' Waarom trok hij geen shirt aan?

'Buiten het feit dat jij de enige jonge vrouw in Nederland bent die met dit rare programma meedoet, bedoel je? En dan nog wel met het geluid uit?'

'Ik zet hem altijd op versneld afspelen. Dan is het best hard werken.' Niet naar beneden kijken, Robin!

'Ik zie het.'

Gadver, stond hij haar nu serieus te bekijken?

Stilte.

'Ik ga weer door.' Ze deed haar best om te glimlachen. Alex bleef staan. 'Moet jij je niet aankleden of zo?' Of gewoon een paar jaar naar een kibboets? Hij mocht dan een gespierd lichaam hebben en een hoofd dat prima te doen was, ze kreeg de kriebels van deze man. Waarom voelde Roos niet dat hij niet klopte? Ze richtte haar ogen weer op het scherm, maar op de een of andere manier kon ze er minder van genieten.

4

CHRYSANTEN € 6,95. Waren dit chrysanten? Sam bekeek de emmers bloemen voor haar neus grondig. Hoe kon ze de bloemen nu bij het juiste bordje zetten als ze niet wist wat het was? Konden ze dat niet gewoon op de verpakking zetten?

Ze begon de emmers bloemen naar de houten stelling achter in de winkel te slepen. Waarom was haar moeder op late leeftijd nog een bloemenwinkel begonnen? Dit waren tulpen. Toch? Met een klap zette ze de eerste emmer tegen de achterwand. Als dit tulpen waren, waar was dan het bordje '*tulpen*'? Ze wenste dat haar moeder de bestellingen had afgezegd. Dan zat zij nu niet met een winkel vol bloemen en een enorme rekening in haar maag.

De rinkelende deurbel deed haar opschrikken. Ook dat nog. Een klant! Waarom belde Joyce, die bij haar moeder in de winkel had gestaan, haar niet terug na de zeven voicemailberichten die ze had achtergelaten?

'Ben je nog niet open? Tien uur toch?' Een kleine vrouw met kort haar en een rode neus bleef midden in de winkel staan en keek naar de lading ingepakte bloemen.

'Ehm, jawel. Wat kan ik voor u doen?' De vrouw leek op de kabouter die bij Kenneth in de tuin stond.

'Ik wilde graag een gemengd boeket.'

Dat kon ze niet menen! Waar haalde ze zo snel een gemengd boeket vandaan?

'Ik zat te denken aan lentekleuren.'

Lentekleuren? Kon ze de paniek op haar gezicht niet lezen?

'Afgewisseld met groen...'

Rustig, Sam. Hoe moeilijk kon dit zijn? Ze moest gewoon een paar bossen samenvoegen.

'Ik zat zo te denken rond de dertig euro. Het is voor mijn jarige schoonmoeder...'

Sam slikte. De vrouw keek haar met opgetrokken wenkbrauwen aan, wachtend op het moment dat ze in de actiemodus zou schieten. 'Ehm, wat dacht u ervan als ik u de bloemen verkoop en twintig procent korting geef als u zelf het boeket maakt?'

De vrouw keek haar niet-begrijpend aan. 'De reden dat ik hier kom is juist omdat de boeketten zo mooi zijn...' Ze leek meteen op haar hoede.

Van boven zou ze zo een boeket kunnen pakken. Haar woonkamer stond er vol mee. Meteen verwierp ze die gedachte. Het was echt iets voor haar om per ongeluk het rouwlint eraan te laten hangen. In dit dorp was de kans sowieso groot dat ze de bos net van de buurvrouw van de schoonmoeder had gekregen, die ook op de verjaardag was.

'Het spijt me, mijn moeder is overleden en ik doe tijdelijk de winkel. Om heel eerlijk te zijn, weet ik niet zoveel van bloemen. Het boeket wordt waarschijnlijk een stuk minder mooi dan u gewend bent, als ik het maak.'

De vrouw liet haar ergernis blijken door hard door haar neus uit te ademen. 'Dan ga ik maar weer.' Ze draaide zich om en liep zonder te groeten de winkel uit.

Inderdaad! Ga jij maar lekker terug naar je paddenstoel, waar je kaboutermannetje op je zit te wachten met een kopje zelfgemaakte bessenthee! Met beide ellebogen leunde Sam op de toonbank. Ze liet haar hoofd in haar handen steunen en wreef over haar gezicht. Gelukkig kon ze niet meer huilen.

Haar tranen waren voorlopig op. Opgelaten keek ze de vrouw na. Daarna rende ze naar boven om haar iPad te pakken. Eenmaal terug in de winkel typte ze 'chrysant' in het zoekvenster en drukte op 'afbeeldingen'. 49.600 resultaten! De afbeeldingen leken allemaal compleet verschillend. Waarom had ze zich hier nooit voor geïnteresseerd? Waarom had ze zich sowieso niet wat meer voor haar moeder geïnteresseerd? Nee, niet weer een klant!

'Jij moet Sam zijn.'

Gelukkig, een man. Die waren tenminste niet zo kieskeurig als het om bloemen ging. Hij was van haar moeders leeftijd. Waren ze vrienden geweest? 'Dat ben ik. Wat kan ik voor u doen?' Ze zette haar handen in haar zij, alsof ze niets liever wilde dan aan de slag gaan.

'Doe maar zo'n bosje irissen.' Gelukkig, hij wees.

'Deze?' Ze knikte naar de emmer met donkerpaarse bloemen.

'Dat zijn de enige irissen die je hebt, toch?'

'Eén bosje?' Ze toverde haar charmantste glimlach tevoorschijn en haalde een bosje uit de emmer, waarmee ze naar de tafel achter de toonbank liep. Zo, nu nog plastic folie eromheen...

'Lauw water?'

'Sorry?'

'Moeten ze in lauw water? Moet ik ze afsnijden?'

Ze stond in dubio. Eerlijk zijn had haar eerder die dag niet geholpen. 'Heb je een ogenblikje?' Snel liep ze naar het krappe keukentje achter. Op haar tablet typte ze snel 'irissen' en 'afsnijden' in. Ze kwam op een site die 'bloemen voor beginners' heette. Net iets voor haar! Toen ze doorklikte verscheen er een keurig lijstje op haar scherm met verzorgingstips: snijbloemenvoedsel toevoegen, stengels schuin afsnijden, niet te veel water in de vaas, niet in de nabijheid zetten van rijpend fruit om veroudering te voorkomen.

Ze liep weer naar voren en probeerde de bos bloemen nonchalant in het plastic te verpakken, maar al gauw leek ze er met haar hele arm in verstrikt te zitten. Het zat helemaal gekreukeld. Veel te veel folie had ze gepakt. Dit zag er toch altijd zo makkelijk uit?

'Ehm, het mag ook in papier hoor. Ik zet ze thuis meteen in een vaas.'

Sam knikte. Natuurlijk, papier! Ze legde de bos schuin op de stapel bruin papier en rolde hem erin. Een plakbandje, net als op de markt, en voilà! Trots overhandigde ze hem de bos. 'Je moet ze schuin afsnijden en wat snijbloemenvoedsel toevoegen,' dreunde ze op.

De man glimlachte.

Natuurlijk had hij haar door! 'Dat wordt dan...' Sam liep naar voren om te kijken of ze een bordje met 'irissen' vond. 'Zeven vijftig alsjeblieft.'

Hij gaf haar een briefje van tien. Hoe ging de kassa in godsnaam open? Ze drukte op de grote groene knop. Goed gegokt. Ze gaf hem het wisselgeld terug en keek toe hoe hij met de bos bloemen onder zijn arm het plein overstak en naar zijn auto liep. Zo, nu kon ze het bordje 'irissen' bij de irissen zetten. Net toen ze het juiste gele bordje in de emmer wilde steken, hoorde ze de deur achter haar weer opengaan. Vast weer iemand die iets ingewikkelds wilde. Met haar vriendelijkste gezicht draaide ze zich om naar de deur. Daar stond een lange magere vrouw met vlechten. De donkerbruine jurk die ze droeg reikte tot aan de grond.

'Joyce! Wat fijn dat je er bent!'

5

Het ticket dat hij had gestuurd was niet van een budgetmaatschappij. Dat betekende dat hij genoeg geld had of dat hij goed voor zijn werknemers zorgde. Beide waren mooi meegenomen. De rij voor haar schoof eindelijk een beetje door. Robin sjorde aan haar veel te zware tas. Ze had toch maar gewoon alles ingepakt. Misschien was het daar wel zó leuk dat ze wilde blijven. Het voelde als vakantie, maar dat was het natuurlijk helemaal niet. Misschien was het wel een afgrijselijk verwend kind voor wie ze moest zorgen. Of woonde het gezin in een heel vies huis zonder verwarming en leek die Connor op Barry...

Terwijl ze haar tas de weegschaal voor de bagageband op trok, hoopte ze vurig dat ze niet extra hoefde te betalen voor overgewicht.

'Goede vlucht!' De vrouw in het groene mantelpakje glimlachte vriendelijk terwijl ze Robin haar paspoort en haar boardingpass overhandigde. Opgelucht lachte ze terug.

Op weg naar de gate dacht Robin aan de jongen van het reisbureau. Waarom had hij haar zo nadrukkelijk verteld dat ze niet aansprakelijk waren voor de advertenties op het onlineprikbord? Zouden ze daar nare ervaringen mee hebben? De rij voor de paspoortcontrole was lang. Robin bekeek de verschillende rijen en ging in de rij met de meest inheems lijkende mensen staan. Die ging vast het snelst. Zouden er meisjes verdwenen zijn in het verleden? In gedachten zag ze een A4'tje met een zwart-witfoto van haarzelf met 'vermist' erboven bij de plaatselijke supermarkt hangen. Als ze maar wel een beetje een gezellige foto zouden uitzoeken.

Er trilde iets tegen haar been. Ze wurmde haar telefoon uit de zak van haar te strakke spijkerbroek.

'Weet je het zeker, Rob? Is dit niet ontzettend vreemd wat je nu gaat doen?' Roos' stem klonk oprecht bezorgd.

'Ik ga nu door de paspoortcontrole. We hebben in de dorpspub afgesproken dus er kan echt niets gebeuren.'

'Misschien wordt die pub wel gerund door zijn beste vriend en spelen ze onder één hoedje! Je had hem toch ook kunnen bellen? Ik blijf het een raar verhaal vinden.'

'Stel je voor dat we hadden gebeld en dat het helemaal geen leuk gesprek was geweest?'

'Dan had je een gratis reisje gemist bedoel je?'

'En een avontuur... Luister Roos, ik moet hangen, want ik ben aan de beurt. Ik hou je op de hoogte, ja?'

Eenmaal bij de gate koos ze een stoel naast het raam, zodat er aan één kant in ieder geval niemand naast haar kon gaan zitten. Op een vliegtuig wachten was beter dan op een bus, bedacht ze toen ze zat. De stoelen waren zacht en de vering precies goed, je liep minder kans dat je met kauwgom aan je linkerbil het voertuig in stapte, de wc was in de buurt en schoon en er was cappuccino te krijgen waar geen poedermelk aan te pas kwam. Ook leken mensen die vlogen op de een of andere manier minder lawaai te maken dan busreizigers.

In rap tempo bladerde ze de modepagina's van het tijdschrift op haar schoot door. Als dit plan zou slagen, zou ze voorlopig alleen maar een oude spijkerbroek en gympen dragen. Lekker rustig. Ze sloeg haar benen over elkaar en begon aan een artikel over de 'slager van Heerlen'.

Pas toen er luidruchtige stemmen naderden, schrok ze op. Kijkend in de richting van het lawaai, zag ze dat een groepje uitgelaten Ierse mannen vijf meter van haar verwijderd was. Loop door! riep ze in gedachten. Overdreven hoorbaar slaakte ze haar diepste zucht toen ze uitgerekend in de stoelen om haar heen gingen zitten. Ze voelde dat ze uitgebreid werd opgenomen, maar keek niet op.

'Nederlandse mannen zijn mietjes!'

Inwendig kreunend zette ze haar lege koffiebekertje bij haar voeten.

'Nee, die bar heette de Cooldown!'

'Mietjes, ja! Dat zie je toch meteen aan de afmeting van de bierglazen hier!'

Oké, haar veronderstelling dat vliegtuigreizigers zacht praatten ging dus niet altijd op. Ze staarde naar een korrelige vakantiefoto van de slager van Heerlen, die verpleger was in een verzorgingstehuis en ouderen boven de negentig aan hun eind had geholpen. Ondertussen probeerde ze het Ierse accent te ontrafelen.

'Weet je waarom een vrouw benen heeft?'

Dat Ierse accent zou een struikelblok kunnen worden in haar toekomstige baan.

'Omdat ze anders een slakkenspoor achterlaat.'

'Sjeezus, wat een slechte grap. Doe eens normaal man,' hoorde ze naast zich.

Vanuit haar ooghoeken scande ze zo onopvallend mogelijk haar buurman. Dikke wimpers, groene ogen, zwart haar, baardje. Zes maanden weddenschap!

'Wat lees je?' Hij ging verzitten zodat hij mee kon kijken in haar blaadje.

Lekker onopvallend gekeken, Robin! 'Iets over een bejaardenmoordenaar.'

'Op vakantie?'

'Nee, in de cel.'

'Ik bedoel jij...'

'O, nee ik heb een sollicitatiegesprek.' Het klonk alsof ze CEO van Unilever Ierland ging worden.

'In Cork of moet je nog overstappen?' Hij wreef met een grote beringde hand over zijn stoppelbaard.

'Nee, het is in een klein gehucht anderhalf uur van Cork vandaan.' Hij had vast Keltische tattoos op zijn bovenarm. Of op zijn rug. 'Jij?'

Een van zijn vrienden mengde zich in het gesprek. 'Aan hem heb je niets, hij gaat trouwen. Neem mij, ik ben zo vrij als een vogel.' De man tegenover hen spreidde zijn armen uit bij wijze van warm welkom. Het blikje bier dat hij in zijn hand had liep ervan over. Hij likte het gemorste bier gulzig van zijn hand. Robin werd er op slag onpasselijk van.

'Vrij als een vogel! Als je hem eens goed bekijkt weet je ook precies waarom.' Robins buurman stak zijn hand naar haar uit. 'Greg, aangenaam. Ik heb net mijn vrijgezellenfeest gehad in Amsterdam.'

'Robin.'

'Sorry?'

'Robin, mijn moeder wilde liever een jongen...' Ze haalde haar schouders op.

'Het past bij je. Stoere naam, stoere vrouw.' Zijn ogen schoten van onder tot boven over haar heen.

Robin trok haar wenkbrauwen op.

'Niet dat je mannelijk bent of zo... Je bent lang en slank en je hebt prachtig haar...'

Werd hij nu ongemakkelijk?

'Maar ik bedoelde meer de manier waarop je hier zit in je eentje op weg naar Ierland voor een sollicitatiegesprek.'

Robin voelde dat ze een kleur kreeg. 'De baan stelt niet zo veel voor.' Ze stond op. 'Ik ga even mijn neus poederen. Tot straks.' Mijn neus poederen? Waar kwam dat in godsnaam vandaan? Dat had ze vast uit een truttige Engelse serie. Ze liet hem achter en ging naar de wc. In de kleine ruimte staarde ze een tijdje naar de blinkend witte tegels. Het was fijn om in een hokje te zitten met de deur op slot. Een eigen privékamertje op een druk vliegveld.

Pas toen een zakelijke vrouwenstem omriep dat ze gingen boarden, haalde Robin de deur van het slot, waste haar handen en ging op weg. Eenmaal in het toestel ging ze op haar stoel bij het raam zitten. Ze hoopte dat de stoel naast haar leeg zou blijven. Uit haar tas haalde ze een flesje water en stopte het in het stoelvak voor haar. Net toen ze haar tijdschrift weer open wilde slaan, zag ze in haar ooghoek de man van het blikje bier, dat hij inmiddels had weggedaan, op haar af komen. Als hij maar niet...

'Dat is toevallig. Hebben wij twee uur de tijd om elkaar beter te leren kennen.'

Hij ging in de stoel naast haar zitten en boog iets te dicht naar haar toe. Robin probeerde haar adem in te houden om zijn alcohollucht niet te hoeven inhaleren. Ze keek hem zo ongeïnteresseerd mogelijk aan en zei niets terug. 'Ik krijg je wel aan het praten, let maar op!' Hij stond op en probeerde met zijn armen boven zijn hoofd zijn handbagage in het compartiment boven haar hoofd te duwen. Een paar keer wankelde hij en moest hij de leuning van de stoel vastpakken.

'Volgens mij heb je het verkeerde stoelnummer.' Greg kwam naast hem staan en gaf haar een snelle knipoog.

'Zo dronken ben ik nu ook weer niet. Kijk, ik zit naast die mooie dame. Dat wordt nog gezellig.' Hij zwaaide met zijn boardingpass.

Greg trok met een snelle beweging de boardingpass uit de handen van zijn vriend. 'Maat, bij dezen hebben we van plaats gewisseld.' Hij duwde de zijne ervoor terug, gaf hem een klop op zijn schouder en manoeuvreerde zich handig voor hem langs in de stoel. De man mopperde, maar ging braaf naar de stoel van Greg.

'Wat een overwicht.'

'Ik kon het je niet aandoen. Die gast is al drie dagen nonstop dronken, vertelt alleen maar vrouwonvriendelijke moppen en ik heb hem niet zien douchen.'

'Ik dacht al zoiets te ruiken, ja. Dank je.'

'Voor alle duidelijkheid: ik ga trouwen dus ik probeer je niet te versieren, mocht je dat denken.' Hij haalde het blaadje met 'duty free'-producten uit het vakje voor hem en begon erin te bladeren.

'Voor alle duidelijkheid: het zou je niet lukken.' Robin keek naar buiten.

'Ben je al getrouwd?' Hij wierp een blik op haar vingers op zoek naar iets wat op een trouwring leek.

'Zou dat de enige reden kunnen zijn waarom ik jou niet zou kunnen weerstaan?' Ze deed haar best haar woorden zo spottend mogelijk te laten klinken.

'Heb je mij wel eens goed bekeken? Natuurlijk zou dat de enige reden kunnen zijn!'

Robin moest lachen toen ze de glans in zijn groene ogen zag. 'Ik mag zes maanden geen seks.' Dit kon ze prima met hem delen. Na dit vliegreisje zou ze hem toch nooit meer zien.

'Ik geloof dat ik toch maar weer van stoel ga ruilen.' Hij grijnsde jongensachtig.

Robin gaf hem een tik tegen zijn arm. 'Als je dat maar laat.'

'Vertel.'

'Ik heb een enorme soa...'

'Ik hoop dat je beter in bed bent dan dat je liegt.'

'Hoe weet jij nou dat ik lieg?'

'Vertrouw me, als jij een soa zou hebben die zes maanden aanhield, zou je een stuk ongezelliger uit je ogen kijken.'

'Waarom hoop je dat ik goed ben in bed?'

'Gewoon voor de mensheid.' Hij was even stil en vervolgde toen. 'Het mannelijke gedeelte daarvan dan, hè.'

'Ah, je bent een echte filantroop. Gelukkig voor de mensheid ben ik geweldig in bed.'

'Wist ik al.' Hij klapte het 'duty free'-blaadje dicht en stopte het weg.

'Wat?'

'Ik had het al gezien aan de manier waarop je loopt.'

Robin stak haar hand in de lucht. 'Misschien moeten we dit belachelijke gesprek staken en opnieuw beginnen?'

'Je bedoelt dat we het over werk en hobby's gaan hebben? Ik moet echt eerst weten waarom je zes maanden geen seks mag.' Greg sloeg zijn armen over elkaar.

'Ook geen alcohol.'

'Is er iets gebeurd waardoor je plotsklaps in de Heer bent gaan geloven?'

'Nee.' Robin deed haar best zo ongeïnteresseerd mogelijk naar buiten te kijken.

'Oké, jij je zin. Zo, wat voor werk doe je zoal, Robin?'

'Nou, Greg, wat leuk dat je daarnaar vraagt! Ik ga oppassen bij een gezin anderhalf uur van Cork.'

'Waar is het precies?'

'Dat zal ik je exact vertellen als je eerst die enorme nepglimlach van je gezicht hebt gehaald.'

'Hè fijn, het begon al pijn te doen.'

'Een klein plaatsje dat Granmoore heet, je kent het vast niet.'

Met open mond keek hij haar aan. 'Wat zeg je?'

'Gran-moore?'

'Ga je daar op het landgoed werken?' Robin had het gevoel dat zijn gezicht twee tinten lichter was geworden.

'Landgoed? Nee, volgens mij gewoon bij iemand thuis, maar zoals ik al zei, ik heb niet zo veel informatie. Hoezo?'

'Niets. Ik heb wel eens gehoord dat daar een mooi landgoed staat.'

'Woon je daar vlakbij?'

'Drie kwartier verderop, in Droughby.'

'Dat klinkt ook als een ware metropool.'

'Haha, ja, ook een gehucht. Ik heb een golfbaan. Kom een keer spelen als je besluit te blijven.'

'En je verloofde. Waar woont zij?'

'Daisy. We wonen al jaren samen. Zoveel zal er niet veranderen...' Hij haalde zijn schouders op en keek langs haar heen uit het raam.

Robins oog viel op zijn duim, waar een groot rood litteken overheen liep. 'Wat is dat?'

'Oorlogswond.' Hij stak zijn hand in de lucht. 'Clusterbom, je kent het wel.'

'Tragisch, maar nu het echte verhaal graag.'

'Hebben alle mannen bij ons in de familie. Een scheve duim. Ik ben geopereerd toen ik een puber was. Hij staat nu wel recht, maar ik heb er een aandenken aan overgehouden.' Hij wreef met zijn andere hand over het litteken.

'Rot voor je.'

'Ja, vooral omdat ik nooit echt goed heb kunnen liften, mensen wisten nooit precies welke kant ik op wilde...' Hij maakte een rare beweging met zijn duim en lachte om zijn eigen grap. 'Vertel eens wat meer over die maandenlange onthouding. Ik brand van nieuwsgierigheid, dat begrijp je...'

'Ik heb een weddenschap met mijn zus. Ze denkt dat ik het niet volhoud. Zes maanden lang...'

Terwijl ze hem uitgebreid vertelde over de weddenschap, vroeg ze zich af waarom ze zo openhartig tegen hem was. Het voelde alsof ze elkaar al jaren kenden.

'Waarom zou je zo'n belachelijke weddenschap aangaan?'

'Omdat ik het wil. Ik ben achtentwintig. Ik heb mijn studie

afgeraffeld, nog nooit langer dan een jaar een baan gehad. Geen huis gekocht...'

'Ik zie het probleem niet.'

'Jij hebt toch ook een golfbaan en een verloofde.'

'Beide geven mij een hoop kopzorgen. Jouw leven klinkt een stuk leuker.'

Het karretje met drankjes kwam naast hen tot stilstand.

'Glaasje wijn? O nee, dat mag jij helemaal niet! Dan moet je acuut met Garry onder de lakens!'

'Barry, hij heet Barry en geloof me, het zou echt een straf zijn.' Robin vroeg om een cola.

'Geen light of zero, een vrouw naar mijn hart,' verzuchtte Greg.

'Ik hou van die enorme shot suiker en trouwens, het is toch chemische troep dus die tien suikerklontjes meer of minder...' Ze keek hem lachend aan, maar haar lach verdween toen ze zag hoe hij keek. Bloedserieus. Ze kon niet veel anders dan hem aan blijven kijken. Het was geen brutale seksblik, maar een aangenaam tintelende blik. Alsof hij bevestigde wat zij voelde. Zijn ogen gingen naar haar lippen. Ze voelde hoe die langzaam uit elkaar gingen. Er was iets tussen hen. Iets warms en vertrouwds. En een verloofde. Jezus, Robin! Ze keek snel voor zich. Was hij niet degene die dat had moeten doen? Híj ging trouwen.

De stilte die volgde liet ze tussen hen in hangen. Dat mocht hij mooi opknappen. Het duurde even voordat hij begon te praten. 'Je Engels is goed.' Hij bleef voor zich kijken.

'Mijn ouders stuurden mijn zus en mij altijd naar een talenkamp in Norfolk tijdens de zomervakantie.'

'Aha! Dus je bent tot perfect Engels gedrild.'

'Dat Ierse accent moet ik alleen nog onder de knie krijgen.'

Het intieme moment schoof steeds verder naar de achtergrond. Toen het toestel twee uur later op de grond stond, liepen ze nog altijd druk in gesprek naar de bagageband.

'Is dat jouw bagage?' Vol ongeloof staarde hij naar de enorme tas. 'Jij hebt al besloten om te verhuizen, dat is duidelijk!' Hij woog de tas met zijn hand en floot tussen zijn tanden. 'Je hebt niets aan het toeval overgelaten.'

'Nee hoor, ik laat juist altijd zo veel mogelijk aan het toeval over. Het leek me gewoon handig om alles mee te nemen. Anders sta je een uur voor je kast om te beslissen. Die tijd heb ik nu uitgespaard.' Robin tilde met een zucht haar tas op een bagagekar.

'Red je het wel?' Hij keek bezorgd.

'Net zo goed als ik me drie uur geleden redde toen ik je nog niet kende.' Ze gaf hem een goedmoedig klopje op zijn arm. 'Hou je haaks!'

'Jij ook. Heb je een achternaam van Barry zodat ik hem op afbeeldingen kan googelen?'

'Tot ziens, Greg!'

Hij stak zijn hand op. Ze voelde dat hij haar nakeek.

6

Sam nam een trek van haar sigaret en inhaleerde diep. Ze stond midden in het hoge gras in de tuin achter de winkel. Merkwaardig dat haar moeder zo veel van bloemen had gehouden, maar haar eigen tuin zo had verwaarloosd.

Als ze het huis wilde verkopen, zou ze de tuin een opknapbeurt moeten geven en de stalen buitentrap naar de eerste verdieping kon ook wel een lik verf gebruiken. Als... want ze kon het ook houden. Toch? Dan zou ze een buitenhuis hebben. Een plek van haar alleen. Bij dat idee trok er een warme tinteling door haar buik.

Afwezig drukte ze haar sigaret uit in een lege bloempot, hees haar knalgele broek wat op en beklom de buitentrap naar de keuken. Ze haalde twee Curvers uit de vriezer die ze in de magnetron zette. De lasagne kwam nog steeds haar neus niet uit. Werktuiglijk, met haar blik op de put op het plein gericht, had ze tot nu toe haar avondeten gegeten. Proeven wat ze at, deed ze nauwelijks.

Sam schonk twee glazen wijn in, een voor Joyce en een voor haarzelf, en pakte haar moeders agenda erbij. Ze was blij dat ze er nu pas in keek, want als ze dat vorige week had gedaan, was ze waarschijnlijk volledig in paniek geraakt.

'Ik drink geen wijn.' Joyce glimlachte zwakjes.

Sam zette zonder commentaar het glas van Joyce naast haar eigen glas en schonk een glas water in.

'Heb je al een beslissing genomen?' vroeg Joyce. Met haar vingertoppen streek ze het sluike haar glad dat vanuit een kaarsrechte scheiding langs haar gezicht viel.

Sam keek haar lang aan. Joyce wendde haar blik niet af. 'Ik wilde het er met jou over hebben. Over een week moet ik weer aan het werk in Dublin. Als jij een tijdje hele dagen zou willen werken, kunnen we de winkel openhouden...'

'Dan moet ik meer uren maken dan waarvoor ik ben aangenomen.' Weer die weke glimlach.

'Dat snap ik. Je uurloon betaal ik gewoon door.'

'Dan doe ik het.'

Sam liep naar de keuken en schepte de plastic bakjes leeg op twee borden. Met haar wijsvinger doorboorde ze de lagen pasta tot de bodem om te kijken of hij goed warm was. 'Ik heb uren in de keuken gestaan, dus ik hoop dat je het lekker vindt!' De portie waarin ze met haar vinger had gevoeld zette ze voor Joyce neer.

Joyce knikte gereserveerd naar het gehavende hoopje lasagne op haar bord. 'Dat komt zeker uit de voorraad rouwvoedsel die er voor je is aangelegd.' Met kleine muizenhapjes begon ze te eten.

'In mijn moeders agenda staat gepland...' Sam schoof haar aantekeningenblok dichter naar zich toe. '... een bruiloft op de golfclub in Droughby, een feest voor ene meneer Morley die vijftig wordt, en het jaarlijkse gemaskerde bal op het landgoed had ze ook toegezegd. Zou je me daarmee ook kunnen helpen?'

Joyce knikte kort.

'Misschien krijgen we wel een uitnodiging voor het bal... Stel je voor!' Sam zag zichzelf in gedachten in een enorme hoepelrok met een masker op.

'Dat is al jaren voor genodigden en die moeten nog betalen ook. Er komen alleen maar mensen van adel en rijke bankiers uit Londen, die zich laten vollopen met champagne. Een kaartje kost tweeduizend euro. Het is pure verkwisting.'

Sam haalde haar schouders op. 'Het lijkt mij heerlijk om een avond lang twee eeuwen terug te gaan in de tijd. Romantisch toch? En trouwens, de helft van de opbrengst gaat naar een goed doel, dus het geld komt goed terecht.'

Joyce keek haar niet-begrijpend aan.

Sam stapelde de borden op en schoof ze naar de zijkant van de tafel. 'Ik heb geen toetje, helaas.'

'Wat ik me nog afvroeg...'

'Ja?'

'Heeft je moeder het er met jou over gehad dat ik haar winkel zou overnemen?'

'Nee, daar heeft ze nooit iets over gezegd.'

'Dat was wel de bedoeling. Ik neem aan dat jij ook weer snel terug wilt naar de stad.'

'Ik heb nog niet echt bedacht wat ik met de winkel ga doen.'

'We hadden er wel al het een en ander over op papier gezet.' Joyce' blik dwaalde af en bleef uiteindelijk op Sams borsten rusten. 'Ik weet zeker dat je moeder dat gewild had.'

Sam keek in de ondoorgrondelijke ogen van de vrouw tegenover haar. Wat moest ze met deze informatie? Had haar moeder haar de winkel beloofd? Verwachtte ze nu dat ze de winkel zomaar aan haar zou overdragen? Ze had nog niet eens de tijd gehad om alles op een rijtje te zetten. 'Mijn moeder is net een week geleden begraven. Als ik een beslissing heb genomen, zal ik je daarvan op de hoogte stellen.' Om haar woorden kracht bij te zetten trok ze het decolleté van haar bloemenshirt met een ruk omhoog, zodat het haar borsten beter bedekte.

'Nou, dan ga ik maar.'

'Dat is goed.'

Nadat ze de deur had horen dichtslaan, liep Sam naar het raam om Joyce na te kijken. Die liep met zwierige tred naar een donkerbruine Fiat. Sam voelde zich weer elf, de kleinste van de klas en overgebleven bij het kiezen voor basketbal met gym. Waarom liet haar moeder haar met een winkel achter die eigenlijk voor iemand anders was bedoeld? En waarom verkoos ze iemand als Joyce boven haar? Wat had ze in Joyce gezien dat zij niet zag? Sam dacht terug aan de afgelopen jaren. Beste vriendinnen was ze met haar moeder nooit geworden. Ze hadden beslist geen gearmd-winkelen-en-daarna-uitgebreid-lunchen-verhouding gehad. Het was meer een verstandhouding geweest. Een praktische relatie. Ze hadden maandelijks gebeld. Of was het tweemaandelijks geweest? Weinig in ieder geval, en tijdens die sporadische gesprekjes aan de telefoon hadden ze feiten uitgewisseld en zeker geen gevoelens. Maar ze had toch een soort genegenheid gevoeld voor haar moeder, ook al voelde ze ver weg. Sam keek het bruine autootje dat langzaam het plein afreed na en masseerde met haar vingertoppen haar slapen. Het was tijd om naar bed te gaan. Om roerloos op een matras te gaan liggen met een deken over haar hoofd.

'Andy, hoi, wat een verrassing.' Sam zond haar meest vernietigende blik naar Kenneth, die achter hem aan de trap op kwam.

'Ik hoorde dat er gesjouwd moest worden, en dan ben ik je man!'

'Waar zijn de dozen?' Kenneth keek het appartement rond.

'Misschien had je beter kunnen bellen van tevoren.' Sam had zich verheugd op een weekend alleen. Ze had de tijd willen nemen om de balans op te maken. Misschien had ze in haar moeders administratie kunnen zoeken naar de afspraken over de geplande overname door Joyce.

'Wat heb je dan gedaan afgelopen week?'

'Kan ik je onder vier ogen spreken?' Sam liep voor hem uit de keuken in.

'Als je toch naar de keuken gaat, kun je net zo goed koffie voor mij zetten.' Andy ging op de bank in de woonkamer zitten en keek zoekend in het rond. Toen zijn oog op de afstandsbediening op het tafeltje naast hem viel, zette hij met een verheugd kreetje de televisie aan. 'De Formule 1 is al begonnen, dus nemen jullie vooral de tijd!'

Sam sloot de keukendeur en draaide zich om naar Kenneth, die de gesloten deur meteen opvatte als een aanleiding om haar in zijn armen te trekken. Ze legde haar voorhoofd tegen zijn nek en troostte zich met de geur van zijn vertrouwde wasmiddel. Armen om je heen waren altijd fijn. Toen hij haar in haar nek begon te zoenen deed ze een stap achteruit. Met haar hand veegde ze de nattigheid weg. Ze deed haar best er geen vies gezicht bij te trekken.

'Je had me kunnen bellen. Voor hetzelfde geld had ik de hele dag in de bloemenwinkel moeten staan.' Sam leunde met haar armen over elkaar tegen het aanrecht.

'Het is vrijdagochtend. Het lag toch voor de hand dat ik zou komen als je dit weekend het huis leeg wilt hebben?'

'We hebben elkaar toch gesproken begin deze week, toen had je het toch kunnen zeggen?'

'Je was nogal kortaf tijdens dat gesprek. Ik dacht dat je druk aan het pakken was en je mijn hulp goed kon gebruiken.'

Echt Kenneth, praktisch als altijd. 'Ik was druk bezig alle bloemennamen uit mijn hoofd te leren.' Ze draaide zich om naar het aanrecht. 'Ik zal ondertussen koffiezetten voor je broer.'

'Hij had niets te doen. Het leek me goed voor hem om er even uit te zijn en hij is sterk, dus ik dacht: het mes snijdt aan twee kanten...'

'Volgens mij had ik al duidelijk gemaakt dat ik niet heel erg op zijn aanwezigheid zat te wachten.' Zes kopjes ging ze zetten. Langzaam begon ze het water uit de koffiepot in het waterreservoir te schenken.

'Hij wordt wel je zwager.'

Sam schoot uit met het water. Nu werden het acht kopjes.

'Die jongen zit ook maar de hele dag bij mijn moeder op de bank. Ik had je toch verteld dat hij ook bij die ijzerzaak is ontslagen? Ik kan hem toch moeilijk aan zijn lot overlaten?'

'Hij is toch ontslagen omdat hij klanten beledigde? Misschien moet hij een baan zoeken waarbij hij niet onder de mensen is.' Sam stond op het puntje van haar tenen voor het keukenkastje van haar moeder en reikte naar het nieuwe pak koffie dat op de bovenste plank stond. Ze kon er net niet bij.

'Laten we het niet over hem hebben, maar over de situatie. Wij helpen je wel met inpakken. Dan blijven we slapen en kunnen we morgen alsnog sjouwen.' Kenneth ging achter haar staan en pakte het pak koffie van de plank. 'Kleintje,' zei hij liefkozend.

'Wat nou kleintje?' Sam frummelde aan het pak tot ze het open kreeg en gooide een flinke berg koffie in het bruin papieren filter. Met een smak klapte ze daarna de plastic houder naar binnen en drukte hard op de aanknop. Kenneth zocht in de kast naar kopjes. Ze liet hem zoeken.

'Nog even over "de situatie". Misschien blijf ik wel een tijdje.' Het slurpende geluid van het apparaat kalmeerde haar enigszins. 'Sorry dat ik een beetje lichtgeraakt ben.'

'Niet erg. Misschien had ik moeten bellen. In mijn hoofd waren we die fase al gepasseerd.'

'Ik wil graag afstand van alles. Van Dublin, van mijn baan...' Van jou, dacht ze erachteraan, toen ze naar zijn lichtblauwe overhemd keek, dat in zijn beige corduroy broek zat.

'Wat bedoel je? Dat je voorlopig niet meer terugkomt naar ons appartement?'

Kenneth had drie bruine kopjes op het aanrecht gezet. Precies die waar ze nooit uit dronk, omdat ze een te dikke rand hadden en stroef aanvoelden.

'Jouw appartement. Ik ben bij jou ingetrokken, weet je nog?'

'En je baan dan, die kun je toch niet zomaar opzeggen? In deze tijd! Misschien vind je wel niets anders als je er over een paar weken weer bent.'

'Kenneth, ik film begrafenissen.' Ze liet een stilte vallen om de droefenis daarvan tot hem door te laten dringen. Zijn blik bleef echter stoïcijns. 'Voor het minimumloon.' Afwachtend keek ze hem aan. Nog steeds geen teken van begrip. 'Ik geloof niet dat ik het heel erg vind als ik die baan verlies. Bovendien heb ik net mijn moeder begraven en heb ik voorlopig mijn buik vol van begrafenissen.'

'Dat laatste snap ik. Misschien is het niet eens zo'n slecht idee.'

'Echt?' Haar stem klonk verbaasd. 'Hoezo?'

'Om de tijd te nemen het verlies te verwerken en het huis klaar te maken voor de verkoop. Ik kan natuurlijk in de weekenden langskomen.'

'Dat kan.' Sam schonk drie koppen koffie in.

'Laten we koffiedrinken.'

Sam schold zichzelf inwendig uit voor lafbek.

Alle mappen van haar moeder had ze uitgepluisd en ze kon niets vinden over de eventuele overname van de winkel. Misschien had ze niet goed gekeken. Hoe kon ze zich in godsnaam concentreren met Andy in de buurt? Hij had twee porties lasagne op en hij was nu toe aan zijn tweede zak chips. Sam luisterde naar het luide knisperen van de zak, waar hij, voor haar gevoel, een paar minuten in bleef graaien. Daarna was het een moment stil, gevolgd door het regelmatige geklap van zijn kaken. Ze wilde niet dat hij haar zwager werd. Ook wilde ze niet dat hij languit op de bank van haar overleden moeder lag met de bovenste knoop van zijn broek open.

'Gaat het? Je kijkt zo bezorgd.'

Kenneth, lieve goede Kenneth. Hij zat op de grond naast zijn broer zodat die lekker op de bank kon liggen. Hoe ging ze hem vertellen dat ze niet meer bij hem wilde zijn? Dat ze wilde dat hij morgenochtend wegging en nooit meer terugkwam? 'Zullen we een eindje gaan wandelen?'

'Als jij je daardoor beter voelt. Ga je mee, Andy?'

Nee! Hij moet niet mee! Zeg dat je niet mee wilt.

'Naar buiten, hoezo? Ik lig darten te kijken. Dat zie jij toch ook?'

Naarmate ze verder van het plein vandaan liepen, werd het steeds donkerder op straat.

'Je mist Dublin zeker wel nu je hier in dit gehucht bent?' Kenneth sloeg een arm om haar schouder.

Dit was een inkopper. Ze besloot er niet langer omheen te draaien. 'Eigenlijk mis ik het niet.'

'Mis je je vriendinnen niet? Je vrijdagavondborrel? Mij?'

Ze liep een paar stappen hard door en hoopte dat zijn arm van haar schouders zou glijden. Hij versnelde zijn passen met haar en verstevigde zijn greep. 'Nee, ik mis de vrijdagavondborrel niet. Niet een van die vriendinnen heeft de moeite genomen om op de begrafenis te komen.' Haar stem klonk zacht, maar beslist. 'En om heel eerlijk te zijn: ik mis ons ook niet. Ik kom er steeds meer achter dat ik eigenlijk helemaal niet weet waarom wij samen zijn.' Zo, als dat niet eerlijk en duidelijk was.

'Dat komt wel weer.' Hij trok haar nog dichter tegen zich aan. 'Als je eenmaal weer in Dublin bent. Je hebt het gewoon moeilijk nu.'

Niet duidelijk genoeg dus. 'Kenneth. Het komt niet meer terug. Ik wil niet meer terug naar jou in Dublin. Dat wist ik ineens zeker toen jij vanochtend voor de deur stond. Ik maak het uit.'

'Echt?'

'Echt, ik meen het.'

'Dat vind ik wel sterk van je.'

'Wat?' Dit was toch het gedeelte waar hij moest gaan schreeuwen, verwijten maken en vervolgens in huilen uit moest barsten?

'Dat je het lef hebt om de veiligste persoon in je leven opzij te zetten, terwijl je aan het rouwen bent en een hoop rommel van je moeder op te ruimen hebt.'

'Is dat je reactie?' Hij was dus echt in álle opzichten praktisch.

'Sam, ik wist heus wel dat wij niet voor eeuwig zouden zijn. Maar ik had niet gedacht dat je dit moment zou kiezen om het uit te maken.'

Nu is het echt tijd om die arm van mijn schouders te halen! 'Waarom noemde je Andy dan mijn zwager tijdens het koffiezetten vanmiddag?'

'Gewoon...'

'Dus je bent er niet kapot van?'

'Om eerlijk te zijn voel ik een raar soort opluchting. Iets waar ik altijd op zat te wachten, is gebeurd. Alsof ik nu pas verder kan met mijn masterplan. Ik wil een huis en een beest en een boom. Je bent er altijd duidelijk over geweest dat jij dat niet wilde. En je ergert je kapot aan Andy. Ik weet dat hij anders is dan anderen, maar hij is wel mijn broer. Hij zit in mijn pakket. Ik wou dat je erom kon lachen.' Hij liet haar los.

In stilte liepen ze terug naar huis. 'Ik zal je goeiigheid missen.' Toen ze het eenmaal had gezegd, hoorde ze pas hoe belachelijk het klonk. Alsof ze afscheid nam van een golden retriever.

'Ach, waarschijnlijk ontmoet je hier ook weer aardige mensen.'

Voor het huis hielden ze stil. 'Bedankt voor het leuke jaar.' Ze sloeg haar armen om zijn nek. Het was helemaal geen leuk jaar geweest. Ze had een kutjaar gehad en hij wist het. Ze had hem alleen maar genomen omdat hij comfort bood. Hij had een lekker huis, hij kon koken en ze kon tegen hem aan hangen tijdens een film. Ze had gebruikgemaakt van zijn zachtaardigheid en hij had het toegestaan. Op de koop toe deed ze ook nog onaardig over zijn broer. Ineens voelde ze zich alsof zij degene was die een dubbele portie lasagne en twee zakken kaaschips had opgegeten. Wat had hij eigenlijk van haar teruggekregen? Verwend gedrag en chagrijnigheid op zondagochtend als hij fluitend ontbijt had gemaakt. Ze liet hem los.

'Het spijt me.'

'Mij ook. Nu ga ik Andy halen en rij ik terug naar huis. Kom je snel een keer je spullen halen of zal ik ze opsturen?'

'Ik kom snel een keer alles ophalen.'

Sam bleef buiten wachten tot ze samen naar beneden kwamen. Andy gaf haar een iets te harde klap op haar schouder en verdween toen zonder veel woorden in de donkerblauwe Audi. Kenneth ging voor haar staan.

'Succes met alles, kleintje.'

'Jij ook, Kenneth.'

Terwijl ze de twee mannen uitzwaaide, vroeg ze zich af of ze zichzelf ooit zo helder had gezien. En of ze die persoon, die uit gemakzucht een man hield om hem vervolgens te dumpen als het haar uitkwam, wel zo leuk vond.

7

Het duurde even voor Robin de goede bus had gevonden. 'Heb je wel een extra ticket voor die tas gekocht?' De buschauffeur stond op om haar te helpen, waarna ze hem uitvoerig bedankte. Tot nu toe had ze alleen nog maar vriendelijke Ieren ontmoet. Dat beloofde wat. Misschien toch niet zo gek dat ze alvast haar winterjas had ingepakt, terwijl het net voorjaar was. Haar tas zette ze op de plek naast haar bij het raam. Er hing een broodtrommellucht in de bus. Nu maar hopen dat haar maag zich koest zou houden tot ze op de plaats van bestemming was.

Robin keek nieuwsgierig naar de scholieren die druk pratend instapten. Allemaal groetten ze de chauffeur. Het viel haar op dat hij de meeste kinderen bij naam kende. Eén grote gezelligheid hier.

Na anderhalf uur lang met de bus van het ene naar het andere kleine dorpje geslingerd te hebben, haalde Robin haar telefoon uit haar zak om naar de tijd te kijken. Nog twintig minuten naar Granmoore, waar ze de zwierende bus uit mocht. Als ze het uithield. Ze moest het uithouden! Anders moest ze samen met haar enorme tas langs een kronkelweg uitstappen om in de heg te kotsen terwijl iedereen in de bus naar haar keek.

Uiterst geconcentreerd focuste ze zich op de smalle weg voor haar. Het uitzicht was adembenemend, maar dat deed er nu niet toe. De groene heuvels, de natuurstenen huisjes en de met heggen omzoomde velden vol schapen. Ze zou er straks van gaan genieten. Als ze uit dit vreselijke voertuig was.

Eindelijk. Robin stommelde uit de bus. Nog geen drie meter verder bleef ze staan. Krachtig zoog ze de frisse lucht op. Ze moest zich op één punt concentreren. De donkergroene lantaarnpaal voor het bushokje. Ze bleef net zo lang staan tot haar bloed weer naar haar wangen stroomde. Langzaam kwam ze tot zichzelf. Toen ze weer normaal kon ademen, deed ze een paar stappen naar achteren en ging op het bankje naast het informatiebord zitten. Voor het eerst keek ze om zich heen.

Granmoore oogde nogal klein. En rustig. Aan het einde van het straatje zag ze een oude collie scharrelen. Verder was er geen levend wezen te bekennen. Het was er zeker pittoresk. Zelfs de wegwijzer aan de overkant zag er charmant uit. Hij had zo in de Efteling kunnen staan. Net als de lantaarnpaal en het bankje waarop ze zat.

Op het bord dat naar rechts wees, was met gouden letters een bestekje en een bed geschilderd. De afstand stond er niet bij. Dat was positief, toch? Als het maar niet tien kilometer naar rechts was. Dat zou echt iets voor haar zijn. Haar gedachten gingen uit naar een sandwich en een kop thee. Die zouden haar maag weer op orde brengen. Met enig gekreun hees ze haar tas weer op haar rug. Traag als een schildpad begon ze in de richting van de pijl te wandelen. Gelukkig was het lekker weer. Ze moest niet vergeten een foto naar Roos te sturen van haarzelf, stralend in de volle zon voor de pub.

Na honderd meter lopen kwam ze op een pleintje. In het midden stond een oude put, afgezet met een houten hek. Eromheen zag ze een kleine supermarkt, een bloemenwinkel, het toeristeninformatiepunt en een donkerrode pui met gouden randen met *Muckey Mulligan's* erboven. Dat moest de pub zijn.

Of zou er ergens anders nog een levendig centrum zijn? Moest ze nog wat doorlopen? Haar rommelende maag zei van niet.

Binnen in de pub begreep ze meteen waar alle mensen op straat waren gebleven. Dit *was* blijkbaar het bruisende centrum van Granmoore. Ze plofte haar tas in de hoek en liep naar de bar. Eerst eten. Ze klom op een barkruk.

'Wat kan ik voor je doen?' Een grote man bleef voor haar staan. Robin keek naar zijn handen. Daar kon hij vast in één ruk een stoplicht mee uit de grond trekken.

'Is dit de enige pub in Granmoore?'

De man knikte kort.

'Kent u Connor McFarland?' Ze moest toch proberen informatie over hem in te winnen.

Een Duitse herder sprong tegen de barman op. 'Fridge, af! Niet achter de bar!' De hond droop af.

'Ik heb een afspraak met hem.'

De man nam haar zwijgzaam op. Achterdochtig bijna. Het leek er niet op dat hij haar verder ging helpen.

'Zou ik iets mogen bestellen? Ik heb in Amsterdam voor het laatst wat gegeten.' Ze pakte de menukaart en bestelde een clubsandwich en een kop thee.

Robin tikte met een bierviltje op de bar. Er was toch niets met die Connor? De man achter de bar reageerde raar. De moed zakte haar in de schoenen. Ze speelde wat met haar telefoon totdat er een oersterke kop thee voor haar werd neergezet, gevolgd door een donkerbruin bord met haar lunch. Ze keek op om dankbaar naar de barman te glimlachen, maar die was al weer naar de andere kant van de bar gelopen. De sandwich op haar bord zag er bijzonder onaantrekkelijk uit. Het deed haar denken aan de bananencake in de spirituele boekwinkel.

Robin peuterde de slappe slablaadjes tussen de te donker geroosterde boterhammen uit en begon weinig enthousiast te eten terwijl ze ondertussen de dartwedstrijd op het grote scherm in de hoek van de kroeg volgde.

Waarom kon zij niet heel goed darten? Of werd ze niet wild enthousiast van het implementeren van beleid bij een kleine gemeente? Waarom had ze niet een zinderende passie waarmee ze haar geld kon verdienen? Ineens leek het plan dat haar hier had gebracht impulsief en naïef. Dacht ze nu echt dat ze zich beter zou gaan voelen in een Eftelingdorp, inwonend in een waarschijnlijk veel te klein huis waar de televisie de hele dag aanstond? Had ze een vlaag van verstandsverbijstering gehad dat ze nu aan de bar zat naast een rij mannen met enorme bierpullen in een kroeg waar zij allemaal hun eigen plek hadden?

'Sorry, is deze kruk vrij?'

Robin schrok op van het Nederlands dat ze onverwachts naast zich hoorde en keek opzij. Twee donkere ogen keken haar vragend aan. De lange man die naast haar was opgedoken, bracht haar lichtelijk van haar stuk. 'Ja, ga je gang.' Ze herpakte zich snel.

'Robin?'

Shit, hij was het.

'Connor.' Hij knikte kort met zijn hoofd.

Dit had ze niet verwacht. Een gereserveerde man op leeftijd had ze in haar hoofd gehad, met rossig haar en een flinke snor.

'Waarom belde je me niet? Ik had je toch gevraagd mij te bellen als je er was?' Een passant klopte hem op zijn rug. De mannen schudden elkaar kort de hand en Connor draaide zich weer naar haar toe.

'Je bent er nu toch?' Robin was lichtelijk in de war. Deze man was echt woest aantrekkelijk. Dit was niet de bedoeling! Ze werd getest. Roos zou straks slap van de lach binnen komen lopen.

'Ik ben er omdat John mij belde en zei dat een dame aan de bar naar mij vroeg...' Hij knikte naar de man achter de bar, die meteen naar haar toe kwam en haar de hand schudde.

'John, aangenaam.' Zijn stem klonk ineens een stuk warmer.

Robin dacht aan de hypothese van Roos dat Connor misschien wel met de pubeigenaar onder één hoedje speelde. Toen had ze nog aan een Connor gedacht die haar vader zou kunnen zijn. 'Ik had me je anders voorgesteld.'

'Hoe dan?' Haar vraag amuseerde hem zichtbaar.

'Hoe oud is jouw kind eigenlijk?'

Connor wendde zijn blik af. 'Laten we het eerst eens over jou hebben. Waarom wil je de baan?'

Er klopte iets niet. Robin voelde hoe haar been tegen de onderkant van de bar begon te tikken. 'Ik was toe aan een nieuwe uitdaging.'

'Uitdaging? Wat zie je precies als uitdaging?'

Het viel haar op dat zijn Nederlands perfect was. Hij was duidelijk tweetalig opgevoed.

'Ehm, de cultuurverschillen?' Waarom had ze dit niet beter voorbereid?

Connor trok zijn wenkbrauwen op. Fridge had zijn kop op zijn schoot gelegd en wachtte geduldig tot hij geaaid werd.

Robin dacht na. 'Het werken met kinderen?' Zag ze nu spot in zijn ogen?

'Ben je ontslagen? Is het uit met je relatie? Moest je je huis uit? Waarom wilde je zo graag naar een gehucht om voor een kind te zorgen als je nog zo jong bent en een goede opleiding hebt gehad?' Zijn stem klonk zakelijk.

Oké, hij keek blijkbaar dwars door haar heen. Wat had ze eigenlijk te verliezen, behalve dat hij haar een ontzettende loser zou vinden? Als hij er al van uitging dat ze om zo'n reden naar Ierland was gekomen, zou hij de baan er waarschijnlijk niet op laten afketsen. 'Ik was ontslagen en ik moest mijn huis uit.'

De begrijpende blik die ze had verwacht kwam niet. Ze zag hoe zijn mondhoeken langzaam omhooggingen. Zelfgenoegzaam bijna. Hij was blijkbaar erg trots op zijn vlijmscherpe analyse. 'Wat was de reden van je ontslag?' Hij sprak het woord ontslag uit alsof hij ervan uitging dat ze iets gruwelijks had gedaan. John zette een cola light voor hem neer en liep weer weg. 'Wil jij nog wat drinken?'

'Ik zat in de escort en was heel erg aan de drugs. Ik werd niet vaak meer geboekt en daarom heeft mijn pooier mij eruit gegooid. Ik wil graag een ginger ale, dank je.' Ze lachte op haar liefst en keek naar zijn hand die op de kop van Fridge lag. Hij droeg geen trouwring.

Connor knipperde niet eens met zijn ogen. Blijkbaar waren ze aan elkaar gewaagd. 'Het is belangrijk dat ik je kan vertrouwen.'

Hij begon haar mateloos te irriteren. 'Het is belangrijk dat jij mij kan vertrouwen? Ik kom helemaal alleen uit Amsterdam gevlogen en ben vervolgens in een misselijkmakende bus gestapt voor een sollicitatiegesprek met een onbekende man die in een incestgehucht woont! Ik zal met jou onder hetzelfde dak moeten wonen. Dus het lijkt mij handig als we elkáár vertrouwen.'

'Sorry als ik wat zakelijk overkom. Ik heb de vorige hulp ontslagen omdat ik mijn vaders zilveren jachttrofee in haar tas vond.'

Zakelijk? Contactgestoord bedoel je! Robin ademde diep in en probeerde rustig te blijven. Ze wou dat hij lelijker was. Zo'n dikke inschikkelijke man die geen vlieg kwaad deed met dito dochter. Dat was wat ze in gedachten had gehad.

'Wat wil je verdienen?'

'Moet je niet eerst nog wat dingen over mij weten? Lievelingsdier? Slechte eigenschappen, hoe ik reageer in noodsituaties...'

'Mijn mensenkennis is vrij goed in orde, dank je.' Fridge sprong tegen hem op, ervan overtuigd dat hij nog meer aandacht verdiende.

'Dan valt het me toch tegen dat je een jachttrofeedief in dienst nam.'

'Die had ik niet zelf aangenomen. Zullen we het nu over het zakelijke gedeelte hebben?'

Zo, meneer wordt ongeduldig. 'Je had haar toch kunnen ontslaan toen je mensenkennis jou eenmaal vertelde dat ze niet te vertrouwen was?'

'Voordat we ontzettende ruzie krijgen, moeten we er misschien proberen uit te komen.'

Daar had hij een goed punt. Moest ze überhaupt wel bij iemand in huis gaan wonen, met wie ze binnen tien minuten ruzie had? Ze haalde haar schouders op. 'Wat heb je de vorige betaald? Misschien moet je daar iets bovenop doen als je wilt dat ik de jachttrofee laat staan.'

'Kost en inwoning, een auto en 1500 euro?'

'Akkoord.' Robin had een derde van dat bedrag verwacht voor die 28 uur per week.

'Dat zei je iets te snel. Ik heb te veel geboden.'

'Nee hoor, precies wat ik in gedachten had.'

'Je bent een slechte leugenaar, Robin.' Hij bestudeerde haar gezicht alsof hij de kleine lettertjes van een contract las.

Robin liet tot zich doordringen dat ze samen met deze man en zijn kind in een huis ging wonen. Dat hield in dat: hij haar in haar oncharmantste pyjama (die met geborduurde poezen in uit de mode geraakte kleuren, die hemels zat en bovendien de enige was die ze mee had) zou zien, en ze waarschijnlijk huishoudelijke klusjes zou moeten doen, zoals zijn wc schrobben.

Kort samengevat: ze zou hem over een paar ochtenden tegenkomen in haar bespottelijke pyjamajurk, met een pleeborstel in haar hand terwijl ze 'goedemorgen' tegen elkaar zeiden. Moest ze niet nog een extra dag bedenktijd inplannen?

'Je bent aangenomen, maar er is wel iets wat je moet weten.'

De manier waarop hij sprak alarmeerde haar. Zijn ogen, die hij onafgebroken op haar had gericht, dwaalden nu af naar het beeldscherm van de televisie. Hij ging haar vast vertellen dat hij in een tweekamerflat woonde van twintig vierkante meter. Of dat hij gilles-de-la-tourette had en haar hoogstwaarschijnlijk de hele dag ging uitschelden. Of dat hij zeer gesteld was op een schone wc.

'De baan is inhoudelijk iets anders dan je in gedachten had.'

Oké, hij heeft een gehandicapt kind. Dat kon ze aan. Ze zou er informatie over kunnen opzoeken op internet. 'Wat bedoel je daar precies mee?'

'Er is geen kind.'

Ze bestudeerde zijn gezicht om te zien of hij een grapje maakte. Dit was het belachelijkste sollicitatiegesprek ooit. 'Sorry?'

'Ik woon met mijn vader. Hij heeft parkinson en is moeilijk ter been. Mijn moeder is vier jaar geleden overleden. Er woont een verpleegster intern, maar mijn vader spreekt veel Nederlands, dat blijft toch de taal van zijn jeugd. De verpleegster begrijpt hem dan niet en dat leidt nogal tot frustratie van beide kanten. Hij hield altijd heel erg van lezen, maar dat lukt hem niet meer. Ik was eigenlijk op zoek naar iemand die hem kon voorlezen in zijn eigen taal...'

Het duurde even voor Robin in staat was te reageren. Toen ze begon te praten greep ze met beide handen de koperen barleuning vast. 'Ben jij wel helemaal goed snik?' Robin had niet door dat de mensen om haar heen hun kant op keken omdat ze vrij hard was gaan praten. 'Jij laat mij helemaal naar Ierland komen voor een baan die niet bestaat? Je hebt mij hierheen gelokt en nu blijkt dat er nooit een kind was om voor te zorgen?

En dan praat jij ook nog over vertrouwen? Hoe kun je dat woord in je mond nemen als jij mensen zo belazert!' Robin was er klaar mee. Ze stond op en liep naar haar tas.

'Wat ga je doen?' Connor kwam achter haar aan.

'Terug naar Amsterdam, wat denk jij?' Ze stond aan de hengsels van haar tas te sjorren, die niet meer over haar schouders leken te willen.

'Je reageert veel te heftig. Slaap er een nacht over.'

'Waarom in hemelsnaam?'

'Omdat je er morgen wellicht anders over denkt?'

'Waarom heb je hierover gelogen?'

Connor liet zijn beide handen door zijn donkerbruine haar glijden. 'Omdat ik dacht dat er dan een lieve vrouw zou komen. Vrouwen die met kinderen werken zijn altijd lief en zorgzaam. Vrouwen die met oude mannen werken zijn vaak zo betuttelend en streng, met van die gezondheidsschoenen...'

'Dus daarom heb je maar gelogen? En je dacht dat ik daarin zou trappen?' Ze liep de kroeg uit. Het kon haar niets schelen dat ze het centrum van de aandacht waren. Die mensen zou ze toch nooit meer zien. Ze begon aan de terugtocht naar de bushalte.

'Waar ga je nou heen?'

'Wat denk je zelf?' snauwde ze. 'Ik ga op dezelfde manier als ik gekomen ben. Met de bus. Die ik, om hier te komen, bijna heb ondergekotst!'

'Laat mij je tas dragen.'

'Dat kan ik zelf.'

'Je was van plan te blijven. Dat zie ik aan je tas.'

'Ik weiger om bij een leugenaar te gaan wonen.'

'Je krijgt een aparte woning met een slot op de deur.'

'Sorry, de uitdaging is weg.' Robin liep zo hard als haar loodzware tas het toeliet.

Ondanks alles moest hij lachen. 'Je kwam niet voor de uitdaging. Je bent ontslagen en zonder huis, weet je nog?'

'Ik slaap nog liever op het vliegveld dan dat ik bij iemand verblijf die mij onder valse voorwendselen naar zich toe heeft gelokt.' Robin bleef midden op de stoep lopen, zodat Connor achter haar moest blijven.

Na een tijdje keek ze achterom of hij al was afgehaakt. Geïrriteerd zag ze hoe hij uiterst relaxed met zijn handen in de zakken van zijn spijkerbroek tien meter achter haar liep. Bij de bushalte liet ze de tas van haar rug op het groene bankje glijden, waar ze eerder die dag zelf ook had gezeten.

'Waarom blijf je niet gewoon? Je bent toch niet voor niets weggegaan? Je was toch op zoek naar iets anders? Avontuur?'

'Het was een fijn avontuur. Ik kwam om voor een kind te zorgen en dat blijkt nu een kwijlende bejaarde te zijn...'

Er flitste gekwetstheid door zijn ogen en ze had meteen spijt van haar opmerking. Het was wel zijn vader. 'Luister Connor, ik ben blij dat ik nu weer naar huis mag. En jij mag van mij ook lekker naar huis.' Ze ging naast haar tas op het bankje zitten.

'Dat kan ik je niet aandoen.'

'Jawel hoor, daar doe je mij een groot genoegen mee.' Robin sloeg haar armen over elkaar.

'Stel dat er helemaal geen bus komt?' Connor leunde nonchalant tegen de lantaarnpaal voor het bankje.

Lichte paniek schoot door haar heen. Ze was natuurlijk niet op Amsterdam Centraal. Ze haalde haar telefoon uit haar zak. Half zeven. Ze stond op en keek langs hem heen op het tijdschema aan de lantaarnpaal, waar Connor aan vastgelijmd leek te zitten. Waarom gaf hij haar niet gewoon de ruimte? Concentreer je! Het was vrij simpel. Er gingen iedere dag twee bussen. Een om acht uur 's morgens en een om vier uur 's middags. Geschrokken keek ze Connor aan. 'Waarom laat je mij dat hele stuk met die zware tas slepen, als je weet dat er geen bus meer gaat!' Deze man was echt onmogelijk!

'Omdat je het waarschijnlijk toch niet van mij had aangenomen.'

Ze kwam tot de pijnlijke conclusie dat hij gelijk had. Rustig blijven. Maak een nieuw plan. 'Ik kan zeker alleen maar een kamer in de pub krijgen?'

'Of bij mij.'

'Geen optie.' Robin zuchtte. Dit was het punt waarop ze heel hard kon gaan huilen. Dat gunde ze hem niet. In plaats daarvan begon ze weer aan die ellendige tas te trekken. Connor pakte de tas van haar af en sloeg hem over zijn schouder. Zwijgend liepen ze achter elkaar terug naar de pub.

'Zo, zijn jullie er weer?' John keek hen lachend aan.

Robin lachte wrang. Fijn, ze had de mensen hier hun wekelijkse lolletje bezorgd. Meer gebeurde er waarschijnlijk niet in dit gat. 'Heb je een goedkope kamer voor mij voor vannacht?'

'Tuurlijk. Ik heb een kleine kamer op zolder met een douche. Voor dertig euro. Wil je die?'

'Mijn voorstel staat nog steeds,' mengde Connor zich in het gesprek.

'Ik denk er niet aan om bij jou te slapen.' Haar stem klonk vinnig, ook in het Engels.

John trok zijn wenkbrauwen op. 'Je bent geloof ik de enige vrouw die ik ooit ben tegengekomen die dat aanbod afslaat.'

'Dan ken jij een hoop domme vrouwen, John.' Robin nam de sleutel van hem aan en draaide zich om naar Connor. 'Geef maar.' Ze doelde op de tas.

'Ik loop met je mee. Ik weet welke kamer het is en ik hoop van harte dat je morgen nog kunt lopen na een nacht op dat zachte matras.' Connor liep voor haar uit de trappen op.

Eenmaal op zolder was ze blij dat hij haar tas had gedragen, want ze was zonder ook al behoorlijk buiten adem. De kamer was behangen met blauw bloemetjesbehang waar gele vlekken in zaten van de ouderdom. Er stond een bed, een wit nachtkastje en een douchecabine in de hoek. Prima, als er wat frisse lucht doorheen was gegaan.

Robin ging voor het raam staan en werd meteen getroffen door het uitzicht. De heuvels voor haar leken van fluweel. Het deed haar denken aan de abri's bij de tramhalte met reclames van het Ierse verkeersbureau. Hoe zou het zijn om door die heuvels te wandelen? Misschien zou ze stoppen bij het meertje verderop om een broodje te eten. Plotseling voelde ze het enthousiasme waarmee ze aan deze reis begonnen was weer terugkomen. Ze was niet goed wijs als ze morgen gewoon weer naar huis zou gaan.

De hendel van de espagnolet was roestig. Met een beetje kracht kreeg ze hem omhoog en trok ze de ramen naar binnen toe open. Ze leunde zo ver mogelijk naar buiten en snoof de buitenlucht op. Toen ze naar links draaide slaakte ze een kreetje. 'Wow!'

'Wat is er wów?'

'Dat sprookjeskasteeltje daar! Prachtig, toch?'

Connor kwam naast haar staan in het kleine raamkozijn. Ze voelde de warmte die zijn lichaam uitstraalde onmiddellijk.

'Het ziet er best mooi uit vanaf hier.'

'Best mooi? Het is waanzinnig. Je vader komt zeker uit Friesland?' Kon hij niet een stap opzij doen?

'Waarom denk je dat?'

'Friezen staan erom bekend dat ze ingehouden types zijn. Ze hebben hun hart niet op de tong...'

'Wat zeg je dat mooi. Maar hij komt niet uit Friesland, maar uit Aerdenhout.' Connor draaide zich naar haar toe. Robin was zich er akelig van bewust dat ze klem stond tussen hem en het kozijn.

'Het is een spreekwoord, ik heb het niet zelf verzonnen. Kun je dat kasteel bezichtigen?'

Connor nam haar bedachtzaam op. Het duurde even voordat hij antwoord gaf. 'Alleen op zaterdagmiddag tussen twaalf en twee.'

'Dat is morgen!' Robin werd meteen enthousiast.

'Je zou om twaalf uur kunnen gaan en dan de bus van vier uur nemen. Het is een mooie wandeling vanaf hier.'

'Geweldig, dat ga ik doen!'

'Zie je dat we het best goed kunnen vinden?' Hij grijnsde jongensachtig.

'Omdat we drie beleefde zinnen hebben uitgewisseld zonder ruzie te maken?' Robin schudde haar hoofd.

'Als je van gedachten verandert... De vacature staat nog steeds open.' Hij deed een stap in de richting van de deur en stak ter afscheid zijn hand op. Robin kon eindelijk weer normaal ademen.

'Wat denk je zelf?' riep ze hem na.

8

Robin probeerde om de enorme plas jus op haar bord heen te eten. John had haar niet bepaald een maaltijd uit de schijf van vijf voorgezet.

'Je kwam om te werken?' John doopte de bierglazen naast hem een voor een in een sopje.

Robin keek op, verrast dat hij tegen haar praatte.

'Connor is een goede vent, weet je...'

'Dat zal best.' Ze schoof haar halfvolle bord opzij.

'En waarschijnlijk een goede baas.'

'Ik snap dat je een goed woordje voor een vriend wilt doen, maar ik verander niet van gedachten. Morgen ga ik naar huis.'

'In dat geval moet je er maar een leuke avond van maken.' Hij tapte een enorme pul bier en zette die voor haar neus. 'Die is van het huis.'

Verlangend keek Robin naar de donkergele vloeistof voor haar. Roos zou er nooit achter komen als ze er een paar snelle slokken van zou nemen. Ze visualiseerde zichzelf naakt met Barry in een bed. Maar het was toch ook niet beleefd tegenover John om zijn geschenk daar eenzaam en alleen op de bar te laten staan? Ze zuchtte. Het zou slap van haar zijn.

In haar ooghoek zag ze een kleine vrouw tegen de deur duwen. Toen ze binnen was schudde ze haar knalrode krullen naar achter en liep ze naar de bar. Robin staarde naar haar goedgevulde boezem die nauwelijks bedekt werd door het strakke v-halstruitje dat ze droeg. Ze bleef naast Robin staan en boog over de bar heen om John te kussen.

'Sam! Waar heb ik dit bezoek aan te danken?'

'Eenzaamheid, en het feit dat je de enige kroeg in de omgeving bent?' Ze lachte en sloeg haar korte en ietwat mollige benen over elkaar.

Robin keek naar de strakke broek met tijgerprint en de metershoge hakken die ze eronder droeg. Woonde dit meisje in Granmoore? Dit dorp zat vol verrassingen.

'Sam, dit is Robin, ze is hier omdat ze voor Connor zou gaan werken, maar ze heeft al meteen ontslag genomen. Morgen gaat ze weer terug naar Nederland.'

Robin moest lachen om zijn gedramatiseerde versie van het verhaal.

Sam bekeek Robin nieuwsgierig. 'Vertel, ik bestel een biertje voor ons.' Ze knikte naar John.

'Nee dank!' Niet nog een liter die ze weg moest moffelen. Ze wendde zich tot John, die een knalrode afdruk van Sams lippen op zijn wang had. 'Vind je het goed als ik mijn bier aan haar geef? Ik mag tijdelijk geen bier.'

'Medicijnen?' John zei het alsof het de normaalste zaak van de wereld was.

'Zoiets ja.' Dankbaar schoof ze haar bierpul naar haar buurvrouw.

Sam zette het glas aan haar lippen en dronk in één keer meer dan de helft op.

'Dorst?' Robin bekeek Sams met sproeten bedekte neus die een beetje omhoog wees. Het gaf haar iets brutaals op een *Annie*-achtige manier.

'Hoe lang bleef je hier ook alweer?'

'Een dag.'

'Fijn, dan kan ik lekker eerlijk zijn. Ik heb dit biertje nodig. En de drie die erna gaan komen ook.'

‘Vertel.’ Robin nam een slok van de bitterlemon die John voor haar neer had gezet. Dit was het ultieme reisgevoel. In een vreemd land, in een kroeg waar je anoniem bent iemands zeer persoonlijke verhaal aanhoren. Ze stopte de loshangende plukken haar achter haar oren en sloeg haar armen voor haar borst.

‘Wil je de feiten of het hele verhaal?’

‘Laten we beginnen met de feiten.’

‘Mijn moeder is overleden, en daardoor ben ik nu eigenares van een bloemenzaak, terwijl ik zwarte vingers heb.’

‘Ho, stop! Wat afschuwelijk!’

‘We hadden geen hechte band, moet ik toegeven. We gingen het eerst over de feiten hebben...’

‘Sorry, vertel.’

‘Met zwarte vingers bedoel ik echt roetzwart.’ Sam stak haar vingers in de lucht. ‘Ik verwar geraniums met vlijtige liezen. Ik raak verstrikt in de rol sierplastic als ik bloemen moet inpakken en ik neem nog net niet mijn vingers mee bij het afsnijden.’

Robin schoot in de lach. ‘Gelukkig heb ik ook een treurig verhaal.’

‘Erger dan het mijne?’

‘Mijn ouders leven allebei nog, maar we zijn niet close. Ze waren altijd meer met hun carrière bezig dan met ons. Toen ik eenmaal uit huis was, hebben ze alle schepen achter zich verbrand en zijn ze naar Nieuw-Zeeland vertrokken. Ze hadden meer ruimte om zich heen nodig.’

‘Nou ja!’

‘Maar ik had wel een oma die mij opving, van wie ik zielsveel hield, en een zus die denkt dat ze mijn moeder is. Dat punt is dus voor jou. Verder ben ik wel ontslagen en dakloos...’

Sam trok aan de bovenkant van haar rode shirt, om haar decolleté iets te bedekken. ‘Twee punten voor jou dus. Even kijken. Ik krijg een punt voor het overlijden van mijn moeder en een punt voor de winkel. Dat is twee. O! We hebben een winnaar. Het is ook nog uit met mijn vriend!'

'Wacht!' Robin stak haar handen in de lucht. 'Ik ben nog niet klaar. Seks en alcohol zijn verboden terrein voor mij de komende zes maanden!'

'Shit, je wint nog ook.'

'Ik vind dat jij een extra punt krijgt voor je moeder. Je moet haar toch missen?' Robin keek in het gezicht van de vrouw naast haar op zoek naar een emotie.

'Dat is het ergste van alles. Ik zag haar maar twee keer per jaar, met kerst en op haar verjaardag, en dan gaf ik haar een geurkaars. Een geurkaars! Dat zegt toch genoeg?'

'Dat gaf ik altijd aan collega's met wie ik weinig had. Als ik ze niet mocht, kocht ik er één met cappuccinogeur. Die rook naar verbrand plastic.'

'Ik sprak haar niet eens iedere maand. Ze was nauwelijks in mijn gedachten. Het klinkt egoïstisch. Misschien ben ik dat ook wel. We waren altijd al verschillend. Zij was zo'n type dat van wierook en tarotkaarten hield terwijl ik juist nuchter ben. Ik heb tijd nodig om erachter te komen of ik haar mis en om alles hier af te ronden. Ik kan niet zomaar die winkel dichtgooien en teruggaan naar Dublin, waar ik woonde. Trouwens, ik woonde bij mijn vriend dus dat is toch nog een extra punt!'

'Jij wint. Ik betaal de drankjes vanavond.' Robin stak haar hand op naar John en bestelde nog een rondje.

'Het is zo definitief als ik de winkel sluit. Misschien kan ik haar toch nog niet loslaten? Ik denk dat ze trots op me zou zijn als ik de winkel zou runnen.'

'En die vriend?'

'Kenneth? Hij liet altijd zuigzoenen achter.' Ze wreef met een vies gezicht over haar nek. 'Hij was vanaf het begin meer een vriend dan mijn vriend.'

'Punt aftrek!'

'Tja, het ziet ernaar uit dat we de rekening gewoon moeten delen...' Na een flinke slok bier veegde ze haar mond af met haar mouw. 'Het ergste is dat ik mezelf afschuwelijk vind, omdat ik hem bij me heb gehouden afgelopen jaar. Het was zo'n lieverd...'

'Daar geloof ik niet in. Dat doet hij zichzelf toch aan? Hij had ook moeten inzien dat jij niet goed genoeg voor hem was, omdat je niet echt van hem hield. Zoiets moet je toch aanvoelen?'

'Dat voelde hij ook, maar hij was gewoon te lief om de knoop door te hakken.'

'Een zijden sok! Een wátje bedoel je!'

'Zullen we het nu over jou hebben?'

'Hè, ja!' Robin leunde met haar elleboog op de bar en legde haar hoofd in haar hand. 'Ik woonde bij mijn zus, die ging samenwonen met haar vriend, die veel te krappe boxers draagt en eng uit zijn ogen kijkt en ik sliep met mijn baas, die me ontsloeg toen ik hem aan de kant zette.'

'Hoe kun je nu zo verveeld kijken als je zoiets vertelt? En laat me raden, toen ben je naar Ierland afgereisd voor een baan en dat bleek niets te zijn? En nu?'

'Ik weet het niet. Ik probeer de invloeden die mijn leven vaak een ongewilde wending geven uit te sluiten.'

'Mannen en alcohol.' Sam knikte samenzweerderig en pakte daarna haar glas op om er minstens een kwart van leeg te drinken. 'Ik vind dat je moet blijven. Jij hebt echt niets te verliezen. Ga bij de toeristeninformatie werken of zoiets.'

Dat klonk echt heel sneu, vond Robin. Ze had niets te verliezen. Haar andere hand schoof ze ook onder haar hoofd. Verlangend keek ze naar de flessen sterke drank achter de bar. Ze had wel iets te verliezen. Haar trots en haar oprechtheid. Ze ging nu echt niet dronken worden. Ze liet zich van de barkruk glijden. 'Ben zo terug...'

Op de terugweg van de wc bedacht Robin tevreden dat ze al drie uur in de kroeg zat en alleen maar bitterlemon had gedronken. Morgen zou ze tenminste geen hoofdpijn hebben, nou ja, misschien alleen van de concentratie die het haar kostte om het Ierse accent te ontrafelen. 'Weet je waar ik niets van snap?' Robin bestudeerde Sam, terwijl ze weer op haar kruk klom. 'Dat jij na drie liter bier nog zo kaarsrecht aan de bar zit.'

'Dat is het geheim van de Ierse vrouw.' Sam bewoog haar wenkbrauwen omhoog en omlaag.

'Ik was allang om me heen gaan kijken of er geen lekker ding ergens in een hoekje stond.'

Sam schaterde het uit. 'Even serieus! Ik ben hier vaak genoeg geweest om te weten dat er niet één man in deze kroeg staat die,' Sam begon op haar vingers te tellen, 'niet getrouwd is, zijn BMI onder controle heeft en al zijn tanden nog heeft!' Ze had haar zin nauwelijks uitgesproken of de deur zwaaide open en Connor kwam binnen. Meteen boog ze zich voorover naar Robin. 'Uitzonderingen daargelaten natuurlijk...'

Robin besloot hem te negeren. 'Hij is sowieso uitgesloten van deelname.'

'Hij is anders wel de enige persoon na jou met wie ik een heel leuke avond heb gehad in deze kroeg. Afgelopen kerst nog wel!'

Robins vingers begonnen op de bar te roffelen. De suggestieve ondertoon in Sams stem kwam als een steen in haar buik terecht. Waarom zat hij in de pub met kerst? Had hij geen familie om kerst mee te vieren? Was hij eenzaam? Het gaf haar een aangenaam gevoel hem in gedachten aan een lege bar te zien zitten met kerst. Het maakte hem bereikbaarder of zoiets. Meteen floot ze zichzelf terug. Wilde zij hem minder eenzaam maken? Nee toch? Ongewild dwaalden haar ogen naar Connor, die aan het uiteinde van de bar in gesprek was met John.

Eenzaam zag hij er beslist niet uit. Hij ving haar blik en gaf haar een knipoog. Snel draaide ze zich van hem weg. Nu roffelden allebei haar handen op de bar.

De weg naar het kasteel kronkelde voor Robin uit in de ochtendzon. Ze bedacht dat John niet overdreven had, het landschap benam haar de adem. Benieuwd naar het uitzicht achter de heuvel, klom ze flink door over het rotsachtige zandpad. De steken in haar rug herinnerden haar aan het dramatische bed van vannacht. Nu maar hopen dat ze de goede weg was ingeslagen. Waarom hadden ze niet gewoon een stel groene of rode paaltjes in de grond geslagen die ze kon volgen? Er waren vast veel meer toeristen die het kasteel wilden bezoeken vanuit Granmoore. John had haar ervan overtuigd dat ze onmogelijk fout kon lopen. En als ze de weg kwijt was, kon ze gewoon aanbellen bij iedere cottage die ze in de verte zag. Dat was ook zijn tip voor als het ging regenen. Ze had liever een poncho in haar tas gestopt.

Boven op de heuvel keek ze naar het nieuwe plaatje voor zich. Daar lag het meer. Het water blonk in het zonlicht. Het vervallen huis ernaast maakte het schilderij af. Onwennig keek ze om zich heen. De overgang van de drukke stad naar het uitgestrekte, lege landschap bekroop haar. Ze voelde zich klein en onbelangrijk, angstig bijna. Er was niemand te bekennen. Het uitzicht was alleen van haar. Roos zou het vast omschreven hebben als een 'cadeautje'. Zij zou haar vervolgens heel hard hebben uitgelachen.

Bij het meer aangekomen, gooide ze haar tas op de houten steiger voor het huis. Met haar voeten bungelend over de rand ging ze erop zitten. Precies zoals ze zich de dag ervoor had voorgesteld toen ze uit het raam had gekeken, haalde ze een broodje, dat ze bij de supermarkt op het plein had gekocht, uit haar tas. Het broodje smaakte on-Nederlands zoet en dat beviel haar. Tevreden etend staarde ze naar de rimpels die het water voor haar maakte.

Het voelde zo fijn om weg te zijn van alles. Om haar leven in Amsterdam naar de achtergrond te laten verdwijnen. Misschien moest ze het aanbod van Connor alsnog aannemen. Die optie overwegend, peuterde ze met een stokje tussen de kieren van de keurig achter elkaar gelegde plankjes. De verleiding was groot, maar het kon niet. Zijn leugens ging ze niet belonen. Ze was ook naar Ierland gegaan als hij eerlijk was geweest. Een oude zieke man voorlezen leek een prima baan. Ook al droeg ze geen gezondheidsschoenen. Het zou haar waarschijnlijk meer voldoening geven dan voor een kind zorgen. En bovendien kostte het de helft minder energie.

Volgens John was het vanaf het meer nog twintig minuten lopen. Toen ze voor de lange oprijlaan stond en op haar telefoon keek, zag ze dat hij gelijk had.

Het witgrijze, natuurstenen gebouw was kleiner dan ze in eerste instantie had gedacht, maar prachtig. Nu ze ervoor stond, leek het meer een landhuis dan een kasteel. Het deed haar denken aan de Doornroosje-prent die ze als kind boven haar bed had hangen. Alleen de hordes ganzen en de prins met het kapmes misten. Om zich heen zoekend naar een bordje dat haar de weg zou wijzen naar de entree, bleef ze even voor het open hek staan. Toen ze geen enkele aanwijzing vond, liep ze rechtdoor het pad op naar de hoofdingang. De asymmetrie van het gebouw maakte de aanblik een beetje rommelig. Haar blik dwaalde over de eindeloze zomergroene wingerd, die tegen de muren op scheen te kruipen om het huis warm te houden. Het gaf de koude stenen iets goeiigs, bedacht ze. Dit huis was beslist het hoogtepunt van dit Eftelingdorp.

Halverwege de weg naar de hoofdingang bleef ze staan om

een paar foto's te maken voor Roos. Het zou haar geruststellen te weten dat ze nog niet ergens in een kofferbak van een shabby Mercedes lag met een vochtige prop in haar mond.

Voor het trappetje dat naar de zware houten deur leidde, twijfelde ze. Het zag er dicht uit. Misschien waren de openingstijden wel veranderd? Ze liep een paar treden op en bleef toen staan. Misschien was de bezoekersingang aan de zijkant van het gebouw? Net toen ze een stap naar achteren wilde doen, zwaaide de deur open. Een vrouw in een witte jas op klompen stond in de deuropening. 'Jij moet Robin zijn. Ik zag je al aan komen lopen.' Ze glimlachte stug. 'Kom binnen.' Haar stem klonk zakelijk.

Robin schudde niet-begrijpend haar hoofd. 'Ik hoorde dat het huis tussen twaalf en twee open is voor publiek?'

'Open voor publiek?' De forse vrouw lachte. Het klonk hol. Alsof Robin een mop had getapt die ze al zes keer eerder had gehoord. 'Dat mochten ze willen! Meneer is niet van de pottenkijkers en al helemaal niet als het om zijn huis gaat!'

Robin keek naar haar grijzige huid en vroeg zich af of ze haar angstaanjagend vond. Ze had iets weg van een Russische huisvrouw. Zo een die tanden mist, een hoofddoek draagt en paddenstoelen zoekt in het bos. Emmers vol. Die ze vervolgens met een houten kar met een doorgezakt paard ervoor naar de plaatselijke markt bracht om te verkopen.

'Kom je nog binnen of blijf je daar staan?'

'O! Natuurlijk.' Robin schrok op uit haar gedachten en stapte langs de vrouw heen de wit gestuukte hal binnen. Meteen keek ze in de ogen van een man in een cavalerie-uniform. Met een helm onder zijn arm keek hij haar triomfantelijk aan. Alsof hij net een paar soldaatjes aan zijn glimmende sabel, die langs zijn dij bungelde, had gespietst. Ze wendde haar blik van het schilderij af en staarde naar de grote marmeren open haard aan de andere kant van de hal.

'Als je wilt, kun je je jas hier ophangen.' De vrouw liep voor haar uit een klein zijkamertje in. 'Ik zal je naar meneer brengen. Die zit in de woonkamer op je te wachten. Thee? Koffie?'

'Ik begrijp het niet helemaal. Hoe wist u dat ik zou komen?'

'Robin Dendermonde toch?'

Robin knikte.

'Dan vergis ik me niet. John heeft me gebeld zodra je wegging. Je deed er langer over dan ik had verwacht. Waarschijnlijk bij het uitzicht blijven hangen? Kom.'

De vrouw begon met stevige passen voor haar uit te lopen. Robin moest af en toe een drafje inzetten om haar bij te kunnen houden. In dit tempo miste ze alle details van het huis! Ze liepen een hoge gang in. Robin probeerde een blik te werpen in de twee vertrekken die ze passeerden, maar het ging te snel om ze in zich op te nemen. De klompen van haar voorgangster tikten luid op de zwart-wit betegelde vloer. Bij de derde deur sloegen ze rechts af.

'Zo, daar zijn we. Wilde je nu koffie of thee?'

'Thee graag.'

Robin stond in een rood behangen kamer. Het rook er alsof het vuur in de grote open haard net was gedoofd. Aan de muur hing de kop van een everzwijn met glimmende tanden. De ogen van het dier stonden dof en onverschillig, alsof hij al eeuwen tegen hetzelfde interieur aan keek.

Het duurde even tot haar eigen ogen aan het schemerlicht gewend waren en ze de oude man in de fauteuil voor het raam goed in zich op kon nemen. Op het tafeltje naast de man stonden twee potjes pillen. Bij de aanblik ervan werd alles haar met een schok duidelijk. Een blik op de foto's op de schouw bevestigde meteen haar analyse van de situatie. Daar stond een foto van een breed lachende tiener op een paard in een jachtkostuum. Geen twijfel mogelijk. Dat was Connor. De rat!

Het kuchen van de man haalde haar uit haar gedachten.

Het was onbeleefd om daar te blijven staan. Snel deed ze een paar passen naar het raam toe, totdat ze voor hem stond. De man nam haar zwijgend op en stak toen een trillende hand uit. Robin moest een stap naar voren doen om hem vast te kunnen pakken. De man zat zo plechtig in zijn stoel dat ze even overwoog een kniebuiging te maken.

'Dus jij bent het meisje dat het hart van mijn zoon sneller doet kloppen?' Hij kuchte nogmaals en trok zijn borstelige witte wenkbrauwen op.

Het was gek om accentloos Nederlands uit zijn mond te horen komen. Het paste niet in het plaatje. 'Waarschijnlijk klopt het harder uit irritatie. We hebben tot nu toe alleen maar ruziegemaakt.' En dat gaan we straks weer doen, want hij heeft me er weer ingeluisd en dat laat ik niet zomaar gebeuren, dacht ze enigszins van haar stuk gebracht.

'Ga zitten.' Hij wees naar de stoel tegenover hem. Robin keek naar zijn bibberende hand. 'Ik ben blij dat je gekomen bent om ons een tijdje te helpen.'

Een tijdje? Wist hij niet dat ze weer weg zou gaan? Wat was die Connor een ontzettende slang! Ze ging in de donkerrood gebloemde stoel zitten. Haar blik werd weer naar het everzwijn getrokken. Zou iemand die tanden met Glassex doen?

De man tegenover haar zweeg. 'U woont prachtig.' Het was het enige wat ze zo snel kon verzinnen om te zeggen. Ze kon moeilijk onaardig over zijn zoon gaan zitten doen.

'Het huis dateert uit 1839. Het is victoriaans. Je moet maar een keer aan Connor vragen of hij je rondleidt. Hij weet er alles van...'

Het klepperende geluid van de klompen van de zuster kwam dichterbij.

'Wat leest u graag?'

Dit was een goede vraag. Het gezicht van de man klaarde meteen op. 'Ik hou erg van Nederlandse literatuur. Van Voskuil, maar ook van Hermans en Mulisch. Vroeger ging ik ieder jaar naar Amsterdam.' Hij drukte met zijn vrije hand de trillende arm tegen zijn lichaam. 'Dan logeerde ik in hotel De L'Europe. Het eerste wat ik deed was naar de Atheneum boekwinkel lopen op het Spui. Hele middagen heb ik daar doorgebracht.' Hij bloosde van plezier. 'Ik kocht zo veel boeken dat ze afgeleverd moesten worden bij mijn hotel.' Zijn blik ging naar het raam. 'De laatste tijd wil ik alleen nog maar thrillers lezen. Niets ingewikkelds, gewoon smakelijke verhalen van Dick Francis of David Baldacci.'

'Wat jammer.' Niet dat ze zelf veel literatuur las, maar ze kon aan hem zien dat hij het miste.

De zuster zette een theepot met een kopje voor haar neer. Haar overbuurman kreeg een dichte beker met een rietje.

'Uit een kopje drinken lukt niet meer.' Hij glimlachte haar toe.

Robin wenste dat ze niet zo naar zijn rietje had gestaard.

'De Nederlandse literatuur is zo echt... zo direct. Als ik Nederlands lees, voelt het alsof ik thuiskom. Hoezeer ik ook van Ierland hou, ik blijf een Nederlander. Het land waarin je bent opgegroeid, blijft toch in je hart zitten.' De zuster stopte het rietje in zijn mond.

Robin schonk haar gebloemde kopje vol thee. 'Wat is dan de reden dat u nu geen Nederlandse literatuur meer wilt lezen?'

Hij bleef een tijdje aan het rietje zuigen en leek na te denken. 'Dat heeft te maken met de waarheid. Vroeger was ik altijd op zoek naar de waarheid. Ik wilde per se weten hoe het leven in elkaar zat. Ik wilde antwoorden op vragen. Ik wilde weten wat liefde was. Waarom mensen bepaalde keuzes maken. Wat het nut is van het leven, dat soort dingen.'

'En nu hebt u alle antwoorden gevonden?' Robin vroeg zich af hoe het kon dat ze meteen in dit diepgaande gesprek waren beland. Blijkbaar hadden ze de eerste paar rondes formaliteiten overgeslagen.

'Nee! Nu weet ik dat zoiets als een juist antwoord niet bestaat bij levensvragen. Iedereen ontdekt wat voor hem of haar het juiste antwoord is. Iedereen heeft een andere waarheid over alles.'

'Dus het is zinloos om over dingen na te denken?'

'Nee, het is handig om je eigen antwoorden te vinden.'

'Dan is het toch juist fijn om boeken te lezen, waarin mogelijke antwoorden staan? Dan kun je zelf beslissen of het bij je eigen antwoord in de buurt komt...'

'Ik wil er niet meer over nadenken. Ik wil graag spannende verhalen lezen. Ik wil alleen maar genieten van het moment. Vermaakt worden. Ik wil mijn tijd niet meer verdoen met het zoeken naar antwoorden op zinloze vragen. Het verandert mijn leven toch niet meer.'

'Ik snap het niet.'

'Zie het als iemand die heel erg hard heeft gewerkt en naar de vakantie uitkijkt.'

'U wilt niet meer nadenken over het leven als vakantie?' Robin schonk een beetje melk in haar thee en keek even naar het patroontje op het zilveren lepeltje voordat ze hem in haar kopje stak en roerde.

'Het is meer een zekere rust die ik heb gevonden.'

'Bent u levensmoe? Is dat wat u mij probeert te zeggen?'

Stilte. De zuster stopte het rietje weer in zijn mond en zette daarna de beker weg. Met kordate passen verdween ze naar de gang.

Robin voelde dat ze dezelfde kleur aannam als het behang.

'Misschien.'

De directheid van haar vraag deerde hem blijkbaar niet. 'Dan hebt u groot gelijk dat u alleen nog maar licht verteerbare boeken leest.' Haar stem klonk zacht.

'Vertel eens, waar hou jij van?'

'Om heel eerlijk te zijn lees ik weinig. Te weinig eigenlijk, en als ik lees is het iets makkelijks.'

'Geen interesse?'

'Misschien. Ik kom er niet toe. Ik neem niet zo snel vakantie. Meestal ga ik snel door met het volgende, zodat ik niet hoef na te denken. De bedoeling van mijn komst naar Ierland was om juist wél na te denken.'

'Interessant.'

'Ja, blijkbaar zie ik het overdenken van mijn leven als vakantie. Terwijl u het juist vakantie vindt als u niet over het leven hoeft te piekeren.'

'Tja.' De man keek voor zich uit.

Robin ging achterover in haar stoel zitten en keek vanuit haar ooghoeken naar de foto van Connor op het paard. Jammer dat zo'n knappe man zo onuitstaanbaar was.

'Over een paar minuten moet meneer rusten.' Met die mededeling klepperde de zuster de kamer in en meteen ook weer uit.

'Haar komst is nooit onaangekondigd met die klompen.' Robin beet op haar lip om niet te lachen.

De man tegenover haar glimlachte haar warm toe. 'Het zal me goed doen, een beetje Hollandse humor in dit huis. Kom je morgen weer?'

Robin schoof naar voren in haar stoel.

'Heeft Connor alles met je doorgesproken?' vroeg de man.

'Ehm, is het goed als hij u nog laat weten hoe en wat verder?'

'Natuurlijk. Ik kijk uit naar je komst.'

Gelukkig, daar was de zuster weer. 'Ik laat je even uit.' Ze sprak zacht, maar dwingend. Robin snapte heel goed wat Connor had bedoeld toen hij zei dat hij een ander soort vrouw zocht. Maar ze was nog steeds kwaad op hem. Hij had haar voor het blok gezet. Zodra ze de lange oprijlaan af gelopen was en links het zandpad op draaide naar het meer, pakte ze haar telefoon uit haar tas. Klaar om hem ontzettend uit te schelden belde ze zijn nummer. Helaas had ze geen bereik.

Met grote stappen wandelde ze naar het dorp terug. Ze voelde zich enorm schuldig tegenover meneer McFarland. Waarom had hij eigenlijk een Ierse achternaam als hij Nederlander was? Dat had ze hem nog willen vragen. Hoe kon ze nu weglopen en nooit meer terugkomen als hij dacht dat ze hem vanaf nu dagelijks zou komen bezoeken? Wat een rotstreek van Connor. Hij dacht vast dat ze te zacht en gevoelig was om een zieke oude man met heimwee te weigeren. Nou, dat had hij mis. Achter zich hoorde ze het gegrom van een terreinauto dichterbij komen. Gelukkig, er reed af en toe tenminste nog iemand langs. Toch fijn om te weten, dat er uiteindelijk hulp zou komen als je met een gebroken been in een greppel terechtkwam.

Ze ging aan de kant lopen, zodat de auto haar kon inhalen, maar dat deed hij niet. Naast haar hield de auto stil. Ze stak ter begroeting haar hand op. Dat was vast zoals het hoorde hier. Het was een groene Land Rover, zo een die ze ook wel eens in Amsterdam zag, maar waarvan ze nooit begreep dat mensen in de stad hem kochten. Er zat een imperiaal op aan de bovenkant, waar je met gemak een paar geschoten herten op kwijt kon. Of een kano. Voor het raampje openging had ze hem al herkend.

‘Hoe was de bezichtiging?’ Hij bleef naast haar rijden.

‘Bezichtiging? Wat ben jij achterbaks! Hoe kun je je zieke vader laten denken dat het allemaal geregeld is en dat ik vanaf nu iedere dag ga voorlezen! Mijn bus gaat om vier uur, Connor. Ga jij hem maar vertellen dat ik nooit meer terugkom. Dag, en tot ziens!’

Hij bleef naast haar rijden.

'Wil je een lift?'

'Nee, ik wil lopen en van het Ierse landschap genieten, die twee dagen dat ik in Ierland ben, maar dat verpest jij nu met je fourwheeldrive en je aristocratische kop.'

Connor draaide zijn raampje dicht en reed zijn auto naar de andere kant van de weg. Zo, die had ze afgepoeierd. Dat was niet eens moeilijk geweest! In hetzelfde gehaaste tempo liep ze door. Achter zich hoorde ze een portier dichtslaan. Hij had haar in een mum van tijd ingehaald.

'Zei jij nu dat ik een aristocratische kop had?' Hij kon zijn lachen blijkbaar moeilijk inhouden. 'Schelden is duidelijk niet jouw sterkste kant.'

Robin verhoogde haar tempo. Nog even en ze zou gaan rennen. 'Daar ben ik trots op. Trouwens, ik oefen niet genoeg, want ik kom niet dagelijks zulke irritante types tegen.'

'Voor iemand die van het uitzicht wil genieten, wandel jij nogal hard.'

'Voor iemand die net is weggestuurd, wandel jij ook nogal hard naast mij.'

'Kunnen we het er even rustig over hebben?'

'Over hebben? Je luist mij er twee keer in en dan wil je een "gewoon" gesprek? Hoe kan iemand met zo'n vader zelf op sociaal vlak totaal niet sporen?'

'Weet je, Robin, ik wist dat het zou klikken tussen jullie. Ik hoopte dat je zou inzien dat je perfect bent voor de baan als je hem zou ontmoeten.' Het meer kwam in zicht. 'Ik sprak Dahlia, de zuster...'

Heette zij serieus Dahlia? De naam 'Distel' had haar beter gepast.

'Ze zei dat hij helemaal opgewekt was nadat je was geweest en dat hij uitkeek naar het moment dat je komt voorlezen.'

Stilte.

'Je manipuleert verdomd goed voor iemand die sociaal niet helemaal in orde is.'

'Je hoeft mij niet tegen te komen. Je hoeft alleen wat met hem te lezen en te kletsen.'

'Als je gewoon eerlijk was geweest, had ik het allang gedaan. Maar de manier waarop jij mij behandeld hebt, daar kan ik me niet overheen zetten.'

'Te veel trots heb je!'

'Nee, ik hou van integriteit en oprechtheid.'

'Verdorie, waarom maak je het mij zo moeilijk!'

'Voor alle duidelijkheid: jij maakt het mij moeilijk! Laat me gaan en plaats een foto van je kasteel op internet. Dan heb je zo hordes vrouwen die er graag willen komen wonen.'

'Het is geen kasteel, het is een huis en ik wil niet dat ze alleen daarvoor komen.'

'Je bent een slimme man, je regelt het wel. Er is vast wel iemand die de leugens die jij verzint over het hoofd ziet.'

'Robin, jij bent precies wat ik in gedachten had voor mijn vader, maar ik ga je niet smeken.'

'Hoeft ook niet. Net als je ook niet had hoeven liegen. Voor je vader was ik wel gekomen. Sterker nog, ik was waarschijnlijk dolblij geweest als ik eenmaal had ontdekt dat het zo'n leuke man was.' Ze hield dit tempo niet vol. Haar adem begon aardig op die van een amechtig paard te lijken.

'Doe het dan voor hem.'

Robin zei niets.

'Ik verdubbel je salaris.'

'Nu ik je huis heb gezien, weet ik dat je het makkelijk kunt missen.'

'Zeg me gewoon wat ik moet doen om het goed te maken.'

'Wat je moet doen?' Een flauwe glimlach verscheen rond haar lippen. Toen stond ze abrupt stil en keek naar het meer dat voor hen lag als een donkerblauwe vlakte tussen de groene heuvels. Haar blik ging van Connor naar het meer. Hij dacht zeker dat ze nu ging zeggen dat het niet nodig was. Dat ze alsnog zijn aanbod zou aannemen. Dan had hij haar mooi verkeerd ingeschat. Geen kans zou ze onbenut laten om deze irritante man te laten zweten. Haar glimlach werd steeds groter.

Hij had haar door. 'Dat meen je niet! Dat doe je me niet aan.' Met een blik vol ongeloof keek hij naar Robin.

'Als jij het meer in duikt, neem ik je aanbod graag aan, Connor McFarland.'

'Jij bent niet goed bij je hoofd!'

'De keuze is aan jou.' Robin haalde zo ongeïnteresseerd mogelijk haar schouders op. Ze stonden inmiddels aan het begin van de steiger.

'Dan staan we quitte en beginnen we opnieuw?'

'Met een schone lei.'

'Wat is dat?'

Robin sloeg zo dramatisch mogelijk haar ogen ten hemel. 'Dat is een uitdrukking. Ik heb geen zin om hier uren te gaan staan wachten.'

Connor had zijn schoenen al uit. Ze keek verbaasd toe hoe hij daarna ook schaamteloos zijn shirt uittrok en begreep meteen waarom John had geroepen dat meisjes uit de buurt hem nooit iets weigerden. Hij zou zijn onderbroek toch wel aan laten?

'Ik zie je wel gluren.'

Robin glimlachte liefjes. 'Ik denk heus niet aan datgene waar jij denkt dat ik aan denk.'

'Waar denk jij dan aan volgens mij?'

Robin probeerde niet al te opzichtig te kijken toen hij in zijn strakke Ralph Lauren-boxershort voor haar neus stond. 'Ga dan.' Waarom kreeg ze nu een rood hoofd? Zij, die de afgelopen maanden zonder enige gêne mannen haar bed in had gesleurd?

'Je wordt nerveus als ik naakt ben, dat is een goed teken.' Hij draaide zich om en toen ze hem schaars gekleed de gammele steiger af zag lopen, dacht ze inderdaad alleen nog maar aan datgene waarvan zij dacht dat hij dacht waar zij aan zou denken.

Plons! Hij was verdwenen. Respect had hij nu wel verdiend. Zelf zou ze nooit gesprongen zijn. Ze had het niet op donker natuurwater. Er groeiden vast heel veel slierterige planten in die langs je lichaam aaiden als je zwom. Ze liep een stukje de steiger op en hurkte om haar hand in het water te steken. IJskoud!

Haar ogen gleden naar de plek waar hij in het water was gesprongen. Nu moest hij weer bijna boven zijn. Toch? Ze ging op de rand van de steiger zitten. Waarom kwam hij niet boven? Haar benen bungelden krachtig heen en weer. Hij was toch niet met zijn voorhoofd tegen een steen geklapt? Met haar handen zette ze zich af op het hout om weer te gaan staan. Waarom moest hij per se duiken? Het water was helemaal niet helder genoeg. 'Connor!' Ze riep zo hard ze kon. Nauwkeurig speurde ze het water af. Nergens zag ze bubbels omhoogkomen. Shit, dit was niet goed. Angstvallig bleef ze naar het water turen. Er zat niets anders op.

Als een razende begon ze zich uit te kleden. Ze schopte haar halfhoge laarsjes uit en sjorde haar donkerblauwe trui hardhandig over haar hoofd. Haar broek moest nog uit. De knopen zaten vast. Haar handen schenen niet meer te functioneren. Met kracht probeerde ze de broek over haar dijbeen te trekken. De stof schuurde ruw tegen haar huid. Als er maar niets ernstigs was.

'Fijn om te weten dat je toch om me geeft.' In een flits zag ze iets onder haar bewegen. Connor zwom heel rustig onder de steiger vandaan en klom erop.

'Eikel!' Op het moment dat ze hem zo ontspannen tevoorschijn zag komen, wist ze dat ze hem officieel haatte. Zodra hij op de steiger stond, duwde ze hem met een ferme zet het water weer in. Proestend van de lach kwam hij even later weer boven. Robin trok zo snel mogelijk haar kleren weer aan en liep weg. Helemaal klaar was ze met die gast.

9

'Heb je hem in het meer laten zwemmen?' Sam keek haar vol ongeloof aan. 'Dat is hartstikke gevaarlijk. Het is heel diep en ijskoud! Zelfs op de heetste zomerdag gaat niemand daar voor zijn lol zwemmen!'

'Hij verdiende het.' Robin had er geen moment spijt van gehad. 'Trouwens... ik zat te denken om een poosje te blijven.'

'Jeetje, en dat hij er gewoon in gesprongen is. Echt een bikkel...' Sam staarde langs haar heen.

'Joehoe! Ik blijf dus een poosje.'

'Wat een geweldig plan!' Sam voegde wat alchemilla toe aan het boeket dat ze aan het maken was.

'Aangezien jij de plaatselijke bloemist bent, vroeg ik me af of je misschien iemand weet die een goedkope bed & breakfast heeft, waar ik een paar weken terechtkan.'

Nog wat viburnum erbij... Sam bedacht hoe raar het klonk dat zij de plaatselijke bloemist was. 'Er schiet me zo niets te binnen, maar ik zal erover nadenken.' Ze hield het boeket in de lucht. 'Wat denk je?'

'Ik wil niet te lang in de pub blijven. Het eten is niet echt lekker, op zijn zachtst gezegd, en in dat bed slapen is pure zelfkastijding...'

'Ik bedoelde mijn boeket.' Sam hield het voor haar neus.

'Ehm, het ziet er oké uit.'

Sam zuchtte. 'Ik probeer de korenschooftechniek, daarmee kun je ronde boeketten maken die in een bolle vaas kunnen.'

'Heb je dat van internet gehaald?' Robin knikte naar een uitgeprint A4'tje met foto-uitleg.

'Ja, ik probeer het te leren. Ik kan Joyce niet eeuwig de boeketten laten maken.'

'Misschien moet je meer op je gevoel afgaan en minder op de techniek?'

'Je vindt het dus lelijk.' Sam haalde het elastiekje van het boeket en begon het weer uit elkaar te halen.

Robin beet op haar lip.

'Je bent tenminste eerlijk. Ik heb het gevoel dat ik alleen maar klandizie krijg omdat mensen me zielig vinden.' Met samengeknepen ogen staarde ze naar het blaadje en begon daarna, met een vastberaden trek om haar mond, opnieuw.

'En omdat je de enige bloemenwinkel in de wijde omtrek hebt?' plaagde Robin. Ze kon niets anders dan respect hebben voor het doorzettingsvermogen van de vrouw voor haar. Zelf zou ze het bijltje allang door de winkel hebben gegooid.

'Is dat John die daar loopt?' Sam smeet de bloemen op de toonbank en rende de winkel uit. 'John, kom even binnen.'

'Bloemen? Ik weet het niet hoor, Sam. Het is niet helemaal mijn ding.' Hij wierp een zenuwachtige blik op Robin.

'Zij weet niets van ons geheimpje.' Sam deed een stap dichter naar hem toe en zei met overtuiging in haar stem: 'Iedere vrouw houdt van bloemen. Aan jou de keus. Je kunt ook de komende maanden gewoon naar haar blijven staren, dan weet je tenminste zeker dat er nooit iets gebeurt.'

John wreef met zijn handen over zijn gezicht en keek naar Sam alsof ze hem net had gevraagd of hij wilde deelnemen aan een amateuropvoering van het Zwanenmeer. 'Moeilijk.'

'Wat is er moeilijk? Het is toch altijd leuk om bloemen te krijgen? Dan maak je haar in ieder geval duidelijk dat je meer dan een vriend voor haar wilt zijn.'

'Meer dan de barman, bedoel je.'

'Neem ze gewoon mee, ze zijn van het huis, kun je altijd nog beslissen wat je ermee doet.'

John vertrok met de bos bloemen.

'Het is een vreemd gezicht,' concludeerde Robin. 'Zo'n reus met een bos knalgele narcissen onder zijn arm.'

'Ze moet er toch blij mee zijn? Het is niet eens de tijd voor narcissen. Dat maakt het extra bijzonder!'

'Over wie hebben we het?'

'Grace, die bij de toeristeninformatie werkt.' Ze knikte in de richting van het plein. 'Nadat hij zelf een paar biertjes op had gisteren en jij in bed lag, heeft hij het toegegeven. Jij weet natuurlijk van niets.'

'De toeristeninformatie, daar moet ik heen! Daar weten ze vast een goed onderkomen voor me.' Ze slenterde de bloemenwinkel uit en wilde een paar deuren verder weer naar binnen gaan toen ze haar naam hoorde.

'Robin! Ik bedacht net,' Sam stond snel ademend achter haar, 'je kunt natuurlijk gewoon bij mij komen logeren. Ik heb een extra kamer en een keuken en het is gratis!'

Robin moest lachen om haar uitbundigheid. 'Wat lief van je, maar dat hoeft echt niet.'

'Natuurlijk hoeft dat niet! Maar ik wil het. Het lijkt me gezellig.'

'We weten sinds gisteravond al alles van elkaar, dus daar kan het in ieder geval niet op stuklopen!'

'O nee, was ik heel dramatisch gister?'

'Helemaal niet! Het is gewoon een interessante manier om elkaar te leren kennen.' Robin wuifde Sams schaamte weg met haar hand. 'Ik sta er wel op om je te betalen.'

'Deal. Als je vanavond meteen mee wilt eten, ik heb nog lasagne...'

Voor de pub zag ze zijn auto al staan. Ze kon natuurlijk een wandelingetje maken en dan hopen dat hij weg zou zijn als ze terugkwam. Abrupt draaide ze zich om. Haar blik gleed over het plein. Nee, dat zou belachelijk zijn. Misschien ging hij wel acht biertjes drinken en dan zou zij minstens tien kilometer moeten afleggen voordat ze haar spullen kon ophalen!

Met haar schouder duwde ze de zware deur open. Er was helemaal geen reden om hem uit de weg te gaan. Binnen was het luidruchtig en hectisch. Hoe kon zo'n rustig dorp zo'n levendige pub hebben? En waarom zag ze hem meteen terwijl er zo veel mensen waren? Haar blik werd naar hem toegetrokken alsof hij als enige in een leeg zaaltje stond. Met zijn rug naar haar toe stond hij met twee mannen te praten. Zijn hand lag op het hoofd van Fridge, die vol genegenheid tegen hem aan schuurde. Alleen het glinsteren van zijn natte haar verraadde de zwempartij van nog geen uur geleden.

Zou ze ongezien naar boven kunnen lopen om haar tas te pakken? In een rechte lijn liep ze voorbij de bar naar de hal. Ze wilde net de klapdeur naar de trap een zwieper geven toen hij achter haar stond.

'Je gaat er toch niet vandoor, hè?' Betrapt draaide ze zich om. Fridge was achter hem aan gekomen en duwde net zo lang met zijn snuit tegen zijn broek tot hij hem achter zijn oor begon te kriebelen.

'Bedankt voor je vertrouwen, maar nee, ik ga naar mijn nieuwe onderkomen. Als ik een belofte doe, hou ik me daaraan.' Ze keek naar de natte kraag van zijn shirt en zag hem ongewild voor zich zonder.

'Het was wel schattig dat je zo snel in actie kwam. Nog nooit heeft een vrouw zich voor mij in zo'n rap tempo van haar kleding ontdaan.'

Schattig? Gebruikte hij nu echt het woord schattig? Kon hij niets denigrerenders bedenken? 'Ik hoop dat je goed hebt gekeken, want het is beslist de laatste keer dat jij mij in weinig kleren hebt gezien.' Ze liep een paar treden de trap op voordat ze zich weer naar hem omdraaide. 'En wat die andere vrouwen betreft, misschien motiveer je ze niet genoeg als ze zich in een slakkentempo uitkleden als ze bij je zijn.' Ze lachte op haar liefst.

Hij keek haar een tijdje aan en glimlachte uiteindelijk. 'Waarom kom je niet bij ons wonen? Ik kan Dahlia vragen een kamer voor je in orde te maken.' Hij leunde totaal ontspannen tegen de muur naast de trap. Fridge leunde mee.

Het liefst had ze die afschuwelijke grijns van zijn gezicht gemept. 'Connor, luister. Als deze baan met jou te maken zou hebben, dan had ik hem nooit aangenomen. Het is dat ik je vader graag mag...' En verder geen leven heb, dacht ze er in stilte achteraan. Ze draaide zich om en begon de trap op te lopen.

'Oké.'

Ze keek om, maar liep langzaam verder.

Hij hief zijn hand omhoog, als teken dat hij zich gewonnen gaf. 'Loop even langs mijn huis voor je aan het werk gaat, dan schrijf ik je bankgegevens op en nemen we alles nog even door. Ik woon in het bijgebouw links.'

Om tien uur was ze vertrokken dus ze zou er iets voor elven zijn. Dat was een goede tijd voor een zondag. Misschien zou ze die auto niet eens nodig hebben. De wandeling naar haar werk was prachtig en een beetje beweging kon geen kwaad. Het was een van de dingen die ze in haar nieuwe leven vaker wilde doen.

Het bijgebouw links, had Connor gezegd. Eenmaal op de oprijlaan zag ze het staan. Het zat praktisch aan het huis van zijn vader vast. Zijn boswachterachtige Land Rover stond voor de deur. Toen ze bij de zware, groen geschilderde deur was aangekomen, trok ze aan de bel. Ze hoorde hem door het huis galmen. Snel deed ze een stap naar achteren.

Robin wipte van haar ene op haar andere been. Ze huiverde. Het leek wel of ze een halve fles whisky achterover had geslagen vannacht en nog aan het bijkomen was. Hoorde ze daar voetstappen? Waarom duurde het zo lang? Het was toch geen onchristelijke tijd? De deur zwaaide open.

Het was duidelijk wel een onchristelijke tijd. Connor stond voor haar in zijn boxershort en een T-shirt dat binnenstebuiten, achterstevoren zat. 'Robin? Alles goed?' Met zijn vingers probeerde hij zijn warrige haar te fatsoeneren.

'Ehm, ja sorry, ik dacht dat ik langs zou komen voordat ik aan het werk zou gaan om nog wat dingen te bespreken... secundaire arbeidsvoorwaarden en zo.'

'Wat?'

'Secundaire arbeidsvoorwaarden?'

'Wat betekent dat? Sorry, ik had je niet zondagochtend vroeg verwacht. De meeste mensen in Ierland werken van maandag tot en met vrijdag.' Hij wreef met zijn hand over zijn ongeschoren kin.

'Ik ging ervan uit dat ik iedere dag een paar uurtjes zou komen. Voorlezen kan ik toch niet van negen tot vijf doen? Dat doe je toch maar maximaal twee uur per dag? En het is toch juist iets wat je in het weekend doet? Je vader is toch zeven dagen per week ziek?' Robin schoof met haar voet door het grind en probeerde zichzelf voor te houden dat ze zich niet opgelaten hoefde te voelen. Ze had alle recht hier te staan!

'Het komt nu nogal slecht uit. Ik ben niet alleen. Misschien kun je na het voorlezen langskomen, over twee uurtjes?'

Hij was niet alleen? Oké, dit ging veel verder dan je opgelaten voelen. Ze wilde ter plekke in een kiezel veranderen en tussen het grind verdwijnen. 'Nou, doei!' Op haar hakken draaide ze zich om. Rustig weglopen, Robin, niet rennen! Hoe had ze kunnen aanbellen! Ze had ook haar telefoon kunnen pakken om dingen te regelen. Het contact met hem bestond uit een aaneenschakeling van irritante situaties. Misschien had ze toch beter thuis kunnen blijven.

'Wat een verrassing!' Meneer McFarland keek verheugd toen hij Robin zag verschijnen.

Gelukkig was er iemand die wel blij was om haar te zien. 'U vindt het toch niet erg dat ik op zondag kom?'

'Integendeel, het is hier altijd zo stil op zondag. Heb je Dahlia gevraagd thee te brengen?'

'Ehm.'

Hij stak zijn hand uit naar het tafeltje naast hem en pakte moeizaam een koperen belletje. Hij rammelde er een paar keer ongecontroleerd mee. Dahlia kon dat onmogelijk horen. 'Zal ik het haar even gaan vragen?' Robin draaide zich al om naar de deur.

'Dat zou fijn zijn.'

'Waar is de keuken precies?'

'Heeft Connor je nog niet rondgeleid?'

'Dat komt wel.'

'Ik zal hem wel even bellen, het liefst had ik het zelf gedaan, maar mijn benen willen niet meer en er zijn nogal wat trappen in dit huis. Kun je mij de telefoon aangeven?'

'Hij leek nogal... bezig daarnet. Ik vind het echt wel.'

'O, maar hij is altijd bezig. Hij is een echte doener, altijd met zijn paarden in de weer...' Hij gebaarde naar de handsfreeset naast hem.

Moest ze hem vertellen dat hij niet met een paard, maar met een vrouw in de weer was? Robin deed een stap naar voren om hem de telefoon te geven.

'Connor, ik heb hier een meisje dat graag een rondleiding wil, zou jij die kunnen verzorgen? Nee, nu... Natuurlijk komt dat wel uit... Ik zie je straks.' Het kostte hem moeite om de telefoon uit te schakelen en terug op het tafeltje te leggen. Eenmaal weer recht in zijn stoel, wendde hij zich tot haar. 'Hoe gaat het nadenken? Kom je tot iets?'

'Nog niet echt, maar ik heb tijd.'

'Ga toch zitten en vertel.'

Ze ging op het puntje van dezelfde gebloemde fauteuil zitten waar ze gisteren had gezeten en voelde zich zwaar ongemakkelijk. Om het rare gesprek met Connor naar de achtergrond te laten verdwijnen, begon ze hem te vertellen over het logeren bij Sam en over John. Hij luisterde geïnteresseerd. De man die hier naar haar zat te luisteren, was duidelijk een andere man dan die ze net aan de telefoon hoorde.

Zijn vaders wil was blijkbaar wet, want binnen tien minuten stapte Connor in een oude spijkerbroek en een capuchontrui de kamer binnen.

'Vader.' Zijn toon was afstandelijk.

'Was je nog niet op? Het is al bijna middag. Laat jij Robin alles zien?'

Connor bleef voor zich uit staren. 'Als je daarop staat.'

'Dat doe ik.'

Het leek wel of ze naar een toneelstuk keek. De twee mannen leken vreemdelingen voor elkaar. Dit was toch wel zijn vader? Robin stond op en keek stiekem of ze op de schouw een foto kon vinden waar ze allebei op stonden. Die was er niet. Had hij daar ook over gelogen?

'Ga je mee?' Connor stond al bij de deuropening. Robin liep achter hem aan en hoopte dat dit baantje inderdaad zo ongecompliceerd ging worden als ze had gedacht.

'Zullen we bij de hal beginnen?' Hij liep voor haar uit de gang door. Hun voetstappen weerkaatsten tegen de muren als in een museum. 'Dit huis komt van mijn moeders kant. Zij was enig kind en het is al 174 jaar in de familie...' Zijn stem klonk monotoon.

'Het spijt me dat je dit moet doen. Ik had je vader gezegd dat je bezig was. Ik zit er ook niet op te wachten om door iemand rondgeleid te worden die liever een deur verderop ligt te krikken.'

'Krikken?'

'Dat is hetzelfde als de liefde bedrijven.'

'Sorry?'

'Je hoeft niet zo schijnheilig te doen. Ik begrijp echt wel wat je bedoelde toen je daarnet zei dat er iemand was en ik niet binnen kon komen. Trouwens, zelf ben ik geen haar beter. Ik word zelf ook nogal aanhankelijk na een paar glaasjes. Ik heb mezelf net een paar maanden geheelonthouding opgelegd. Mooie klok is dat. Die is niet victoriaans, toch? Hij lijkt ouder.' Robin liep er iets dichter naartoe.

'Hij lijkt ouder, maar hij is victoriaans volgens mij. Dat soort dingen kun je beter aan mijn vader vragen. Even voor de duidelijkheid: fijn om te weten dat jij opgewonden wordt als je drank op hebt, die zal ik zeker onthouden, maar er logeert een studievriend uit Dublin bij me die gisteravond in Johns pub iets verkeerds heeft gegeten en al de hele nacht boven de wc hangt. Een ontmoeting wilde ik zowel jou als hem niet aandoen. Zullen we naar boven gaan?' Hij liep voor haar uit de trap op. Halverwege keek hij nog even om. 'Heb ik je nu aan het blozen gemaakt?' De onuitstaanbare grijns was weer op zijn gezicht verschenen.

Robin besloot haar nederlaag zwijgend te ondergaan. Nadat ze afspraken hadden gemaakt, zou ze niets meer met hem te maken hebben. Ze besteeg de brede mahoniehouten trap en eenmaal boven won haar enthousiasme het meteen van de gênante situatie die net had plaatsgevonden. De kamers waren op kleur ingericht. Er was een rode, een groene, een blauwe en een turquoise kamer en dan had ze nog maar de helft gezien.

'Wat doen jullie met al die prachtige kamers!'

‘Niets, mijn vaders slaapkamer is beneden. We geven één keer per jaar een liefdadigheidsbal. Dan is alles bezet, de rest van het jaar wordt er hier stof verzameld. De helft van de opbrengst van het bal gaat naar het goede doel en de andere helft gebruiken we om het huis van te onderhouden.’

Robin probeerde haar enthousiasme enigszins te beteugelen terwijl ze door de vertrekken liep. Haar hart ging sneller kloppen van dit soort interieurs. Dikke vitrage hield de zon tegen. In alle ruimtes moest ze de gordijnen opzij duwen om naar het prachtige uitzicht te kijken. Het liefst had ze de ramen geopend om te zien hoe de zonnestralen de kamers in zouden vallen, maar ze wilde niet dat Connor haar een freak vond, dus deed ze het met het gefilterde licht. Ze wierp een blik op hem. Hij stond in de deuropening, met zijn armen over elkaar, naar haar te kijken. Of op haar te wachten. Waarschijnlijk kreunde hij vanbinnen net zo erg als het hardhouten visgraatparket onder haar voeten deed als ze liep. Zo snel mogelijk wilde hij er vanaf zijn. Voor hem langs liep ze de hal weer in. Even rook ze hem. Het was iets van haarspul of crème. Dat laatste gebruikte hij vast niet. Een moment vroeg ze zich af hoe het zou zijn om haar neus in zijn haren te stoppen, maar meteen daarna lachte ze zichzelf hartelijk uit. Het was een belachelijk beeld. Ze knikte naar de laatste deur. ‘Mag ik?’

Connor haalde zijn schouders op.

De deur piepte bij het opengaan. Toen ze in de kamer stond, keek ze ademloos naar de kaptafel links van de deur, waarop zilveren snuisterijen lagen uitgestald. Ze ging ervoor staan en streelde het ingelegde hout. Daarna hield ze een zilveren handspiegel en een ouderwetse zilveren borstel omhoog. In gedachten zag ze een dame met lang blond haar achter de kaptafel zitten. Deze kamer had iets nostalgisch. Het rook er naar talkpoeder. Alsof er net nog iemand binnen was geweest die het had gebruikt.

Connor leunde ook nu weer in de deurpost en sloeg haar met een ondoorgrondelijke blik gade. Bij het zien van de spullen die ze in de lucht hield, haalde hij zijn schouders op.

Robin was verder de kamer ingelopen en stond nu bij een oud naaikastje. Voorzichtig maakte ze het klepje aan de bovenkant open. 'Connor, kijk! Er zit nog oud kant in!' Ze haalde er een stuk kant uit en aaide het met haar vingers. 'Kijk nou!' Ze hield het omhoog.

Connor trok één mondhoek op.

'Ik ben zo klaar,' verontschuldigde ze zich. Aan de andere kant van de kamer stonden twee kolossale hemelbedden. Robin moest alles even aanraken. 'Er zitten nog echte gordijnen op! Stel je voor dat je hierin mag slapen!' Robin zuchtte bij het zien van zijn ongeïnteresseerde blik. Ze had wel honderd vragen, maar ze was er al achter dat Connor beslist niet stond te popelen om te antwoorden. Hij bekeek haar energieke gesnuffel zwijgzaam.

'Zullen we naar beneden gaan?' vroeg hij na een tijdje.

'Is er geen zolder dan?' zei Robin teleurgesteld.

Connor bekeek haar bedachtzaam. Daarna lachte hij kort en haalde zijn handen door zijn haar. 'Die is er wel. Er is ook een donkere vochtige kelder onder het huis, heb je daar soms ook nog interesse in?'

Het verraste haar dat hij niet geërgerd was. 'Sorry, ik hou je op, je wilt natuurlijk terug naar je vriend.'

Hij leek een paar seconden na te denken. 'Die redt zich wel, kom.' Hij opende een klein deurtje aan het einde van de gang. 'Dames eerst.' Robin liep langs hem heen de smalle trap op en rook in het voorbijgaan zijn geurtje weer. Het was zijn shampoo. Hij had vast geen haarspul.

'Weet je wat ik me afvraag, nu ik je zo vol passie door dit huis zie lopen?'

'Nou?'

'Waarom je het aanbod om hier in te trekken hebt afgeslagen. Zelden heb ik iemand gezien die zo gelukkig wordt van dit oude huis.'

'Ik heb iets met geschiedenis. Ik zie verhalen voor me. Vrouwen met hoepelrokken die aan die kaptafel beneden hun haar aan het borstelen zijn. Mannen die ongeduldig in de hal staan te wachten en hun zakhorloge opwinden. Mijn oma gaf me...' Midden in de zin stopte ze met praten. Wat had hij aan die informatie?

'Wat gaf ze je?'

'Al haar zilver. Ze was er enorm aan gehecht. Het paste niet meer in mijn tas, toen ik hierheen ging.'

Hij moest lachen. 'Ja, dat weet ik nog, dat er echt niets meer in die tas paste.'

Robin keek de zolder rond. Er waren een aantal kleine sobere kamertjes met een wasbak en een bed. Overal hingen spinnenwebben.

'Je bent nog steeds welkom om bij ons te logeren.'

Robin haalde haar schouders op. 'Ik slaap bij iemand in het dorp. Het is een fijne wandeling hiernaartoe.'

'Er staat bij de stallen nog een kleine Peugeot. Neem die maar zolang je hier bent.'

Robin begon door de kamertjes te wandelen. Ze waren via kleine deuren met elkaar verbonden. 'Ik red me wel zonder auto.'

Connor liep achter haar aan. 'Ik wil niet dat je in het donker terugloopt naar het dorp.' Zijn stem klonk beslist, bazig bijna.

Robin opende een grote kast die een bedstee bleek te zijn. 'Je hebt gelijk. Misschien komt het monster wel uit het meer!' Ze sloot de deuren weer. 'Of, erger nog, er komt een engerd in een groene Land Rover, die een list verzint en mij al mijn kleren laat uittrekken op de steiger!'

Connor pakte haar arm, zodat ze zich naar hem toe moest

draaien. 'Ik meen het. Je moet hier 's avonds niet alleen gaan wandelen. Het wordt plotseling pikdonker en dan weet je echt niet meer waar je bent of waar je naartoe moet. Zeker zo'n stadsmeisje als jij. Beloof me dat je de auto pakt als het laat is.' Zijn gezicht stond bloedserieus. Ze knikte kort en trok haar arm los uit zijn greep.

Connor herpakte zich en sloeg zijn armen over elkaar. 'Hier sliep het personeel vroeger.' Robin stond op haar tenen, met haar rug naar hem toe in een poging uit het raam te kijken. Haar arm tintelde nog na op de plek waar hij haar had vastgepakt.

'Waar woon je eigenlijk?'

'Bij iemand in het dorp.'

'Dat zei je al, maar bij wie?'

'Bij Sam.' Robin draaide zich om, zodat ze zijn gezichtsuitdrukking kon zien.

'Bloemenwinkel-Sam?'

Die met wie jij zo'n leuke avond hebt gehad. 'Ja, die.' Een beeld van hen samen in een oud hemelbed schoot door haar hoofd. 'Ik geloof dat ik maar eens wat ga lezen, ik wil je vader niet laten wachten.'

'Dan bewaren we die vochtige kelder voor een andere keer.' Hij bleef staan waar hij stond en keek haar aan.

'Daar hou ik je aan.' Robin kon niets anders doen dan terugkijken. In haar buik werden ondertussen een paar voetzoekers afgestoken. Haar telefoon trilde in haar broekzak. Op zolder had ze blijkbaar wel bereik.

Ze schraapte haar keel voordat ze opnam. 'Sam, hoi,' sprak ze in de telefoon, terwijl ze nauwlettend naar het gezicht van Connor keek, maar dat bleef exact zoals het was. Robin draaide van hem weg.

'Ben je in de buurt?' vroeg Sam. 'Ik moet je om een gunst vragen. Ik weet dat het zondag is, maar ik moet aan het einde van de middag naar een golfclub in de buurt en Joyce zou meegaan, maar die is ziek. Het is natuurlijk raar dat ik jou vraag, maar ik ben nogal zenuwachtig, ik heb zoiets nog nooit gedaan en straks gaat het mis. Het kan gemakkelijk misgaan, toch? Als jij nu–'

'Sam stop,' onderbrak Robin haar woordenwaterval. 'Ik ga met je mee.' Ze legde haar hand op haar onderbuik om de smeulende voetzoekers te doven.

Sams stem klonk opgelucht. 'Oneindig veel dank!'

10

Die kronkelweggetjes zagen er wel reuze pittoresk uit, maar haar maag trok het niet.

'Wat voor bloemen hebben mensen in hemelsnaam bij hun bruiloft?'

'Wat ze mooi vinden.' Focus, Robin. Naar de horizon kijken.

'Veel wit waarschijnlijk. Ik heb een lijst gemaakt van de meest voorkomende witte bloemen.' Sam keek opzij. 'Mijn god Rob, over wit gesproken!' Bij de eerste wegverbreding stopte ze de auto. 'Stap uit!'

Robin opende het portier en stond een tijdje in de buitenlucht, tot ze zichzelf weer onder controle had.

'Misschien moet jij rijden,' zei Sam.

Robin knikte en liep om de auto heen om op de plaats van Sam te gaan zitten. Zelf rijden hielp inderdaad. De misselijkheid verdween. Even later reden ze het met grind bedekte parkeerterrein van de kleine golfclub op. Opgelucht zette ze de auto voor het clubhuis.

'Precies op tijd! We doen net of jij bij mij werkt, ja?' Sam trok het vuurrode jasje dat ze voor de gelegenheid had aangedaan recht en liep voor Robin uit naar binnen. Het interieur, met veel donker hout, deed Robin aan de pub van John denken. Gelukkig was het hier veel minder druk. Achter de bar stond een slungelige jongen met pukkels.

'Wij hadden een afspraak met mevrouw...' Sam keek op het A4'tje dat ze in haar hand had. 'Culley?'

De tiener stak zijn hoofd om de hoek van de keuken achter de bar. 'Mam! Er is iemand voor jou!'

Na enkele seconden verscheen er een slanke vrouw van ongeveer hun leeftijd in de deuropening. In het voorbijgaan gaf ze haar zoon een dankbaar kneepje in zijn arm. Robin stelde zichzelf voor met een puber van zeker dertien. Deze vrouw moest nog een meisje geweest zijn toen ze haar zoon had gekregen.

'Jij moet Sam zijn!' Ze klapte in haar handen als een klein kind en vergat zich in alle commotie voor te stellen. 'Ik pak wat te drinken, dan kunnen we meteen beginnen! Spa allebei?'

Robin keek naar de laag foundation, die het gezicht van de vrouw een flinke tint donkerder maakte dan de huid in haar nek. Het zag eruit alsof ze een maskertje op had dat ze er nog af moest wassen. 'Heb je misschien cola?'

'Zero neem ik aan? Allebei?' Zonder op antwoord te wachten pakte ze twee flesjes onder de bar vandaan en liep ze naar een tafeltje bij het raam. 'Zo, ga zitten! Het lijkt mij het handigst als ik eerst iets over de grote dag vertel...'

'Het leek mij dan origineel om onder een boog door te lopen op weg naar het altaar.' Robin nam met tegenzin de laatste slok van haar cola zero. Juist de enorme shot suiker die in cola zat, had het laatste vleugje misselijkheid kunnen wegnemen. Ze deed een zoveelste poging om haar aandacht bij het gesprek te houden. De vrouw was al een uur aan het woord. Het woord 'bloemen' was nog niet gevallen. Blijkbaar voelde ze zich geroepen eerst alle andere details van haar trouwdag met hen door te nemen.

'Ik heb al bogen besteld, gewoon bij het tuincentrum. Wel van plastic, maar dat zie je er echt niet aan af!'

Robin staarde naar haar korte, stekelige kapsel. Ze was zeker geen onaantrekkelijke vrouw, maar dat kapsel! De bovenkant van haar stekels waren blond en de onderkant zwart. Was dat nou uitgroei? Het kon ook Ierse mode zijn, die zij nog niet begreep. Maar dat kwam vanzelf. Als je maar lang genoeg naar dingen keek, kon je ze ineens mooi gaan vinden. Dat was, in haar geval, met de skinny jeans gebeurd en met de legging. Dus waarom niet met korte stekels? Achter haar hoorde ze een deur opengaan. De neiging om achterom te kijken, onderdrukte ze.

'Daar is hij! Eindelijk, dan kunnen we beginnen!' De vrouw tegenover haar begon meteen heftig naar haar verloofde te zwaaien en te wenken.

Inderdaad, eindelijk.

Sam wierp Robin een het-spijt-me-dat-ik-je-heb-meegesleurdblik toe. Robin gaf haar een goedmoedige knipoog, voor ze zich omdraaide om de aanstaande van de klant de hand te schudden. Voor ze het wist keek ze in de groene ogen van...

'Greg! Nou ja!'

Greg liep op haar af en sloeg zijn armen om haar heen, terwijl hij met zijn handen op haar rug sloeg. 'Robin, ik dacht dat ik je nooit meer zou zien!' Het klonk alsof ze samen in dienst hadden gezeten en elkaar na lange tijd weer op het spoor waren gekomen.

'Natuurlijk, de golfclub! Zijn we in Droughby?'

Sam keek haar niet-begrijpend aan. 'Wist je dat niet?'

'Ehm, nee. Ik was me te sterk aan het concentreren op het links-rijden.'

'O, Rob, daar had ik helemaal niet aan gedacht, dat jij niet kan links-rijden!' Sam sloeg een hand voor haar mond.

Zijn armen om haar heen voelden goed. Vertrouwd. Ze had de neiging haar hoofd in zijn nek te leggen, maar op tijd besefte ze hoe belachelijk dat zou zijn. Hij liet haar los.

'We zaten naast elkaar in het vliegtuig hiernaartoe.' Gregs stem klonk opgewonden.

'Jij moet Daisy zijn!' Robin richtte zich tot Daisy, die achterdochtig naar Greg keek. Het zou toch echt beter zijn als ze haar haar liet groeien.

'Dat ben ik, maar dat wist je toch al, neem ik aan?' Ze keek Robin met opgetrokken wenkbrauwen aan, alsof ze niet goed snik was. Robin voelde zich meteen ongemakkelijk, omdat ze nu door de mand was gevallen. Ze hadden het helemaal niet over namen gehad in de auto. Ze had haar handen vol gehad aan het kalmeren van Sam. Daarnaast had ze haar uiterste best gedaan om niet over de taupekleurige bekleding van de Opel van Sams moeder te spugen.

Greg schoof tegenover haar aan tafel. 'Toch besloten te blijven?'

Robin knikte. Hij had dus een zoon.

'Is je baan zoals je verwacht had?'

'Iets anders, maar prima.' Of was het haar zoon?

'Ik haal iets te drinken.' Hij keek naar het flesje dat voor haar stond. 'Cola zero?' Hij sloeg overdreven zijn handen ten hemel. 'Zie ik dat goed?' Hij trok een gezicht.

Robin dacht meteen terug aan het delicate moment in het vliegtuig en probeerde hem niet aan te kijken. Ze ging toch niet ongemakkelijk worden van een man als zijn verloofde tegenover haar zat!

'Zullen we het nu over de bloemen hebben?' Daisy vond het duidelijk vervelend dat de aandacht niet meer bij haar was.

'Natuurlijk, sorry. Ik maak wel aantekeningen.' Robin pakte het A4-blok van Sam en haar pen. Toen hij een flesje cola voor haar neerzette, hield ze haar blik strak op het papier gericht. Nog nooit eerder had ze zo uitgebreid en vol toewijding notities gemaakt.

'Waar moeten we in hemelsnaam beginnen?' Sam en Robin zaten op de onderste trede van de afgebladderde buitentrap en keken naar de rampzalige tuin. 'Ik kan amper een fatsoenlijk boeket maken, laat staan een hele tuin reorganiseren.' Sam stak een nieuwe sigaret aan met haar oude.

'Ga je er nu meteen nog een roken?' Robin schudde misprijzend haar hoofd. 'Er moet gras in het midden. De struiken kunnen blijven, maar dan moeten ze wel gesnoeid worden. Nou ja, niets moet. Het mag. Je kan de tuin ook gewoon laten zoals hij is.'

'Ik rook als ik zenuwachtig ben. Die Daisy wilde acht bogen. Dat is een enorme klus. De rozen moeten allemaal om die bogen heen! In van dat spul waarin ze het de hele dag volhouden.'

'Oase.'

'Zie je, zelfs jij weet het beter dan ik. Wat ben ik in godsnaam aan het doen? Ik kan dit helemaal niet! Ik had gewoon alles moeten afbellen. Wie denk ik wel niet dat ik ben, dat ik zonder ervaring de zaak van mijn moeder overneem? Ik rook een pakje per dag. In Dublin rook ik maar drie sigaretten, na elke maaltijd een! En natuurlijk moet ik die tuin doen. Er komt geen licht meer binnen aan de achterkant als ik die struiken laat staan! Het kan toch niet, die–'

'Adem rustig in.' Robin hield haar handen tegen elkaar voor haar borst. 'Maak er een uitdaging van.'

'Een uitdaging! Mijn god! Dat is echt de slechtste peptalk die ik ooit heb gehad!'

'Zo moeilijk kan het niet zijn. We gaan er gewoon vroeg heen. Het lukt ons echt. Het is pas over een maand.'

'We?'

'Ja, we. Ik ga je helpen.'

'Dank je. Daar heb ik tenminste wat aan.'

'Jij helpt mij ook, weet je nog?' Robin gaf Sam een stootje. 'Ik woon tijdelijk bij jou en dat betekent dat ik niet bij Connor in huis hoef te wonen.'

Sam keek haar veelbetekenend aan.

'Wát?'

'Niets. Connor is knap, slim, aantrekkelijk, rijk...'

'Irritant, zelfingenomen, een leugenaar en hij gebruikt het woord "verdorie". Het klikt niet tussen ons, Sam. Ik hou hem liever uit de buurt. Dat Greg bezet is...'

'Die broeierige blikken die tussen jullie heen en weer gingen heb ik maar genegeerd. Arme Daisy. Het is dat jij die zesmaandenregel serieus neemt, maar anders... Of is hij de reden dat je me zo graag wilt helpen met die rozen?'

'Hij is bezet, Sam. Ik ben geen masochist. Ik stook ook niet in een... huwelijk.'

'Je wilde "goed" huwelijk zeggen.'

'Ik kan me niet voorstellen dat het goed zit. Het klopt niet, hij en die vrouw. Dat half uur dat ze ging uitweiden over haar kapsel! Hoe kan iemand een onderwerp als dat zo lang oprekken?'

'Ze heeft niet eens haar!'

'Maar waarschijnlijk wel een goed hart.'

'Dat is waar.' Sam rekte zich uit. 'Ik heb zin in een ijskoud biertje. Jij nog een glaasje ginger ale?' Ze gaf Robin plagend een por in haar ribben.

11

Robin duwde de deur van de dorpspub open. Na een paar dagen in Granmoore begreep ze waarom het er altijd zo druk was. Er was niets anders te doen hier. Dit was de plek waar het gebeurde. Nou ja, de enige plek waar überhaupt iets gebeurde. Je hoefde niet, zoals in Amsterdam, eerst een half uur na te denken over waar je het beste naartoe kon gaan. Dat was het positieve eraan.

Met een plof liet ze zich op een barkruk vallen en hing daarna haar leren jasje op de tast aan een haakje onder de bar. Toen ze eenmaal zat, zag ze Johns bezorgde gezicht pas.

'Is er iets? Je kijkt anders dan anders.' Hoe afschuwelijk was het dat ze zoiets nu al doorhad, terwijl ze de man nog geen week kende. Zo snel ging inburgeren dus blijkbaar.

'Het is Fridge, het gaat niet goed met hem. Hij is aan het trillen en eet niets meer, terwijl hij juist Fridge heet omdat hij altijd alles eet wat los en vast zit. Hij moet zelfs een muilkorf om als ik hem uitlaat, om ervoor te zorgen dat hij alle viezigheid op straat laat liggen. Als die hond niet eet is het tijd om me zorgen te maken.'

'Waar is hij dan?'

'Hij ligt achter.' John gebaarde met zijn hoofd. 'Kom maar mee, dan zul je het zien.' Hij liep de klapdeuren door naar een ruimte achter de pub. Toen ze het keukentje zag, wist Robin zeker dat ze hier nooit meer iets te eten zou bestellen. Overal stond afwas en er lagen een paar theedoeken met bruine vlekken over de verwarming. Daarnaast lag Fridge.

'Arm beest!' Robin moest slikken toen ze hem zag. Zijn lichaam schokte heen en weer en hij lag te hijgen. Ze knielde naast hem neer om hem te aaien.

'Ik ben er!' hoorde ze achter zich. Connor kwam de keuken in lopen. Kon die man niet gewoon wegblijven? Kon hij niet gewoon een uur na haar de kroeg in komen?

'Moet je niet een dierenarts bellen?'

Connor knielde naast haar neer. 'Ik zal wel naar hem kijken.'

'Jij? John, ik meen het, bel gewoon een dierenarts. Of woont die veertig minuten verderop?'

John wees naar Connor. 'Hij is de dierenarts.'

'Wat? Jij? Echt?'

Connor keek haar van opzij aan en glimlachte zelfingenomen. 'Ja, Robin, ik ben de dierenarts. Verbaast dat je?'

Het onhandige gevoel dat ze vroeger bij gym had gehad, als ze iets met een bal moest doen en iedereen naar haar keek, kwam weer naar boven. 'Ik laat jullie alleen.' Ze richtte zich op en deed een stap achteruit.

'Hoeft niet. Blijf gerust.' John legde kort een hand op haar schouder.

Met haar billen tegen het aanrecht leunend, keek ze hoe Connor aan het werk was. Hij pakte zijn tas en haalde er een thermometer uit.

'Wat heeft hij gegeten de afgelopen 24 uur?'

'Niets anders dan anders, volgens mij, maar dat weet je nooit met hem.' Johns stem klonk dik van bezorgdheid. 'Gaat hij het halen?'

'Hoe lang is hij al zo?' Connors stem klonk rustig.

'Niet meer dan een half uur. Ik heb meteen gebeld. Hij wordt steeds slechter.'

'Zijn temperatuur is in orde. Ik zal hem een injectie geven zodat hij gaat overgeven. Vergiftiging is het eerste wat we moeten uitsluiten. Ik loop even naar de auto voor de spullen die ik nodig heb.'

Robin sloeg haar armen over elkaar en roffelde met haar vingers tegen haar bovenarmen. Dus Connor was de plaatselijke dierenarts? Het paste bij hem, de auto, zijn liefde voor paarden... en natuurlijk precies het beroep waar alle vrouwen voor vallen. Een wandelend cliché.

'Als het maar goed komt.' John haalde haar uit haar gedachten. Hij stond naast Fridge en zag eruit alsof hij ieder moment languit op de smoezelige vloer kon vallen.

'John, je kunt beter gaan zitten.' Ze liep naar het kastje dat boven het aanrecht hing en pakte een schoon glas, dat ze vulde met water en aan hem gaf. 'Drink dit op. Ik ga wel achter de bar staan.'

John schudde zijn bleke hoofd. 'Ik moet de boel dichtgooien.'

'Ik red me wel.' Ze verbaasde zich over haar eigen vastberadenheid.

'Het hoeft echt niet.'

'John, maak jij je nu maar zorgen over je hond. Ik ga achter de bar staan. Ik heb ervaring.'

John haalde zijn schouders op. Robin beschouwde dat maar als instemming en liep terug naar voren. Ze wipte het donkerbruine klapdeurtje open en ging achter de bar staan. Tappen kon ze, dat had ze genoeg gedaan in haar studententijd. Aangezien niemand hier ooit eten bestelde, op een paar optimistische toeristen na, kon ze het wel aan. Even kijken hoe de kassa werkte...

'Nieuw vlees achter de bar?' Een oude man met een jagerspet op stak twee vingers de lucht in.

'Ik val in. Fridge is ziek. Twee bier?'

'Ja, rechtertap.'

Dit ging lukken. Ze doopte twee glazen in het water en wilde net de tap opengooien toen ze Connor weer terug zag lopen en zijn geamuseerde blik ving. Ze negeerde zijn knipoog. Concentreer je, Robin. Ze tapte twee pullen bier en zette ze voor de man neer, die zijn wollen pet binnen blijkbaar op hield.

'Mijn rekening hangt onder de bar. Elliot.' Ze moest zich nog altijd concentreren om het Ierse accent goed te kunnen te verstaan.

Inderdaad, er hingen keurige briefjes met namen onder de bar. Ze vroeg zich af hoe iemand met zo'n smerige keuken, zo geordend kon zijn. Het was een rare combinatie van eigenschappen. Twee streepjes zette ze op het lijstje met Elliot erboven. Daarna maakte ze een sopje om de bar schoon te maken.

'Vier alsjeblieft!' Er stond een jongen van een jaar of twintig met een rood glimmend gezicht en een buikje voor haar. Hij zag eruit alsof hij zo uit het frituurvet was gestapt.

'Komt eraan.'

'Hier kan ik wel aan wennen, vrouwelijk schoon achter de bar. Stukken charmanter dan die enorme kolos van een John.' Met zijn vinger stopte hij zijn vettige haar achter zijn oor.

Ze zette de volle glazen voor hem neer. 'Zet maar op Elliot.'

'Ben je met hem?' Ze knikte naar de man met de pet.

'Nee, hoezo?'

'Hij heet Elliot.'

'Het halve dorp heet Elliot.' Hij keek haar aan alsof dat oud nieuws was.

Shit, hoe wist ze nu wie wie was? Er hing trouwens maar één briefje met die naam. Met een zwaai scheurde ze twee nieuwe blaadjes van het kladblokje onder de bar. Op de eerste schreef ze bovenaan: *Elliot, rond gezicht, dito buik*. Op de tweede zette ze: *Elliot, geruite pet, vriendelijk, vieze kraag*. De briefjes legde ze bij de kassa. John moest maar raden wie ze bedoelde en het in zijn eigen systeem zetten.

John verscheen in de deuropening. 'Ik wil graag bij Fridge blijven. We gaan naar mijn woonkamer. Als je door de keuken loopt, links. Zal ik je helpen de boel dicht te gooien?'

Robin haalde haar schouders op. 'Ik vind het geen probleem om hier te staan. Iedereen drinkt toch alleen maar bier. Als je die gasten op straat zet breken er misschien wel rellen uit!' Ze moest lachen om haar eigen grap.

'Je bent een geschenk, Robin.' Hij sloeg haar op haar schouder en liep daarna terug naar achter.

Robin werd warm van het compliment. Het klonk zo oprecht.

Nog nooit had ze zo'n rare vakantie gehad. De rust om na te denken had ze nog niet. De wandelingen naar het landhuis zou ze moeten gebruiken om haar gedachten te ordenen, maar ze kon alleen maar aan het nu denken. Het gevoel dat ze zo lang kon blijven als ze wilde en dat ze kon doen wat ze wilde, maakte haar voor nu gelukkig. Ze bleef gewoon nog even hangen. In haar ooghoek zag ze Connor uit de keuken komen. Hij ging op de kruk recht tegenover haar zitten naast de kassa.

'Multi-inzetbaar zie ik.'

Robin hield een leeg bierglas omhoog. 'Biertje?'

'Nee, ik heb dienst, doe maar een colaatje.' Robin bukte om het flesje frisdrank uit de ijskast onder de bar te pakken. Het duurde een tijdje voordat ze de flessenopener had gevonden.

'Zet het maar op McFarland.' Connor boog iets naar voren en las de briefjes die ze naast de kassa had gelegd. 'Schrijf maar op: McFarland: woest aantrekkelijk, intelligent, sexy...'

Ze pakte een pen en scheurde nog een blaadje van het kladblok. Met extra grote letters schreef ze: *McFarland, leugenaar (tot twee keer toe), zelfingenomen, litteken boven zijn rechterbil.* Daarna legde ze het met een uitgestreken gezicht bij de andere briefjes.

'Oneerlijk, dat jij dat soort details over mij weet.'

‘Hoe gaat het met Fridge? Redt hij het?’ Ze zette het flesje voor hem neer met een schoon glas ernaast.

‘Hij had toch iets raars gegeten. Gelige bloemen of zoiets. Hij heeft alles uitgespuugd. Hij redt het wel.’

Robin sloeg haar hand voor haar mond. ‘De narcissen van Sam! Wat afschuwelijk! Ze had hem narcissen gegeven voor Grace. Wat stom, hij heeft ze blijkbaar niet durven geven en nu heeft Fridge ze opgegeten...’

‘Grace?’ Hij bewoog zijn wenkbrauwen veelbetekenend op en neer.

‘Je houdt je mond, Connor McFarland! Niemand hoeft dit te weten.’

‘En als ik dat niet doe moet ik zeker weer dat meer in?’

‘Dan verzin ik nog iets veel ergers voor je!’

‘En als ik het wel doe?’

‘Dan ben je braaf.’

‘Naïef meisje, denk je dat ik daarvoor mijn mond hou? Je moet echt met iets veel beters komen.’

O nee, daar is die irritante zelfingenomen blik. Hij heeft iets verzonnen.

‘Morgen na het lezen gaan we paardrijden.’

‘Ik hou niet van paarden.’

‘Ik hou niet van zwemmen in een koud meer.’ Hij keek haar uitdagend aan en nam de laatste slok van zijn cola. ‘Tot morgen, Robin, om drie uur in de stallen. En waag het niet om niet op te komen dagen, ik ken de hele redactie van de *Granmoore Post*!’

Ze rolde met haar ogen. ‘Ik sidder van angst, McFarland!’

Het was rond middernacht toen John en Robin de boel afsloten. Voor het weggaan liep Robin de rommelige huiskamer van John binnen om bij Fridge te kijken. De hond lag op een oude deken voor de open haard en keek al een stuk helderder uit zijn ogen. Meteen werd ze weer bekropen door een schuldgevoel. Zij en Sam hadden hem niet zo moeten pushen, dan had Fridge er nu niet zo bij gelegen. Misschien moesten ze hem, om het goed te maken, helpen met orde op zaken stellen. Grace zou zich een ongeluk schrikken als ze hier ooit binnen zou komen.

'Dank je wel, Robin. Als ik iets voor je terug kan doen...' John stond voor haar en legde zijn hand op haar schouder. Ineens voelde ze zich een dwerg. Haar schouder paste precies in de kom van zijn hand.

'Wij hadden je nooit met die bloemen moeten opzadelen...'

'Dat geeft niet.'

'Waarom heb je ze niet gegeven?'

'Ze waren voor iemand bestemd die er nog niet aan toe is om ze te ontvangen.'

'Niet voor Grace?'

'Nee! Sam is zo vasthoudend als ze dronken is dat ik gewoon maar iets geroepen heb. Wist ik veel dat ze het na zo veel bier nog zou weten.'

'Voor wie waren ze dan?'

'Dat vertel ik je nog wel eens...'

Naar hem omhoogkijkend glimlachte ze. Daarna liep ze terug naar hct huis van Sam.

12

Slordig vouwde Robin een ezelsoor in de David Baldacci-pocket in haar hand, voordat ze hem dichtsloeg. Twee uur voorlezen was genoeg voor vandaag. Robin keek naar de oude man in de fauteuil van rood velours voor haar. Roerloos staarde hij uit het raam. Alleen de lichte siddering die zo nu en dan door zijn hand schoot verried zijn ziekte. Hij deed haar denken aan een ouderwetse sprookjesverteller. Zijn witte haar, het schapenvel waar hij op zat, de rust die hij uitstraalde en natuurlijk het decor waarin hij zich begaf. De warm rode tinten van de kamer, de open haard, het donkere hout...

'Ik had nooit gedacht dat dit soort boeken zo meeslepend was.'

Geen reactie.

'Meneer McFarland?'

'Alsjeblieft, noem me David. Spannend boek, niet?' Hij draaide zich naar haar toe.

'Dat voelt gek, maar ik zal het proberen.'

'Goed zo.'

'David.'

'Ja?'

'Niets, ik probeerde hoe dat klonk.' Robin glimlachte.

'Blijf je nog even?'

'Ja, hoor.' Robin legde de pocket op het tafeltje naast haar en sloeg haar benen over elkaar.

'Vertel eens iets over jezelf.'

'Ehm, ik woonde bij mijn zus in Amsterdam. Daar had ik verschillende banen.'

'Ik bedoel echt iets over jou, niet een opsomming van feiten.'

Wat was er te vertellen? 'Misschien kunnen we ruilen? Ik vertel iets over mezelf en daarna doet u hetzelfde?'

'Jij durft mij niet bij mijn voornaam te noemen, maar wel zo'n voorstel te doen?' Hij trok zijn borstelige wenkbrauwen op. 'Interessant.' Zijn stem klonk licht geamuseerd.

'Wacht, ik heb een idee.' Robin stond op en liep de kamer uit. Even later kwam ze terug met een eierwekker. 'Zo, dan weten we tenminste zeker dat we de tijd eerlijk verdelen. Zal ik eerst gaan?' Ze draaide de wekker op de eerste vijf stippen. 'Vijf minuten moet genoeg zijn.'

De man tegenover haar knikte bemoedigend.

'Wat wilt u precies weten?'

'Waarom je hier bent.'

Stilte. Ze kon er zelf ook niet helemaal de vinger op leggen. 'Waarom ben ik hier? Tja...'

'Je hoeft geen verhaal te vertellen. Ik wil graag weten hoe het is. Recht uit je hart. Het is niet erg als het banaal is.'

Of dodelijk saai, dacht ze. 'Ik werd ontslagen en mijn zus zette me min of meer het huis uit.'

'Dat is niet het begin. Dat zijn de gevolgen.'

Het leek wel of ze bij dr. Phil zat! 'Ik had een affaire met mijn baas en mijn zus wilde samenwonen.' Zo, dat was vast niet mis voor een oude man.

'Waarom begon je die affaire met je baas? Daarmee liep je een risico.'

'Tja, omdat het kon denk ik. Ik had zin in een verzetje.' David was blijkbaar wel wat gewend.

'Je baan was niet leuk, anders had je die gok niet gewaagd.' Het klonk als een feit.

Hij trok blijkbaar dezelfde conclusie als Roos. 'Mijn baan was niet leuk. Mijn baas was niet leuk. De kamer bij mijn zus was klein. Het was haar huis. Ik had alles gewoon niet goed voor elkaar. Te snel genoegen genomen met alles, dat is wat ik heb gedaan de afgelopen tijd. Ik heb zelf geen keuzes gemaakt.'

'Mmm, goede zelfreflectie.' Hij knikte waarderend.

'Dat is een belangrijke reden dat ik hier ben.'

'Waarom maakte je geen keuzes? Je ziet er niet uit als iemand die lui is. Je komt hier iedere dag heen gelopen. Ik zie je al van verre aankomen in dat pittige tempo...'

Dr. Phil? Dit begon meer op de Spaanse inquisitie te lijken. 'Soms lijkt het of dingen allemaal te snel gaan. Ik verzin constant tussenoplossingen. Ik neem een matige baan aan en denk dan dat ik in de tussentijd wel kan nadenken over wat ik echt wil. Ik ga bij mijn zus wonen omdat het mij in de schoot geworpen wordt. Als ik daar alvast ga wonen, zoek ik ondertussen naar iets anders, denk ik dan. Dan blijkt dat ik in de tussentijd helemaal geen tijd heb om verder te zoeken of na te denken over een andere baan of woning. Ik ben veel te hard bezig om alle tussenoplossingen draaiende te houden.'

'Je neemt geen rust om na te denken over wat je echt wilt, daarom ben je hier. Dat is waar we het de vorige keer over hadden. Je bent op "denkvakantie".'

Robin dacht na. 'Kort samengevat.'

'Soms heb je niet alleen tijd, maar ook lef nodig om naar jezelf te kijken en te zien wat je echt wilt. Ben je bang om te falen?'

Robin haalde haar schouders op. 'Volgens mij niet. Ik ben niet iemand die constant diep in zichzelf aan het graven is, dus ik weet het niet precies.' Ze keek opzij en schrok toen ze Connor in de deuropening zag staan. Ze voelde het toch meestal als hij in de buurt was?

'Je was er niet om drie uur.' Hij liep een stukje de kamer in.

'Papa.' Hij knikte in de richting van zijn vader.

'Ik had geen idee dat het al zo laat was.' *Tringgg*. Ze schrok van het felle geluid naast haar. Snel pakte ze de eierwekker op en draaide hem op nul. Spijtig keek ze op naar meneer McFarland. 'Morgen is het uw beurt. Ik moet paardrijden.'

'Ga maar snel. Geniet ervan.' Hij wuifde haar met zijn handen de kamer uit.

'Dat denk ik niet. Ik ben doodsbang voor paarden.' Ze glimlachte vluchtig en liep achter Connor aan naar de stallen.

'Zenuwachtig?' Connor ritste al lopend zijn donkergroene jack dicht.

Altijd als ik bij jou ben. 'Beetje.'

'Waarvoor?'

'Het voelt gewoon niet natuurlijk om op een enorm beest te gaan zitten met vier poten, dat veel sterker is dan je zelf bent.'

'Benen...' Al lopend trok hij de riempjes van zijn Aigle-laarzen aan.

Sinds wanneer vond zij kaplaarzen aantrekkelijk bij een man? Was ze niet goed snik geworden? Ze liepen om het bijgebouw voor hen heen. Meteen daarachter zag ze twee paardenhoofden boven een rij donkergroene staldeuren uitsteken. Ter begroeting hinnikten beide dieren zacht. Toegegeven, van veraf zag het er best idyllisch uit.

'Ik heb een fiets voor je geregeld.' Hij wees naar een damesfiets met een rieten mandje, die tegen de muur voor de stal stond. 'Aangezien je niet met de auto wilt, leek dit me een goede tussenoplossing. Nederlanders houden van fietsen, toch?'

'Hoezo geregeld?'

'Ik heb een poot van de hond van de buurvrouw geamputeerd. Ze had die fiets nog staan en ze heeft niet zoveel geld, dus we hebben geruild. Zij is inmiddels te oud om te fietsen.'

'Jeetje, nou bedankt.'

'Geen dank.' Hij grijnsde. 'Ze wilde me per se wat geven. Ik zat bijna met een opgezette zwaan opgescheept.' In het voorbijgaan gaf Connor het eerste paard dat naar buiten hing een aai over zijn hoofd. Bij het tweede paard bleef hij staan.

'Dit is Bess, het is een heel oud en mak paard.' Hij kriebelde het dier onder zijn manen.

Robin bleef op veilige afstand staan. 'Waarom hangt er dan een bordje "Thunder" op zijn staldeur?'

'Dat is zijn eigenlijke naam, maar dat leek me nogal angstaanjagend klinken.' Het paard begon, volkomen op zijn gemak, met zijn bovenlip tegen Connors schouder te schuren.

'Dus dan lieg je maar dat hij Bess heet?' Robin kon haar verontwaardiging moeilijk verbergen.

'Ja!' Connor keek haar grijnzend aan.

Robin schudde afkeurend haar hoofd en deed een stap in de richting van het paard. 'Dat liegen van jou, is dat dwangmatig of komt dat gewoon bij je op?'

'Over belangrijke dingen lieg ik niet, Robin.'

Robin deed nog een stapje naar het beest toe en strekte voorzichtig haar hand uit. Ondertussen slikte ze alle verwijten in die bij haar opkwamen. Ze ging het gewoon gezellig houden! 'Arm paard.' Ze gaf het dier een aai over zijn neus. Hij oogde in ieder geval goeiig. 'Hoe zou jij het vinden als ik jou zou voorstellen als Adrie in plaats van Connor?'

'Adrie? Is dat serieus een naam bij jullie? Als je me zo zou voorstellen zou iedereen meteen in lachen uitbarsten. Over die naam struikelen de mensen hier.'

Het paard stond inmiddels uitgebreid aan Connors hand te likken. 'Zal ik hem snel borstelen en zadelen of wil jij hem borstelen?'

'Iets anders dan, je begrijpt wat ik bedoel.'

'Collin of zo?'

'Zoiets.'

'Weet je wat dat betekent?'

Ze haalde haar schouders zo ongeïnteresseerd mogelijk op.

'Potent! Dat past uitstekend bij mij.'

'Ik borstel wel. Dat lijkt me een goede manier om nader kennis te maken.' Ze pakte de borstel van hem aan. 'Hoe weet je dat Collin "potent" betekent?'

'Bijna alle Ierse namen hebben een betekenis. Mijn moeder wilde me Collin noemen, maar vond de betekenis van Connor mooier.'

'En wat betekent Connor dan?'

'Met sterke wil, wijs.'

'Verzin je dit nu ter plekke?' Ze keek hem achterdochtig aan.

'Nee!'

'Dan heeft je moeder zich misschien toch vergist.'

Connor glimlachte alleen maar en deed het paard een halster om. Hij klikte de hendel van de staldeur open en leidde Thunder naar buiten. Het beest schudde met zijn hoofd toen hij aan een ring in de muur werd vastgezet.

Robin deed meteen een stap achteruit. 'Moeten we niet eerst op een pony oefenen?' Dit beest was enorm. Het zou echt iets voor haar zijn om eraf te vallen en haar been te breken.

Connor beet op zijn lip om zijn lachen in te houden. 'Ik heb geen pony's... helaas! Hier,' hij pakte haar hand, 'je moet hem gewoon van voor naar achter borstelen. Hij doet echt niets. Alleen als je te hard drukt, zal hij heel hard gaan schoppen. En hij mist nooit.'

'Hahaha. Van wie heb je die hilarische humor toch?' Robin trok haar hand onder de zijne vandaan. 'Nu je demonstratie is afgelopen, mag je weer een stap naar achteren doen.'

'Sorry, ik wist niet dat jouw persoonlijke zone zo enorm was.'

'Blijkbaar dijt hij uit als jij in de buurt bent.'

'Dat beschouw ik maar als een compliment.'

'Doe ik het goed zo?' Robin duwde de borstel over de huid

van het paard en kreeg er steeds meer plezier in. Zijn vacht begon te glimmen en ze ontspande zich. Misschien werd dit nog leuk ook. In haar achterzak trilde haar telefoon. Ze haalde hem tevoorschijn en zette hem op stil. Op het oplichtende schermpje zag ze dat Roos twee keer had gebeld. Die zou ze vanavond wel terugbellen. Snel stopte ze haar telefoon in haar jaszak.

'Hier komt de singel, de riem waarmee het zadel vastligt.' Connor legde zijn hand achter het voorbeen van het paard. 'Daar moet je alle modder goed weghalen, anders gaat het schuren. Ik ga het tuig halen.'

Het paard bleef rustig staan. Zijn hoofd zakte steeds een stukje verder naar beneden in ruststand. Robins angst was bijna weg. Net toen ze Thunders staart stond uit te borstelen zag ze Connor terugkomen. 'Welke maat heb je?' Hij hield een paar rijlaarzen omhoog. 'Van mijn moeder, misschien pas je ze?'

Robin deed snel haar gympen uit en bad dat ze niet enorm naar zweet zouden stinken. Een voor een stapte ze in de leren laarzen. Een maatje te groot, maar prima voor nu. 'Vind je het niet erg dat ik de laarzen van je moeder aanheb?'

Connor zwaaide het zadel over de rug van Thunder, die zijn naam geen enkele eer aandeed door geen krimp te geven. 'Je rijdt ook op het paard van mijn moeder.'

'O.' Moest ze nu vragen hoe en wat? Ze brandde van nieuwsgierigheid.

Connor trok de singel aan en bekeek haar. 'Zin?'

Dit was niet echt het juiste moment om zo'n gesprek te beginnen, misschien kon ze het beter aan John vragen. 'Ik weet het niet. Waarom wilde ik dit ook alweer?'

'Jij wilde dit niet. Ik wilde dit. Omdat ik me niet kan voorstellen dat je het niet leuk vindt. Je houdt van wandelen in de natuur. Dit is hetzelfde, maar dan sneller en spannender. We gaan eerst in de bak.' Hij stopte zijn vinger in de mond van het beest en stopte het bit erin. Daarna maakte hij de riempjes van het hoofdstel vast. Thunder kauwde een beetje op het bit en keek nog steeds wazig voor zich uit.

'Het lijkt wel of je hem gedrogeerd hebt.'

'Wacht maar jij, totdat je erop zit. Met je grote mond...' Hij overhandigde haar de teugels.

Acuut besloot ze geen kik te geven als ze straks op het paard zat, ook al stond ze doodsangsten uit.

'Neem hem maar mee naar de bak.' Hij wees naar een rechthoekig stuk zanderige grond dat afgezet was met een houten hekwerk.

Zacht trok ze aan de teugels en Thunder kwam in beweging. Wat een lief beest. Hij liep keurig met haar mee.

'Wacht, je moet een cap op!' Connor verdween de stal in en kwam even later naar buiten met een zwarte cap.

Hè ja, lekker charmant! Te grote laarzen en een helm op!

Eenmaal in de bak nam hij de teugels van haar over. 'Klim er maar op.'

Dit paard was zo eng nog niet. Sterker nog, hij deed haar denken aan Barry; langzaam, groot en gedwee. Ze gaf hem een klopje op zijn hals en stak haar voet in de stijgbeugel. Haar andere been zwaaide ze over de rug van het paard heen. Toen ze goed en wel zat en om zich heen keek, kreeg ze een euforisch gevoel. Ze zat op een paard! In Ierland! Zij, Robin, die kortgeleden nog achter haar bureau met woeste klanten zat te steggelen over hun zomerlevering XXL badpakken die ze niet ontvangen hadden en die uit pure verveling met Sandor in bed was gekropen. Ze had gewoon geen doel gehad. Waarom besefte ze dat nu pas? Een plan had ze moeten maken. Nieuwe dingen om naar uit te kijken had ze moeten bedenken. Thunder deed een paar stappen naar voren. Het voelde machtig boven op zo'n sterk paard. Ze vergat bijna dat Connor haar been nog vasthad. 'Wil je een foto maken voor mijn zus? Die denkt nog steeds dat jij een serieverkrachter bent en dat ik nu ergens ingemetseld in een kelder zit.' Ze schonk hem een stralende glimlach.

Connor schudde zijn hoofd en maakte afkeurend een sissend geluid tussen zijn tanden. 'Geef maar hier, maak ik straks wel een actiefoto.' Hij pakte haar telefoon aan en stopte hem in de zak van zijn jas.

'Niet stiekem je oom in Burkina Faso bellen, hè?'

Vanuit de stallen klonk hard gehinnik. Connor draaide zich om en deed een paar stappen in de richting van het geluid.

'Hé, je gaat er toch niet zomaar vandoor nu? Let je wel een beetje op me?' Robin had met beide handen een pluk manen vastgepakt en zag eruit alsof ze erop voorbereid was dat het paard ieder moment als een rodeostier tekeer kon gaan.

'Wil je aan de longeerlijn, of durf je los?'

Is dat een vraag? Natuurlijk wil ik liever aan een lijn, dan dat je mij alleen laat met dit enorme beest! 'Het gaat prima! Het lukt wel los.'

Thunder bleef stilstaan en trok de teugels, die ze om haar polsen had gevouwen, los. Hij zakte met zijn hoofd naar beneden om met zijn lippen door het zand te schuren.

'En nu? Wat doe ik nu?' Ze probeerde haar stem zo luchtig mogelijk te laten klinken, wat nauwelijks lukte.

'Je moet hem aansporen met je voeten. Druk met je voeten in zijn flank! Harder!'

'Ik kan hem toch moeilijk gaan schoppen?'

'Hij moet wel weten dat jij de baas bent, anders gaat hij straks in het zand liggen rollen.'

'Echt?'

'Echt! Robin, spoor hem aan.'

Ze gaf hem een klein schopje. Langzaam stak het paard zijn hoofd weer omhoog en begon in een slakkentempo te lopen.

'Pak je teugels, voordat hij erin gaat staan.'

Snel bukte ze voorover om de laaghangende teugels te grijpen, waarna ze weer recht in het zadel ging zitten. 'Het is gelukt!' Het klonk alsof ze het zelf moeilijk kon geloven.

Connor moest grinniken. 'Ja, Robin, dat paard doet alles wat je wilt, je moet alleen vastberaden commando's geven. Zeker niet gewend dat er iemand naar je luistert?'

'Volgens mij heb ik onlangs nog iemand het meer in gestuurd!'

'O ja, daar heb ik nog heel vreemde uitslag aan overgehouden. Zachtjes aan de linkerteugel trekken als je naar links wilt.'

'Hij doet het, Connor! We kunnen de volgende keer naar buiten gaan!'

'Volgende keer?'

'Komt er geen volgende keer?' Robin keek naar Connor. 'O, er is voor jou natuurlijk niets aan! Met zo'n trage beginner...'

'Nee hoor, ik vind het prima. Teugels naar je toe halen als je wilt stoppen.'

'Hij stopt niet!'

'Harder trekken.'

'Hij staat stil!' Robin spoorde het paard aan om weer te lopen.

'Leuker dan je gedacht had?'

'Het is fantastisch! Ik heb in tijden niet zo genoten van iets nieuws en dat nog wel met jou!'

'Wat?'

'We hadden alleen maar ruzie en nu zijn we samen aan het paardrijden!'

'Samen? Volgens mij zit jij op een paard en sta ik hier in het midden van de bak instructies te geven.'

'Het was jouw idee!'

'Ik dacht dat je het eng zou vinden.'

Robin trok de teugels naar zich toe. Thunder stopte braaf. 'Heb je mij alleen maar op dit paard gehesen omdat je dacht dat ik het eng zou vinden? Ik ben naar Ierland gekomen om dingen uit te zoeken over mezelf, maar jij bent er nog veel erger aan toe dan ik! Beleef je er lol aan als iemand angstig op een paard zit te zweten? Is dat wat je wilde zien? Dan ben je nu zeker wel teleurgesteld dat ik het leuk vind!' Robin haalde haar rechtervoet uit de stijgbeugel en zwaaide haar been met een enorme boog over het paard heen. Ze wilde op het laatste moment haar andere voet ook uit de beugel halen, maar die bleef steken. Ze zat vast en bereidde zich voor op een smak op de grond. Ze kneep haar ogen dicht en slaakte een gil.

'Wacht! Je andere voet...' Connor deed twee stappen naar voren en ving haar net op tijd op. Hij haalde haar voet uit de beugel en zette haar neer. 'Altijd allebei je voeten uit de beugels halen voordat je afstapt, anders val je.'

'Laat me nu maar los.' Op de plek waar ze zijn adem voelde, leken er plotseling mieren onder haar huid te kruipen.

Tergend langzaam liet hij haar los. 'Jij liet mij toch ook in het meer zwemmen?'

'Dat verdiende je.'

'Het was leedvermaak. Niets anders.'

'Toen heb je me toch meteen teruggepakt?' Robin deed haar cap af en woelde met haar handen haar haren los. 'Ik heb geen zin in ruzie met jou, Connor.'

'Dan maken we toch geen ruzie? Vergeet wat ik heb gezegd, het floepte eruit. Ik vind het leuk dat je ervan geniet en je bent volgende week meer dan welkom voor je tweede les.' Hij nam Thunder bij de teugels en leidde hem op zijn dooie gemakje terug naar de stal.

'Ik hoef geen les tegen heug en meug.'

'Tegen wat?'

'Heug en meug! Tegen wil en dank! Als je er eigenlijk geen zin in hebt! Ik dacht dat je het leuk vond om mij te leren rijden!'

'Klinkt mooi, heug en meug.' Hij haalde het bit uit Thunders mond en hing het hoofdstel weg. 'Heug en meug,' mompelde hij.

Robin moest ondanks alles lachen. Ze ging zich niet langer door hem op stang laten jagen. Wat had het voor zin? Ze had voor de eerste keer paardgereden!

'Wat?'

'Jij en je Nederlands. Misschien moet je in het Nederlands gaan lezen, dan leer je dat soort uitdrukkingen. Moet dit los?' Ze wees op de riempjes van de singel.

Hij knikte. 'Mijn vader las me vroeger altijd voor in het Nederlands. *Pluk van de Petteflet*, *Dikkie Dik* en die twee zwarte kinderen.'

Robin kreeg een beeld voor zich van een peuter bij zijn vader op schoot. Het zag er makkelijk en ontspannen uit. Wat was er in de tussentijd gebeurd? Waarom waren ze nu zo afstandelijk? Ze keek naar hem op. Het was haar zaak niet. '*De Negerhut van Oom Tom* bedoel je?' Een voor een trok ze de riempjes los. Dat dit beest nog adem kon halen met die strakke band om zijn buik!

'Nee, met die kuifjes en ze hadden ook een zwarte hond en ze waren buren.' Connor leunde tegen de hals van Thunder en staarde voor zich uit. 'Waarom kom ik er nu niet op? Zij deed altijd de afwas en hij vond dat dan voor meisjes.'

'*Jip en Janneke*!'

'Ja, die! Mijn vader zei dan altijd dat jongens ook best konden strijken en de was konden doen. Mijn moeder was bij ons thuis degene die hard werkte. Ze was anesthesist. Mijn vader vond het leuker om het landgoed bij te houden en met de kinderen in de weer te zijn.'

Robin haalde voorzichtig het zadel van Thunders rug en vroeg zich af waarom Connor en zijn vader nu dan aan het toneelspelen waren als ze elkaar zagen. Ze praatten tegen elkaar alsof ze vreemden waren. Wat was er in hemelsnaam veranderd als hij zijn hele jeugd voor hem had gezorgd? 'Het is een beetje ouderwets wel, ja. Maar leuker dan *Dikkie Dik*. Saaiere verhaaltjes bestaan echt niet. Daar begreep ik als kind al niets van, dat mensen dat leuk konden vinden.'

'Het kon me niet veel schelen, ik vond het vooral fijn om samen met hem te lezen.' Hij leek ineens mijlenver weg met zijn gedachten.

'Had je een goede band met je vader?' Ze probeerde haar stem luchtig te laten klinken.

'Had. Inderdaad, die had ik. Kom, ik zet Thunder in zijn stal. Achter die tweede deur daar, ligt hooi.' Hij wees op een deur die openstond. 'Als je wilt, mag je hem een plak geven.'

'Als bedankje.' Robin ging naar binnen en pakte een arm vol hooi. Waarom moest ze nou weer zo'n bemoeierige vraag stellen? Ze werkte voor hem en zijn vader en ze had geen zin om een rare positie te krijgen. Ze moest zich neutraal opstellen. Spannende boeken voorlezen was haar taak.

Ze liep terug naar het paard en schudde het samengeperste hooi voor zijn stal los. Pluk voor pluk gooide ze het over zijn deur. Tevreden begon hij eraan te knabbelen. De volgende keer zou ze een langer ritje maken. Ze had zich niet zo moeten laten opfokken door Connor. Nu had ze maar een kwartiertje gereden. Een eindje verderop zag ze hem bij een zwart paard staan, dat heel voorzichtig met het puntje van zijn neus aan zijn donkerblauwe trui rook. Connor bewoog zich niet. Ze slenterde naar hem toe. Toen ze bijna bij hem was, deinsde het paard angstig achteruit.

Geschrokken sloeg ze haar hand voor haar mond. 'Het spijt me, ik wist niet dat hij zo zou reageren als hij mij zag.' Ze keek naar het paard, dat haar van een afstandje achterdochtig bekeek.

'Heb je zeker ook bij mensen, dat effect?'

'Nee hoor, meestal heb ik het tegenovergestelde effect op mensen. Een soort magnetisch effect zou je kunnen zeggen.' Ze trok haar laarzen uit en begon haar gympen weer aan te trekken.

'Goh!' Hij sloeg zijn armen over elkaar en keek haar met een vonk in zijn ogen aan.

'Ja, heel vervelend, ik moet mannen altijd van me afslaan.' Ze lachte. 'Wat is er met hem aan de hand?' Ze knikte naar het paard terwijl ze haar veters strikte.

'Hij is zo schrikachtig omdat hij een ongeluk heeft gehad. Ik heb hem gekregen van een boer in de buurt. De trailer waarin hij stond is losgeraakt van de auto toen ze het pad af reden. Hij is met paard en al gekanteld. Het heeft uren geduurd voordat ze hem eruit hadden. Sindsdien vertrouwt hij niemand.' Connor staarde naar het zwarte paard, dat hen met opengesperde neusgaten bekeek vanuit het achterste gedeelte van zijn box.

'Gratis gekregen?'

'Hij wilde dat ik hem kwam afmaken en toen heb ik gevraagd of ik hem mocht meenemen. Ik had altijd al iets met dit paard. Hij is zo trots en sterk. Ik ben benieuwd of ik hem erbovenop krijg. Anders moet ik hem alsnog afmaken.'

'Als je er niet te veel aan gehecht raakt.'

'Ik raak niet snel gehecht. Dat heb ik afgeleerd en trouwens, ik ben dierenarts. Ik ben gewend om praktische keuzes te maken.'

'Klinkt gezellig.'

'Het leven is niet alleen maar gezellig, toch?'

'Ik probeer het wel zo gezellig mogelijk te maken.'

'Door maanden geen seks te hebben zeker.'

'Hoe weet jij dat nou weer?'

'Van jou, toen ik je een rondleiding gaf in het huis. Vertel?'

'Gewoon, eens kijken hoe dat is.' Natuurlijk ging ze hem het echte verhaal niet aan zijn neus hangen.

Hij bleef haar een tijdje met een scherpe blik aankijken. 'Jammer dat je het me niet wilt vertellen.'

Robin haalde haar schouders op. 'Ik ga voordat het donker wordt. Dank je wel voor de les.'

'Voor de duidelijkheid. Het was niet tegen leug en meug.'

'Héúg en meug. Leer jij mij paardrijden, leer ik je fatsoenlijk Nederlands.'

'Deal. Kom je zaterdag weer? Dat vind ik leuk!'

'Misschien.' Robin liep weg.

'Hoorde je dat? Ik vind het léúk als je weer komt,' riep hij haar na.

'Ik hoor je, McFarland! Dat is dat magnetische effect waar ik het over had, zie je nou wel?' Ze lachte naar hem over haar schouder.

'Pak je de auto? Het wordt sneller donker dan je denkt! Ik weet dat je daar eigenwijs over doet, maar het is echt geen weg voor een vrouw alleen!'

'Ineens hoor ik je niet meer! Heel gek!'

13

'Wat ben jij in godsnaam aan het doen?' Sam stond geschrokken in de deuropening van haar moeders keuken.

'Sorry Sam, maar die lasagne van jou kan ik niet meer zien. Ik heb een vis uit het meer gekocht.' Ze pakte de glibberige baars die voor haar lag bij zijn staart en hield hem omhoog. De vis bungelde door de lucht. Het zag er plots een stuk minder aantrekkelijker uit dan in de winkel.

'Dat zie ik ja, maar hij leeft nog. Moet je die kieuwen zien!' Sam gooide haar tas in een hoek en opende de koelkast.

'Nee, hij is dood, dat heeft de mevrouw in de winkel me verzekerd.' Robin bleef een tijdje achterdochtig naar de vis kijken om te zien of hij echt niet bewoog.

'Rosie zeker! Die moet je nooit vertrouwen, dat weet het hele dorp! Waarom heb je geen filet gekocht?'

'Dit leek me leuk. Het is weer eens iets anders. Ik kookte altijd simpele dingen. Het hoort bij mijn grote plan: ik probeer dingen te doen die ik eerder niet deed. Misschien kom ik er wel achter dat ik chef-kok moet worden.'

'En nu?' Sam schonk zichzelf een glas limonade in.

'Nu ga ik op jouw computer kijken hoe het moet. Dat doe jij toch ook met je boeketten?'

'Totdat iemand zei dat ik er meer gevoel in moest leggen, ja!'

Robin beet op haar lip. 'Sorry, dat had ik nooit zo moeten

zeggen. Ik ben vaak te eerlijk als mensen me dingen vragen.'

Sam haalde haar schouders op. 'Bij mij is het een heel ander verhaal. Die winkel is me in de maag gesplitst. Jij hoeft geen glibberige ondefinieerbare vissen te ontleden, toch? Je zou het jezelf ook makkelijk kunnen maken door een pak ingevroren vissticks te kopen.'

'Gadver, ik denk niet...' Ze werden onderbroken door een snerpend geluid.

'Zou die deurbel zachter gezet kunnen worden, denk je?' Met een klap zette Sam haar glas op het aanrecht en ze rende naar beneden om de deur open te doen.

Robin bleef achter met de baars en vroeg zich af waar ze aan begonnen was. Het zag er ook niet lekker uit, zo'n beest dat je aankijkt. Haar kooklust was verdwenen. Ze pakte de vis bij zijn kop en zijn staart en hield hem voor haar gezicht. De ogen staarden haar geschrokken aan, alsof hij zich op het laatste moment had gerealiseerd dat hij in de pan zou eindigen.

'Robin, je was... Sta jij nu serieus een onderonsje met een dooie vis te houden?'

Had Sam haar niet even kunnen waarschuwen? Ze zuchtte en legde het beest terug op het aanrecht. 'Ja, Connor, ik spreek hem moed in voordat hij de pan in moet.' Ze keek naar hem. Zijn ogen stonden donker. Bezorgd. 'Alles goed?'

'Heeft die luie Rosie haar verkooppraatje over de streekvis op je losgelaten? Dat verhaal waarin ze eerst tien minuten uitweidt over hoe bijzonder dat meer is en daarna dat verhaal over oervissen vertelt? Meestal trappen alleen de toeristen daarin.' Hij schudde meelijdend zijn hoofd. 'Zit je mooi met zo'n enorme glibber die je moet schoonmaken. Die schubben eraf halen is echt een rotklus.'

'Moeten die schubben eraf?'

'Ja, je moet hem ontbaarden, zo heet dat.'

'O.' Robin werd steeds moedelozer. Ze konden ook gewoon krieltjes met spinazie eten.

'Die schubben zijn als plastic, echt niet te eten.'

Ze kon die vis toch niet in de vuilnisbak kieperen? 'Wat doe jij hier eigenlijk?' Hij stond in haar keuken, nou ja, die van Sam, alsof het de gewoonste zaak van de wereld was, maar dat was het natuurlijk helemaal niet.

Hij haalde haar telefoon uit zijn zak en hield hem in de lucht.

'Jeetje, die had ik nog helemaal niet gemist! Thuis kijk ik er iedere minuut op. Ik check normaal gesproken voor ieder stoplicht mijn mail en nu mis ik hem niet eens.' Plotsklaps voelde ze zich schuldig. 'Ben je helemaal voor mij...'

Sam kwam erbij staan.

'Waarom blijf je niet gezellig eten?'

Robin wierp Sam haar meest destructieve blik toe.

'Ehm...' Connor keek naar Robin, die lichtelijk in paniek raakte bij het idee.

'Dat vindt Robin ook gezellig.'

'Nee joh, ik ga wel gewoon naar huis.' Hij trok zijn jas uit en begon de mouwen van zijn wollen trui op te stropen. Sam haalde haar schouders op en liep door naar de woonkamer, waar ze achter haar computer ging zitten.

'Waarom doe je dan je jas uit?' Robins woorden klonken onaardiger dan ze wilde.

'Omdat ik je ga helpen met die vis. Je kijkt alsof je voor het eerst een dood dier ziet.'

'Nee hoor,' loog ze. 'Alleen kijkt deze vis een beetje ongezellig.'

Connor klikte een mes van de magneetstrip boven het aanrecht. Behendig sneed hij de kop van de vis eraf. 'Probleem opgelost. Wil je hier nog soep van maken?' Hij hield de vissenkop in de lucht.

'Ha ha.'

Zijn gezicht stond bloedserieus. 'Ik meen het. De meeste

mensen maken er soep van. Je kunt heel lekkere bouillon trekken van zo'n vissenkop.'

Ging hij haar straks soms ook nog een lezing geven over de ingewanden? Waarom leek hij alles te kunnen en voelde zij zich ineens een totale nitwit in een keuken waarin ze de weg niet eens kende?

'Volgende keer misschien.' Robin opende de vuilnisbak en hij gooide de kop erin. Daarna draaide hij de kraan open en begon de schubben eraf te schrapen.

'Het ziet ernaar uit dat jij je ook regelmatig laat beetnemen door Rosie.'

Hij keek haar van opzij aan en glimlachte. 'Ik koop nooit vis maar ik vis graag zelf. In dat bijzondere meer, waar nog echte oervissen zwemmen...' Hij trok zijn wenkbrauwen omhoog en omlaag.

'Echt?'

'Nee, ik sta te liegen. Dat doe ik altijd weet je nog?' Hij draaide de vis om en begon met de andere kant. 'Waarom vind je dat zo gek?'

'Ik zie bij vissen altijd een bejaarde man voor me, die bij een troebele sloot op een krakkemikkig krukje in de regen zit met een Curver-bak vol wormen naast zich. Ik denk dan altijd dat hij het huis uit is gejaagd door zijn vrouw, die ervan baalt dat hij al met pensioen is.'

'Klinkt inderdaad sexy zoals jij het brengt.' Hij sneed de baars open en haalde de ingewanden eruit. Hij hield ze in zijn hand om ze te bekijken en gooide ze daarna in de vuilnisbak.

'Je vindt dit leuk.' Dit was zijn ding. Ze zag hoe hij zich steeds meer ontspande. De gehaaste donkere blik die hij bij binnenkomst in zijn ogen had gehad, was verdwenen.

'In dieren snijden is mijn werk. Het fascineert me. Zo, klaar! Beide kanten bakken, tien minuutjes in totaal.' Hij gaf haar een knipoog, waste zijn handen en reikte naar zijn jas.

‘Blijf eten.’ Ook al krijg ik dan waarschijnlijk geen hap door mijn keel en valt alle vis van mijn vork.

‘Weet je het zeker?’ Hij keek haar vragend aan.

‘Nee, het kan zijn dat ik me onder het eten nog bedenk en dat je dan alsnog naar huis moet.’ Ze draaide zich om en pakte een fles sancerre uit de ijskast. ‘Wijntje?’ Ze schonk twee glazen in en bracht er een naar Sam.

‘En jij dan?’ vroeg Connor toen ze het andere glas aan hem gaf.

‘Ik drink een tijdje niet.’

‘O.’

Robin keek verlangend naar de condens op het wijnglas. Op dit moment zou ze een moord doen voor een slokje gekoelde witte wijn. Of de hele fles. Maar ze moest dit volhouden, anders werd het nooit wat. Als ze niet eens een paar maanden zonder alcohol kon, wat zou ze dan wél kunnen? Ze schonk zichzelf een glas ginger ale in en pakte een aardappelschilmesje uit de la.

‘Zal ik je helpen?’

‘Nee, ga lekker zitten.’ Ze wapperde met haar hand in de richting van een houten stoel in de hoek van de keuken. ‘Je hebt al genoeg gedaan.’ Zo, dit was een volwassen gesprek. Het ging best goed zo. Nu nog een onderwerp.

Connor kwam naast haar staan, met zijn rug tegen het aanrecht geleund. ‘Lekkere wijn.’

‘Die is nog over van de begrafenis van Sams moeder.’

‘O.’

Nieuw onderwerp. Ze kon niets verzinnen. Sinds wanneer kon zij niets verzinnen? Zij was normaal gesproken de koningin van het opvullen van stiltes.

‘Ik wil je iets vragen...’

‘Kom maar op.’

‘Ehm.’ Connor leek zich ongemakkelijk te voelen.

'Ik ontdekte dat ik jouw telefoon nog had, omdat hij over-ging...'

'Ja...?'

'Ik nam op, omdat ik dacht dat het de mijne was, niet om-dat ik jouw telefoon wilde opnemen, dat zou ik nooit doen. Ze zien er alleen hetzelfde uit en we hebben dezelfde ring-tone...'

'Connor, maak je niet druk. De halve wereld heeft die tele-foon. Ik vind het helemaal niet erg dat je mijn telefoon hebt opgenomen.'

'Dat je niet denkt...' Hij keek haar aan met opgetrokken wenkbrauwen.

'Ik denk niets. Was het Roos, mijn zus? We zijn nogal close, grote kans dat zij het was.'

'Er belde een zekere man.' Zijn stem klonk ernstig.

Robin kon niets anders dan giechelen om zijn abrupte stem-mingsomslag. 'Als je het zo zegt, klinkt het nogal duister.' Ze stak haar hand in de lucht. 'Laat me raden, hij belde vanuit een telefooncel met een trenchcoat aan en een stetson op.' Ze pakte een pan uit een kastje naast het fornuis en vulde hem met wa-ter. Toen ze zijn gezicht zag, werd ze meteen serieus. 'Wat is er met die man?'

'Het was Greg.'

'O!' Ze liet een geschilde aardappel in het water plonzen. 'Ik dacht dat je me iets heel heftigs ging vertellen.'

'Waar ken je hem van?'

'Waarom wil je dat weten?'

Connor nam een flinke slok wijn en wreef met z'n vrije hand over zijn wang. Hij zag eruit alsof hij net zijn hele kapitaal ver-loren had op de beurs.

'Gewoon, nieuwsgierig.' Hij deed een mislukte poging om opgewekt te klinken.

'Ik kwam hem tegen in het vliegtuig op weg hiernaartoe.

Wat is er met hem dan? Ken jij hem?' Plons, daar ging de volgende aardappel.

Hij keek haar een tijdje aan zonder iets te zeggen. 'Niet echt.' Hij dronk in één teug zijn wijnglas leeg. 'Zal ik die spinazie wassen?'

Robin bekeek Connor vanaf de andere kant van de tafel. Ze wilde helemaal niet tegenover hem zitten. Naast hem had ze willen zitten, zodat hij minder in haar gezichtsveld zat, maar Sam was haar voor geweest.

'Kom een keer langs anders, op het landgoed.' Connor nam een slok wijn. Hij en Sam zaten al een half uur over koetjes en kalfjes te praten en Robin vond het wel prima zo. Het gaf haar de kans rustig de helft te eten van de hoeveelheid die ze normaal at en toeschouwer te zijn.

'Ik ken het van de buitenkant wel, het huis, mijn moeder deed altijd de bloemen voor het liefdadigheidsbal. Nu neem ik dat trouwens over, als jullie dat willen.'

'Natuurlijk willen wij dat. Ik vraag wel of Grace contact met je opneemt. Ik zie haar vanaf nu drie keer per week.' Hij rolde met zijn ogen. 'Dan hebben we het vooral over het soort zilver dat er bij het buffet ligt. Of de kleur van de servetten en of ze honderd procent katoen zijn. Meestal dut ik na twintig minuten in haar bijzijn in, maar ze regelt het fantastisch.'

'Willen jullie nog vis? Ik heb echt in tijden niet zo lekker gegeten.' Sam schepte nog een portie vis op.

'Tja, dat is toch die oervis uit het meer.' Connor keek spottend naar Robin.

'Hou op over die stomme vis. Nu weet ik het wel. Vertel eens iets over dat bal. Ik heb er al een paar keer over gehoord.' Robin zag haar telefoon trillend over tafel bewegen. Ze pakte hem op en zag 'Roos' in het venster staan. Snel zette ze hem op stil.

'Het was eigenlijk meer mijn moeders ding. Ik trok altijd gewoon op de dag zelf de smoking aan die voor me klaarlag en het masker dat daarbij hoorde, maar nu regelt Grace het voor het grootste deel zelf en ben ik er om met haar mee te denken. Op de avond zelf ben ik tegenwoordig de gastheer en maak ik praatjes met mensen van wie ik de naam een dag van tevoren uit mijn hoofd heb geleerd.'

'Grace van John, bedoel jij toch?' Sam sloeg meteen haar handen voor haar mond. 'Dat had ik niet mogen zeggen.'

'Die bloemen waren niet voor Grace. Ze waren voor iemand die er nog niet aan toe was...' Robin nam een slok water. 'Grace werkt toch bij de toeristeninformatie?'

'Ook, ja. In zo'n klein dorp moet je een beetje multitasken. Ze kan heel goed organiseren. Het zijn altijd dezelfde mensen uit het dorp die meehelpen. Alleen de catering besteden we uit aan een professionele partij in Dublin. Geen vis uit het meer dus.' Hij gaf Robin een knipoog.

'Zullen we alles zo achterlaten en een afzakker doen bij John?' Sam stond op.

Connor rekte zich uit en volgde haar voorbeeld.

'Ik blijf liever hier, ik moet mijn zus terugbellen. In Nederland is het een uur later en anders slaapt ze al.' Ze hadden elkaar drie dagen niet gesproken. Een record voor hun doen en ze wist dat Roos zich zorgen zou maken als ze niet zou bellen.

'Weet je het zeker?' Sam trok haar spijkerjasje aan en begon haar rode krullen eronder vandaan te halen.

Robin keek naar Sam en het kleine jasje dat ze nooit over haar borsten dicht zou krijgen. Zou Connor op haar vallen? Zouden ze liters bier gaan drinken en zou hij dan uiteindelijk zijn hand in haar decolleté duwen? Of zijn hele gezicht? Een beeld van hen tweeën heftig tongend aan de bar bij John drong zich aan haar op. Moest ze meegaan om ervoor te zorgen dat het niet zou gebeuren? Vanuit haar ooghoeken keek ze naar Connor, die zijn jas aan schoot en de borden in de keuken begon te zetten. Het was een belachelijke reden om mee te gaan. Als ze elkaar wilden, kon zij daar toch niets aan doen. En wat kon het haar schelen?

Ze hoorde even later de deur dichtslaan en bleef achter met een lichte buikpijn.

'Het samenwonen met Alex is heel gezellig, maar hij is er natuurlijk pas net. Zijn vrienden komen hier nu ook langs. Voetbal kijken en zo, je kent het wel...'

Je kent het wel? Niets voor Roos om dat soort zinnen te gebruiken. Robin wou dat ze haar gezicht kon zien. 'En tussen jullie?'

'Ja, gaat goed... prima... zoals altijd. Hij is nu wel wat drukker, dus ik heb niet het gevoel dat we elkaar heel veel meer zien dan eerst, maar hij doet zijn best. Maar vertel, hoe is het bij jou?'

'Valt het tegen het samenwonen?'

'Hij is gewoon druk. Hij moet veel overwerken. We hadden gisteren een belangrijk etentje bij mijn baas thuis en dan belt hij op het laatste moment af. Toen ben ik maar alleen gegaan.'

'Hij liet je zitten.'

'Nee, hij had het gewoon druk, dat snap ik wel. Maar vertel, hoe is het bij jou?'

'Kom snel een keer kijken, zou ik zeggen. Je kunt hier blijven slapen, dat mag vast. Je bent altijd welkom. Alex ook natuurlijk.' Ze had meteen spijt dat ze hem ook had uitgenodigd.

'En de weddenschap?'

'Niets gedronken en nog maar één leuke man ontmoet, maar die gaat trouwen.'

'Barry is gestopt met koolhydraten eten...'

'Je bedoelt dat hij er over een paar maanden plots uitziet als een Abercrombie-model en dat ik dan alsnog vrijwillig onstuimige nachten met hem ga beleven?'

‘Hij is heel aardig, Robin, doe niet zo lullig.’

‘Roos, gaat het wel goed met je?’

‘Tuurlijk. Sorry, beetje druk. Alex is over twee weken jarig en ik ben een verrassingsfeestje aan het organiseren. Ik bel je later.’

Roos verbrak de verbinding en Robin staarde naar de foto op haar telefoon, waarop zijzelf met een grote schaterlach op haar gezicht stond en haar zus met een ingehouden lach. Waarschijnlijk had zij acht biertjes gedronken en was Roos bij drie gestopt. Ze keek naar de lijst met recent gebelde nummers. Onder Roos stond een onbekend nummer. Het gesprek had 29 seconden geduurd. Ze drukte op de terugbeltoets.

14

'Kun je mij niet bijhouden?' Sam keek naar het halfvolle glas van Connor.

'Ik kreeg een raar telefoontje vanmiddag.' Connor stak zijn hand op naar John en wees naar Sams lege glas.

'Vertel.'

John kwam naar hun tafeltje gelopen, zette een biertje voor Sam neer en ging op de stoel naast haar zitten. 'Eindelijk een vrouw die een beetje doordrinkt.'

'Gaat de barman nu bij iemand aan tafel zitten?' Een man aan de bar hief zijn beide handen in de lucht. 'Bij wie moet ik nu bestellen?'

Connor kon zijn lach nauwelijks verbergen toen John zuchtend terugliep naar de bar.

'Wat?'

'Ik geloof dat ik hem de afgelopen jaren nog nooit achter de bar vandaan heb zien komen. Hij schreeuwt altijd dat iedereen zijn eigen bier maar moet komen halen.'

'Gezellig toch, dat hij zomaar aanschuift?'

'Ja, Sam, héél gezellig!'

Sam haalde de wikkel van een nieuw pakje sigaretten. 'Ik ben wel toe aan een peuk. Jammer dat je niet binnen mag roken.'

'Ik denk dat er voor jou wel een uitzondering wordt gemaakt door de kroegbaas.'

‘Vertel over dat telefoontje. Wie belde er?’

‘Een vriend van vroeger.’

‘Wat leuk!’

‘Valt wel mee, hij is mijn vriend niet meer.’

‘Waarom niet?’

‘We maakten katapulten en daar schoten we dan van die witte besjes mee weg. Hij wilde altijd op onze hond schieten. Toen had ik al moeten weten dat het een foute gozer was. Dat beest had maar drie poten, hij kon niet eens fatsoenlijk wegrennen.’

‘Het is soms fijn om met iemand op te trekken die fout is. Ik had vroeger ook altijd vreemde vriendinnetjes. Van die meisjes die blowden in het bushokje en een scooter hadden. Loeispannend vond ik dat.’

‘Als je nu langs een bushokje rijdt en je ziet zo’n groepje meiden staan, dan denk je toch: ga alsjeblieft wat doen met je leven!’

‘Er gebeurt van alles hoor, in zo’n bushokje, daar zou je nog verbaasd van staan. Ik heb daar geleerd om met één hand een sjekkie te draaien.’

‘Dat is nog eens een vaardigheid waar je je leven lang wat aan hebt!’

‘Terug naar die vriend.’

‘We sprongen ’s nachts in ons blootje in het meer en deden wie het langst onder water kon blijven. Ik ging tot het gaatje om te winnen. Ik kwam met een paars hoofd boven.’

‘Won je?’

‘Ja. Ik zwom beter, ik rende harder, ik haalde hogere cijfers op school...’ Connor pakte een bierviltje van tafel en speelde ermee tussen zijn vingers. ‘Toch moest ik me altijd bewijzen tegenover hem. Ik weet niet waarom. Het voelde alsof hij mij altijd de baas was, terwijl ik alles beter kon.’

‘Was hij knapper?’

‘Wat denk je zelf? Natuurlijk niet!’ Hij brak het bierviltje in tweeën. ‘Hij had wel de meeste meisjes...’

‘Ah, daar komt de aap uit de mouw! Wat zijn mannen toch simpele wezens. Het gaat er uiteindelijk om wie de meeste vrouwtjes kan verzamelen.’

‘Ik had een vast vriendinnetje vanaf mijn vijftiende, een vriendin van ons. Ik hoefde niet zoveel meisjes.’

Sam keek zo onopvallend mogelijk naar de bar en vroeg zich af of John echt voor haar bij hen was komen zitten.

‘Ik ben veertien jaar geleden weggegaan uit Granmoore. Het is nogal een ingewikkeld verhaal, maar ik heb hem nooit meer gezien en dat wil ik ook niet. Hij heeft me op een afschuwelijke manier verraden. Alsof we toen een laatste wedstrijdje hebben gedaan en hij gewonnen heeft. Het klinkt belachelijk, maar ik kan me er niet overheen zetten. Snap je dat?’

‘Ik volg je, maar snappen doe ik het niet. Ik wil nooit ergens de beste in zijn. Ik ben totaal niet ambitieus. Ik ben eerder iemand die halverwege afhaakt en aan de kant een sigaretje gaat roken. Behalve met de winkel van mijn moeder, daar probeer ik echt wat van te maken. Dat is voor het eerst en als ik heel eerlijk ben, voel ik amper voldoening.’

Connor moest lachen.

‘Maar het gaat natuurlijk niet om de wedstrijd. Het gaat erom dat hij je verraden heeft.’

‘Misschien.’ Connor legde de bierviltjes weg om Fridge te kunnen aaien. ‘Ik vind dat je er onvoorwaardelijk moet zijn voor de mensen die dicht bij je staan.’

‘Loyaliteit is belangrijk. Dat ben ik met je eens.’

‘En vertrouwen. Je moet erop vertrouwen dat je vrienden of je familie bepaalde dingen nooit zouden doen, toch?’

‘Je had totaal niet zien aankomen dat hij je zou naaien? Is dat wat je bedoelt?’

‘Zoiets. Als mensen een onverwachte keuze maken, moet je

erop vertrouwen dat ze er een goede reden voor hebben.'

'Je kunt toch ook gewoon een enorme fout maken, zonder goede reden? Daar is ook niets mis mee, hoor.'

'Dat kan, maar dat was niet zo in mijn geval.'

'Dit gesprek wordt wel heel hypothetisch. Misschien moet je gewoon vertellen wat er is gebeurd.'

'Daar gaat het niet om. Ik vind dat vriendschap en familiebanden alleen iets waard zijn als je elkaar blind vertrouwt. Je moet achter iemand gaan staan als hij een belangrijke beslissing neemt, ook als die heftige gevolgen heeft.'

'Dus als John nu voor de lol die man met die geruite pet wurgt,' ze knikte in de richting van de bar en keek John even recht aan, 'zijn jullie nog steeds even goede vrienden.'

'Ik ken hem goed genoeg om te weten dat hij dat niet zomaar doet.'

'Ik weet het niet hoor, Connor, ik vind het nogal ver gaan. Soms is iemand anders dan je gedacht had. Dan mag je iemand toch in de steek laten?'

'Wat is vriendschap en familie dan nog waard?'

'Mmm, je hebt wel veel diepgang voor een man die ook nog knap is.'

'Je bedoelt dat we nog een biertje moeten bestellen en het over Johns nieuwe houthakkersblouse moeten hebben?' Connor probeerde zijn voeten, waar Fridge bovenop was gaan liggen, te verplaatsen.

'Ik haal wel!' Sam sprong op.

'Als je terug bent, kun je mij misschien leren hoe ik met één hand een sjekkie draai!'

15

Sam had zin om alle gladiolen die ze in haar handen had door de winkel te smijten. Met opeengeklemde kaken legde ze de bloemen weg en liep ze de winkel uit. Naar buiten. Frisse lucht en nieuwe moed had ze nodig. Op de hoek van het plein sloeg ze rechts af. Hoe kon haar moeder in hemelsnaam zo veel plezier beleefd hebben aan het maken van een boeket? Al meer dan twee weken was ze niets anders aan het doen en ze vroeg zich af of ze ooit een vreugdevol gevoel zou overhouden aan het schikken van verschillende bloemen met groene takken. Bij de volgende hoek sloeg ze weer rechts af. Uiteindelijk zagen al haar creaties er nét niet uit.

Misschien moest ze weer begrafenissen gaan filmen. Bij de gedachte daaraan ging ze nog harder lopen. Zie het onder ogen, Sam. Je kunt dit niet. Ga iets anders doen. Het stemmetje in haar binnenste negerend, sloeg ze weer rechts af en liep de winkel voorbij. Haar slangenprintlaarsjes tikten fel op de verlaten stoep. Zou haar moeder haar vanaf haar wolk teleurgesteld bekijken? Of met medelijden? Na twee rondjes om het blok gelopen te hebben, liep ze de winkel weer in. Zelfs de allesoverheersende geur van de emmers lelies voor haar neus maakte haar niet meer blij.

Ze moest het onder ogen zien, dacht ze terwijl ze met een bezem de bladeren op de vloer in een hoek begon te vegen. Het was gekkenwerk om te denken dat zij zomaar een bloemenwinkel kon runnen. Temeer omdat ze iemand betaalde om de boeketten te maken. Deze winkel paste gewoon niet bij haar. Bovendien was ze vorig weekend lang genoeg met de financiën bezig geweest om te weten dat ze er bijna geen cent aan overhield.

Met twee handen pakte ze de bovenkant van haar kikkergroene legging beet en hees hem een flink stuk op. Daarna trok ze haar spijkerrokje iets omhoog, zodat de bovenkant weer in haar taille zat. Niets voor haar om aan haar kleding te moeten sjorren. Alles leek ruimer te vallen sinds ze hier was. Met een zucht begon ze het mislukte boeket uit elkaar te halen. Misschien deed ze niet genoeg haar best. Ze moest doorzetten. Er zou vast een dag komen dat ze een mooi boeket kon maken. Tot die dag er was, moest ze het gewoon blijven proberen.

Het geluid van voeten die nauwelijks werden opgetild haalde haar uit haar gedachten. Joyce kwam vanuit het achterste gedeelte van de winkel aangesloft en zette haar zojuist gemaakte boeketten in een vaas. Hoe kon iemand die niet sympathiek was zulke mooie dingen maken? 'Wat ben ik toch jaloers op de boeketten die je maakt!'

'Tja...' Joyce gaf haar een van haar mysterieuze glimlachjes.

Sam wist niets van de vrouw voor haar. Misschien was ze diep vanbinnen wel sympathiek en moest zij meer interesse tonen. 'Heb jij eigenlijk een vriend?'

'Nee.' Joyce sloot haar ogen en schudde langzaam haar hoofd. 'Liefde vind ik egoïstisch. Vertrouwen haal ik uit mezelf, daar heb ik geen man voor nodig.'

'Maar af en toe heb je toch zin om tegen iemand aan te hangen?'

'Ik niet.'

'En seks dan?'

'Ik heb zes katten.'

'Ja?' Sam schudde niet-begrijpend haar hoofd.

'Daar haal ik genoeg voldoening en bevrediging uit.'

Ze schuifelde weer naar achteren. Sam bleef achter met een beeld op haar netvlies van Joyce, liggend op een paars gebatikte beddensprei met zes poezen. Haar lange haren uitgewaaierd over het kussen.

16

Robin stond in de bouwmarkt voor het verfschap en vroeg zich af met welke verf je een buitentrap schilderde. Uit het metalen rek voor haar pakte ze een pot en begon de gebruiksaanwijzing te lezen. Zou het eigen merk goed genoeg zijn?

'Dat is voor hout, je moet deze hebben.' Greg kwam naast haar staan. 'Ik heb alvast kwasten gepakt.' Hij pakte twee potten verf en gebaarde met zijn hoofd naar de kassa. 'Ga jij in de rij staan? Pak ik schuurpapier.'

Ze keek hem na terwijl hij ontspannen over de betonnen vloer naar het volgende schap kuierde. Hij had erop gestaan haar te helpen met het schilderen van de trap. Geen probleem dat het zaterdag was. Of hij gewoon vriendelijk was of meer verwachtte was haar niet duidelijk geworden. Hij had gedaan alsof het voor de hand lag dat hij haar kwam helpen. Net zoals hij het ook de normaalste zaak van de wereld had gevonden dat ze hem had teruggebeld. Het gesprek was meteen op gang gekomen, alsof ze elkaar dagelijks spraken. Pas later had ze zich afgevraagd of Daisy naast hem had gezeten, of dat hij snel naar buiten was gelopen bij het zien van haar nummer.

'Hier, schuurpapier.' Hij overhandigde haar een bruin bundeltje papier.

'Fijn dat je wilt helpen.' Ze glimlachte naar hem. Dit was geen flirtglimlach, toch?

‘Vind ik ook.’ Hij keek haar langer aan dan nodig.

Ze had zin in hem. In het spel. In seks. Om haar tanden zacht in zijn tatoeages te zetten. In de intimiteit van het moment. Ze was benieuwd naar zijn armen om haar heen, zijn naaktheid, nieuwsgierig naar de manier waarop hij haar zou aanraken... In gedachten tikte ze zichzelf op de vingers. Kijk om je heen! Je staat in een bouwmarkt. Naast een bak met gereedschapskoopjes en achter een zwaar ademende meneer met een enorme stapel houten latjes onder zijn oksel. Niet de plek om aan seks te denken. Zo desperaat was ze toch zeker niet?

‘Tweeënzeventig euro veertig alsjeblieft.’ De caissière keek haar vriendelijk aan. Zie je, iedereen hier was gewoon vriendelijk, dacht Robin terwijl ze vier briefjes van twintig uit haar strakke spijkerbroek friemelde. Ze moest er niet meteen wat achter zoeken en trouwens, wat was er mis met een vriend? Een puur platonische relatie met een man? Dat was toch precies wat ze hier wilde doen, nieuwe dingen proberen?

‘Kijk je uit naar de bruiloft?’ vroeg Robin toen ze even later in de auto zaten. Ze keek voor zich op de weg, vastbesloten niet weer misselijk te worden.

‘Mmm.’ Greg haalde zijn schouders op. ‘Is je werk leuk?’

‘Mmm.’ Robin imiteerde zijn stem en bekeek hem kort van opzij.

‘Oké, dan gaan we het er wel over hebben. Eerlijk? Ik weet niet of ik ernaar uitkijk. Daisy wel. Dat is toch genoeg? Als het voor haar zo belangrijk is, is het voor mij prima.’

‘Prima? Je gaat trouwen!’

‘Met iemand met wie ik opgegroeid ben. We kennen elkaar vanbinnen en vanbuiten.’

‘Is dat jouw zoon die achter de bar stond?’

Greg zuchtte overdreven. Het gesprek beviel hem niet. Ze had het bij het landschap moeten houden of bij de Ierse gastvrijheid. Ze merkte dat hij harder was gaan rijden.

'Het is de zoon van Daisy, maar ik heb hem geboren zien worden, dus ik beschouw hem als mijn zoon.'

'O, het leek me een leuke jongen.'

'Dat is hij ook.'

Nu was het tijd voor een ander onderwerp. Het zat hem blijkbaar erg dwars dat hun zoon niet van hem was. Was dat gekrenkte trots? Of was ze vreemdgegaan tijdens hun relatie en maakte dat hem boos als hij eraan herinnerd werd? Daar kon ze zich wel iets bij voorstellen. Dit halve verhaal had haar bloednieuwsgierig gemaakt. Haar zucht naar sensatie maakte dat het op het puntje van haar tong lag om verder te vragen, maar ze hield zich in.

'Ik schrik me rot! Wat doen jullie daar?' Sam klemde de aansteker en het pakje sigaretten dat ze vasthad tegen haar borst.

'Jou verrassen. Ik was alleen vergeten dat jij hier ieder half uur komt roken en dat zoiets dus onmogelijk is!' Robin keek naar Greg, die ongegeneerd naar de inkeping tussen de borsten van Sam staarde.

Sam keek naar de verfspullen die boven aan de trap stonden. 'Gaan jullie de buitentrap verven? Wat fijn! Maar dat hoeft echt niet hoor.' Sam sjorde aan de bovenkant van haar shirtje. Greg glimlachte haar schuldbewust toe.

'Ik heb er tijd voor en ik slaap hier voor een belachelijk laag bedrag...'

'Je wóónt hier. En je zorgt er al voor dat ik iets anders eet dan lasagne en je bent nog gezellig ook.' Sam stak een Camel zonder filter in haar mond en stak hem aan.

'We maken hem geel.' Greg keek vanaf de bovenste trede van de trap uitdagend naar Sam.

'Goed. Wat je wilt.' Ze haalde haar schouders op.

'Meen je dat?'

'Ja hoor, zolang het er maar netjes uitziet. Slechter dan dit kan het toch niet worden.' Ze gebaarde met haar handen in de richting van de tuin.

'Je hoeft alleen die struiken wat terug te snoeien en een grasveldje aan te leggen.'

'Alleen?' Sam keek hem aan alsof hij gek was.

'Ik help je wel met het grasveldje.'

'Goh, jij bent wel hulpvaardig zeg.' Sam keek hem met samengeknepen ogen aan.

'Ik heb een golfbaan, weet je nog? Gras is mijn ding.'

'We zien wel.' Sam gooide haar halfopgerookte sigaret in de asbak en liep naar binnen.

'Trouwens, de trap wordt gewoon wit,' riep Greg haar na.

De eerste zonnestralen verschenen en hij trok zijn shirt uit. Robin bestudeerde de tatoeages op zijn bleke huid en moest lachen.

'Wat?'

Robin knikte naar de donkergroene tekens op zijn armen. 'Ik had al bedacht dat je er zo uit zou zien. Met tatoeages. Het past bij je.' Haar ogen dwaalden van zijn gezicht, over zijn borst naar zijn navel. Toen schraapte ze haar keel en liep ze naar binnen, waar ze twee blikjes cola uit de ijskast haalde. 'Zullen we uitrusten?' Ze zette de nog dichte potten verf opzij en liep de trap af om op de onderste trede te gaan zitten.

'Is het leuk om voor Connor te werken?' Hij kwam naast haar zitten op de krappe trap.

'Ik werk voor meneer McFarland, niet voor Connor, en dat is fijn. Niet dat ik niet voor Connor werk, maar ik bedoel dat meneer McFarland een aardige man is. Hoezo?'

'Wat kun jij het lekker ingewikkeld zeggen.' Hij ging iets verzitten, waardoor zijn been tegen dat van haar drukte.

'Waarom ben je geïnteresseerd in Connor?' Robin haalde haar been niet weg.

'Gewoon.' Hij wreef met het blikje over het knalrode litteken op zijn duim.

'Heb je last van je duim?'

'Nee, het ziet er heftig uit, maar ik voel er niets van.'

'Ken jij ze?'

'Wie?'

'De familie McFarland.'

Het duurde een tijdje voor hij antwoord gaf. 'Ik kwam er vroeger wel eens. Niet vaak hoor, gewoon, soms.'

'En nu?'

'We zijn elkaar uit het oog verloren.'

'O. Volgens mij is dat jouw telefoon die weer gaat.'

'Heeft Connor het wel eens over mij gehad?'

Robin draaide haar hoofd naar hem toe. Wat speelde er tussen deze twee mannen? 'Nee, hij heeft het niet over jou gehad.' Ze hield hem nauwlettend in de gaten. Hij leek opgelucht.

'Kom op, die trap moet vandaag nog af.' Hij gaf haar een hand en trok haar omhoog. Daarna stopte hij zijn hand in de achterzak van zijn broek en haalde zijn telefoon tevoorschijn. 'Verrassend, het is Daisy die me de hele tijd probeert te bellen.' Hij zette het geluid uit en stopte het ding weer terug in zijn broekzak.

De schemering had al ingezet toen ze uiteindelijk door de zwart-wit betegelde hal naar de woonkamer van meneer McFarland liep.

'U vindt het toch niet erg dat ik wat later ben?'

'Nee, hoor, je had keurig gebeld, toch? Als je het niet erg vindt dat ik intussen wat eet?'

Ze hoorde de klompen van Dahlia naderen. Op het tafeltje naast hem zette ze een blaadje met een bord eten en een glaasje water met een rood rietje. Uit een ladekastje achter in de kamer haalde ze een schoon servet en een zilveren koordje met twee klemmetjes. Vaardig klikte ze het servet in de klemmetjes om zijn hals. Daarna pakte ze een kruk en ging naast hem zitten met het bord in haar hand. Achteloos begon ze de oude man hapjes te geven. Robin keek naar de ondefinieerbare brij op het bord. Kon ze niet op zijn minst aankondigen wat hij ging eten? Na een paar happen zaten er een paar spetters eten naast zijn lip. Alsof ze een grote baby aan het voeren was, schraapte Dahlia met haar lepel het geknoeide eten langs zijn mond weg en stopte het er weer in.

'Ik kom straks wel terug, als u uitgegeten bent.' Robin stond abrupt op. Hier wilde ze niet langer getuige van zijn. Door de achterdeur, die ze de vorige keer met Connor had genomen, liep ze naar buiten.

De lampen bij de stallen waren aan. Het grote hoofd van Thunder hing over de staldeur. Bij het zien van beweging hief hij direct zijn hoofd op en keek hij nieuwsgierig haar kant op. Toen ze nog maar een paar passen van hem vandaan was, hinnikte hij zacht. Ze bleef voor hem staan. Het duurde een poosje voordat ze haar hand uitstak en hem over zijn neus aaide. Het paard snuffelde aan haar trui en spitste toen de oren en sperde zijn neusgaten open. 'Wat zie je dan?' fluisterde Robin terwijl ze dezelfde richting als het paard op keek. Een paar seconden later hoorde ze paardenhoeven dichterbij komen.

'Vrienden aan het maken?' Connor kwam vanuit het niets aanrijden. Hij zat op een enorm kastanjebruin paard met zwarte manen. Zijn haar was door de wind rommelig door elkaar geblazen. Alsof hij op woeste zee had gevaren. Hij zag er akelig gelukkig uit.

'Je vader kreeg eten. Ik kon het niet aanzien.' Ze keek naar haar handen en probeerde de verfrestjes van die middag van haar vingers te krabben.

Connor steeg af en klopte het paard op zijn bezwete nek. Daarna begon hij de riempjes van het zadel los te maken. 'O.'

'O?'

'Ja, o, wat vervelend.' Hij ging onverstoorbaar door met het afzadelen van zijn paard.

'Is dat het enige wat je te zeggen hebt?'

Connor legde het zadel over de staldeur en maakte het hoofdstel los. 'Ik ben er niet bij als hij eet, maar ik heb hem nooit horen klagen.' Hij liep naar een buitenkraan een paar meter verderop en spoelde het bit schoon.

'Misschien moet je eens gaan kijken, Connor. Het eten dat hij krijgt, ziet er niet uit. Het is een prakje. Alsof hij niet kan kauwen. Alsof hij nul is en geen tanden heeft!' Robin keek achterdochtig naar het paard dat los voor haar stond. 'Moet dat beest niet vast of zo?'

'Nee, die blijft wel staan. Hij heeft net heel hard gegaloppeerd. Ik wilde hem nog laten rollen in de bak. Ga je mee?' Hij pakte het paard bij zijn manen. Gewillig liep het dier met gestrekte hals naast hem naar de bak. 'Wat wil je dat ik doe?' Hij klonk alsof ze bij hem op spreekuur was met een kanarie die was opgegeven.

Robin liep naast hem, op veilige afstand van het paard. Ze probeerde zijn extreem zakelijke toon te negeren. 'We hebben het hier toch wel over dezelfde man, hè? Vriendelijk gezicht, gastvrij, integer, jouw vader...'

In de bak stak het paard meteen zijn neus in het zand en na een paar meter zakte het beest eerst door zijn voorbenen en daarna door zijn achterbenen. Tevreden kreunend rolde hij daarna op zijn rug heen en weer.

'Wat schattig!' Robin keek vertederd naar het enorme beest dat zich genietend door het mulle zand bewoog. Misschien werd ze toch nog een paardenmeisje.

'Ik zie een andere man dan jij.' Hij liet zijn voet op de onderste plank van het hek rusten.

Ze deed een stapje opzij. Waarom moest hij altijd zo irritant dicht naast haar gaan staan? 'Maar het is toch je vader? Dat is toch een feit? Je wilt toch niet dat hij in zijn eentje iedere avond gepureerd voedsel zit te eten met een kille zuster en een dode zwijnenkop als gezelschap?'

'Het is ingewikkeld.' Hij bleef strak voor zich uit kijken.

'Leg het mij dan uit.'

'Het zijn jouw zaken niet, Robin.'

'Dus dan laat je hem gewoon stikken? Je woont naast hem!'

Abrupt draaide Connor zich naar haar toe. 'Bemoei je er niet mee.' Zijn stem klonk rauw en afgemeten. Hij ademde een aantal keer diep in, voordat hij rustiger verderging. 'Ik ben hier vier jaar geleden naartoe verhuisd toen ik hoorde dat mijn vader ziek was. Alles wat er gedaan moet worden, regel ik. Ik woonde prima in Dublin. Leuk huis, goede baan bij een kleine praktijk, fijne vrienden om me heen. Nu woon en werk ik hier en dat is prima, maar doe alsjeblieft niet alsof ik een egoïst ben. Dat doet het halve dorp namelijk al. Ik woon hier niet voor mijn eigen lol, Robin. Ik woon hier voor mijn vader, omdat hij iemand nodig heeft die alles voor hem regelt, en dat is de enige reden.' Met een ruk opende hij het hek van de bak. Hij pakte het paard, dat inmiddels was opgestaan en loom op hem af kwam lopen, bij zijn manen vast om hem naar zijn stal te leiden.

Bedeesd liep Robin achter hem aan. Waarom deed ze zo onaardig tegen hem? Normaal gesproken was ze niet zo. Nerveus en kattig werd ze als ze in zijn buurt was. Een oudere man in een versleten blauwe overall was bezig de paarden te voeren. Connor groette hem in het voorbijgaan. Ze wist zich geen houding te geven. Moest ze teruggaan naar zijn vader of moest ze dit gesprek afmaken? Dat laatste maar.

'Sorry, Connor, ik weet inderdaad te weinig van jullie situatie om te oordelen. Ik vond het gewoon moeilijk om te zien. Het lijkt mij een erg onwaardig bestaan en, hoe kort ik hem ook ken, ik mag je vader nu eenmaal graag. Ik vind dat hij meer verdient dan een prikkelbare zuster op akelige klompen die zijn eten net zo lang doorkookt tot het een ondefinieerbare prak is. Dat vind jij toch ook? Jij was toch niet voor niets op zoek naar een ander type voor je vader? Laat mij dan twee keer in de week koken voor jullie. Dan eten jullie samen, als gezin.' Ze keek met haar armen langs haar lichaam toe hoe hij het zand van het paardenhoofd streek en verbaasde zich erover dat ze zichzelf zojuist als dienstmeisje had aangeboden. 'Dan eten jullie een degelijke maaltijd, normaal aan tafel. Jij hoeft niet zelf te koken op die dagen. Ik dek de tafel en ruim af...'

Connor sloot de staldeur achter zich en begon de leren chaps uit te trekken, die over zijn spijkerbroek zaten. 'Heb je geverfd?'

'Ja, de buitentrap bij Sam.'

'Flinke klus of niet?'

'Greg, die jongen uit het vliegtuig, helpt me.'

Connor smeet zijn chaps over de staldeur. 'Ik kom niet eten.'

'Je wilt niet, bedoel je.' Robin begon nijdig te worden om zo veel weerstand. 'Ik dacht dat het twee vliegen in één klap zouden zijn.' Ze krabde net zo lang tot het laatste beetje verf op haar hand los liet. 'Laat ook maar. Ik ga wel met jouw vader eten die twee keer per week. Ik krijg toch veel te veel betaald. Bovendien vind ik het wel gezellig.' Ze wreef over de pijnlijke rode plek die haar nagels zojuist hadden achtergelaten.

'Twee vliegen en een klap?' Connor glimlachte.

'Ja! Dat jullie er allebei iets aan hebben. Een win-winsituatie. Ik zal een boekje met gezegdes voor je kopen met kerst. Je schijnt er nogal veel lol aan te beleven.'

'Fijn dat je van plan bent zo lang te blijven.' Hij deed een stap naar haar toe. 'Waarom had je de helft van je salaris teruggestort?'

'Omdat ik het te veel vond. Die paar uur per dag dat ik hier ben. Je had het niet hoeven verdubbelen. Ik was gewoon pissig toen ik dat afdwong bij het meer, omdat je gelogen had.' Ze deed een stap achteruit en botste tegen de paal die de overkapping van de stal omhooghield.

'En nu ben je boos, omdat ik niet kom eten.' Hij haalde zijn telefoon uit de achterzak van zijn Levi's. 'Ik heb een oproep en ik moet hem beantwoorden, want ik heb dienst.' Hij deed een paar stappen van haar vandaan. Robin zwaaide kort en liep weg, in de richting van het huis.

'Gewandeld?'

'Bij de stallen gekeken.'

'Bij de paarden of bij Connor?'

'Bij de paarden, maar Connor bleek er ook te zijn.'

'Aha.' Meneer McFarland aaide met zijn trillende hand over het verschoten ribfluwelen kussentje naast hem.

'Volgens mij is Dahlia niet echt een goede kok.' Ze had geen zin om over Connor te praten. Ze zochten het maar uit met z'n tweeën.

'Ach, er is weinig waar ik niet aan kan wennen.'

Uw relatie met Connor misschien? 'Wat dacht u ervan als ik twee keer per week voor u kom koken? Dan kunnen we samen eten. Aan tafel.'

'Dat zou ik reuze vinden.' Zijn stem klonk oprecht. 'Maar doe vooral geen moeite.'

Robin bedacht hoe verraderlijk zijn ziekte was. Als ze zo tegenover hem zat was er niet veel aan hem te merken. Alleen de trilling die soms over zijn lippen gleed verried zijn situatie. 'Ik stem het straks wel met Dahlia af.'

17

'Ik ga er wel van uit dat je zelf alle rommel opruimt.' Dahlia deed niet eens haar best om haar stem vriendelijk te laten klinken. Blijkbaar vond ze het nodig om haar territorium af te plassen, dacht Robin. Het zou haar humeur geen seconde in de weg zitten. De ouderwetse keuken rook heerlijk naar de kip en de rosevalaardappeltjes die in de oven stonden. Ze had een recept van Sams moeder gekopieerd, wat haar gisteravond had doen watertanden in bed.

'Is dat niet wat veel, een hele kip voor twee man?'

'Misschien blijft er nog wat over voor morgen.' Kun je lekker de staafmixer erdoorheen halen!

Dahlia klepperde weg. Met een gevoel van trots drukte Robin het lampje van de oven aan en keek naar de lichtbruine kip die lag te garen in een laagje pruttelende, witte wijn. Het ging lukken. Nu alleen nog de tafel dekken.

De eetkamer rook eigenaardig. Alsof er in geen jaren meer iemand had gegeten. Het was vast de geur van mottenballen. Ze had geen idee hoe die roken, maar de naam paste uitstekend bij deze lucht. Robin liep naar de openslaande deuren die uitkwamen op de tuin. De zware, roze gordijnen schoof ze opzij en na een beetje gewrik kreeg ze de deuren open. Het gordijn duwde ze achter de haak naast de tuindeur. Een beetje frisse lucht en de kip zouden de ergste geur wel weghalen.

In het midden van het vertrek stond een lange, glimmende mahoniehouten eettafel. De hele familie Von Trapp zou er zo aan kunnen. Logisch dat er hier niet meer gegeten werd. Je verdween meteen aan zo'n robuust geval. Misschien moest er een kleedje op? Dat maakte het enorme ding misschien iets intiemer. Dahlia zou haar vast wel aan een tafelkleed kunnen helpen, nadat ze een chagrijnig gezicht zou hebben getrokken.

'Hoi.'

'Wat doe jij hier?' Niets voor Connor om zomaar bij zijn vader binnen te wippen.

'Mee-eten als het mag?' Hij stond in de deuropening met zijn wenkbrauwen vragend omhoog en met die ene glimlach op zijn gezicht waar ze op onwillekeurige momenten wel eens aan dacht.

'Als je meehelpt. Ik denk dat Dahlia mij omlegt als ik haar nog een keer om iets vraag.'

'Ik heb een voorstel.' Hij stapte de kamer in. 'Voor iedere keer dat ik mee-eet, ga jij met mij mee paardrijden.'

'Ga je me chanteren om bij je eigen vader aan tafel te zitten?'

'Chanteren is niet het eerste woord dat bij me opkomt.' Hij sloeg zijn armen over elkaar en keek haar met een blik vol zelfvertrouwen aan. 'Ik zou het eerder dat met die vliegen en een klap noemen, win-win.'

Ze schoot in de lach. 'Win-win voor jou ja! Je krijgt twee keer per week een lekkere maaltijd én je mag met dit veelzijdige gezelschap,' ze wees naar zichzelf, 'op pad!'

Connor stak verdedigend zijn handen in de lucht. 'Als ik nu zorg dat er één keer per week vis is, daar houdt mijn vader van, hebben we dan een deal?'

Met haar hand wreef ze over haar kin, alsof ze er diep over moest nadenken.

'Oké, jij je zin,' vervolgde hij. 'Ik maak de vis ook nog schoon en help je met koken.'

'Dat zal ik in overweging nemen. Hebben jullie kandelaars? Tafelzilver?'

'Niet voordat je ja hebt gezegd. Je zou afgelopen weekend komen rijden en je was er niet. Als ik mijn afspraak nakom, kom jij de jouwe ook na.'

'Oké, deal.' Als een soort automatisme stak ze haar hand uit. Toen hij hem pakte had ze meteen spijt. Hij voelde warm. Een vreemd soort energie trok langzaam via haar arm haar lichaam in. Ze keek hem aan, nieuwsgierig naar zijn gedachten.

'Win-win,' mompelde hij alleen maar, waarna hij haar hand losliet.

'Het zilver ligt in die la, kandelaars ook.' Connor wees naar het Lodewijk XVI-kabinet dat naast de tuindeur stond. 'Ik ga de kaarsen zoeken.' Hij slenterde de gang in naar de keuken. 'Het ruikt hier goddelijk! En dat voor een vrouw die niet eens een vis kan schoonmaken!'

Met twee handen trok Robin aan de gouden handgrepen van de donkerhouten lade. Haar mond viel open bij het zien van de inhoud. Een ogenblik kon ze er alleen maar naar staren. De lade was ingelegd met donkergroen vilt en lag vol met het mooiste tafelzilver dat ze ooit had gezien. Ze stak haar hand uit naar een visschep en hield hem in het licht. Al het zilver was versierd met hetzelfde fijne bloemenpatroon. Met haar wijsvinger gleed ze er zachtjes overheen.

'Sta je te knuffelen met het tafelzilver?'

'Connor, het is prachtig, je hebt geen idee.'

Hij legde de kaarsen op tafel en kwam naast haar staan. 'Vind je? Ik heb er niet zoveel mee. Mijn moeder hield ervan. Ze was er altijd mee in de weer. Ze kon de hele zondagmiddag zilver poetsen. Het maakte haar rustig als ze een drukke werkweek had gehad.'

'Dat snap ik zo goed. Mijn oma heeft mij al haar zilver nagelaten. Voor mij is het een echte schat. Roos snapt dat niet. Ik zal het oppoetsen deze week. Dat had je moeder vast fijn gevonden, als het er weer een beetje mooi bij ligt.' Voorzichtig schoof ze de lade dicht.

'Je lijkt op haar. Niet zozeer qua uiterlijk, maar je hebt dezelfde energie om je heen... een soort puurheid... alsof je niet in de sombere kant van het leven gelooft. Iets impulsiefs. Ik ben er nog niet helemaal achter.' Hij keek haar bedachtzaam aan.

Robin sloeg haar ogen neer en ergerde zich aan het feit dat ze langzaam de kleur van de donkerroze gordijnen naast haar aannam.

'Dat is de reden dat mijn vader je zo graag mag. Je hebt een bepaald soort levensvreugde. Niets om verder verlegen van te worden, hoor.' Hij prikte zacht met zijn vinger in haar zij. 'Moet die kip niet een keer uit de oven?'

Ze sprong op. 'Ja! Anders wordt-ie droog!'

Meneer McFarland zat met Dahlia aan het hoofd van de tafel. Connor en Robin zaten ieder aan een kant naast hen. Het schrapen van het ongepoetste tafelzilver over de porseleinen borden was het enige geluid in de kamer. 'Vertel eens over je dag.' Voor de zoveelste keer verbrak haar eigen stem de stilte. Robin keek Connor strak aan. Hij moest echt beter z'n best doen.

'Alles ging prima.'

Ze zond hem haar gevaarlijkste blik. 'Vertel.' Ze lachte liefjes.

'Gewoon...'

'Gewoon? Je bent toch dierenarts? Je opereert toch? Je brengt toch lammetjes ter wereld? Daar is voor ons niets gewoons aan, hoor.' Haar stem klonk gespeeld enthousiast. 'Wij branden van nieuwsgierigheid om erachter te komen hoe je dag was.'

Aan de andere kant van de tafel zag ze zijn ogen fonkelen. Hij vond haar irritant. En ze was vastbesloten om net zo lang irritant te blijven totdat een van de twee mannen wat ging zeggen. Aangezien ze te veel respect had voor meneer McFarland, had ze haar pijlen op Connor gericht.

'Ik heb vandaag twee keizersneden gedaan, één kalf was levend, het andere heeft het niet gehaald. Daarna had ik nog een baarmoederprolaps.'

'Wat is dat?' Zo, dit ging de goede kant op.

'Dat is dat de baarmoeder door het geboortekanaal binnenstebuiten eruit komt. Die moet je dan terugduwen, zonder hem aan te tasten.'

'Hé, ik zit wel aan een lekker kippetje, ja!'

'Je vroeg erom.' Hij richtte zich weer op zijn bord.

De kip was mals en de tomaatjes die ze had meegebakken waren perfect, een bruin krokant laagje aan de buitenkant en zoet en sappig vanbinnen. Jammer dat ze er niet van kon genieten onder deze omstandigheden. Dit was het toppunt van ongemakkelijkheid. Zo voelde dat dus. Haar blik gleed naar Dahlia. De zuster stopte met een stoïcijns gezicht hapjes in de mond van de oude man naast haar. Blijkbaar kon ze, als het haar uit kwam, bijzonder goed één worden met het interieur. Van haar hoefde ze geen gezellig woord te verwachten. Ze was een zwijgend decor.

Ook Connor leek een totale metamorfose te hebben ondergaan op het moment dat zijn vader de kamer binnen was gebracht. Als ze een relatietherapeute was geweest, had ze nog op datzelfde moment geweten dat dit huwelijk niet te redden was.

'Het eten is heerlijk, Robin.'

'Dank u.'

'Noem me nu alsjeblieft "je" en David. Ik vind het lief van je dat je zo veel moeite hebt gedaan.'

Ja, jammer dat jullie er allebei uitzien alsof de kat net is overleden! 'Ik vind het wel leuk om te koken. Ik maakte eigenlijk altijd alleen maar pasta met pesto of pasta met tomatensaus. Het is goed om iets nieuws te leren.'

De stilte die daarna viel duurde tot het einde van het diner.

Het doordringende gerinkel van de koperen trekbel deed zelfs door de statige voordeur heen pijn aan haar oren. Ze had er weer te hard aan getrokken. Het scherpte haar woede aan. Binnen tien seconden zwaaide de deur open.

'Ik weet wat je gaat zeggen.' Connor deed een stap achteruit en gebaarde dat ze binnen moest komen.

'Ik kom je bedanken voor het gezellige etentje, dat drieëntwintig minuten duurde.'

Connor wenkte haar met zijn hand.

'En dan bedoel ik drieëntwintig voorbijkruipende minuten van stilte.' Ze schudde haar hoofd. 'Ik wil niet binnenkomen.'

'Er is iets wat je moet weten. Kom, ik zet thee voor je.'

Ze bleef staan.

'Nu doe jij kinderachtig.'

'Dus je geeft toe dat je kinderachtig deed? Je hebt altijd genoeg te vertellen, waarom laat je mij dan zweten als je vader erbij is? Waar is die man, die best aardig is – als hij niet liegt – en gespreksstof voor het oprapen heeft? Waar blijft die als je in de buurt van je vader bent?' Ze liep voor hem langs naar binnen en bleef in de hal staan. Hij sloot de deur achter haar en liep vervolgens de keuken in.

Het was kleiner dan bij zijn vader, maar gezellig. Te gezellig. Er lagen kobaltblauwe cementtegels op de vloer. De keukenkastjes waren wit en het aanrechtblad was van ruw beton. De muren waren crèmekleurig en er hingen schilderijtjes van allerlei soorten groentes in dezelfde tint als de vloer. Zelfs de theedoeken hadden dezelfde kleur als de vloer. In gedachten zag ze Connor in een interieurwinkeltje tussen de potpourri en de rieten bakjes, schilderijtjes uitzoeken. Het beeld klopte niet. Haar gedachten gleden naar Sandor. Die was ongetwijfeld dol op potpourri.

'Thee?' Hij zette de waterkoker aan.

'Leuke schilderijtjes. Zelf uitgezocht?'

'Wat denk je zelf?'

'Ik weet het niet.'

'Heb je wel eens goed naar die dingen gekeken? Het zijn groentes in een rare kleur. Ten eerste zijn ze ontzettend onpersoonlijk en ten tweede ronduit lelijk. Tenzij je iets met kobaltblauwe winterpenen hebt...'

'Waarom kun je nu ineens zo lang over onzin praten, terwijl je net de hele sfeer hebt verziekt met je zwijgen?' Ze ging aan de eikenhouten keukentafel zitten.

'Mijn moeder heeft dit ingericht. Ze wilde het gaan verhuren, maar dat is er niet meer van gekomen...' Hij ging tegenover haar zitten. 'Er is iets gebeurd tussen mij en mijn vader en dat komt niet meer goed.' De waterkoker sloeg af en hij stond weer op. Met zijn rug naar haar toe begon hij in het keukenkastje te rommelen.

'Connor, denk je dat ik dat niet doorheb? Ik ben prima in orde hoor, ook al ben ik tegenwoordig voorlezer van beroep.' Hou op met naar zijn kont te staren, Robin. Hij is je werkgever en je vindt hem het grootste gedeelte van de tijd irritant.

'Ik weet dat jij prima in orde bent.' Hij draaide zich om en gaf haar een scheef lachje.

'Ik wil je er alleen maar van verzekeren dat het nooit meer goed komt tussen mij en mijn vader, hoeveel etentjes je ook organiseert.' Hij hield twee pakken thee in de lucht.

'Wat is er dan voor vreselijks gebeurd dat je zelfs je eigen vader niet kunt vergeven?' Ze wees op het groene pak. 'Is het zo recent dat je nog niet in staat bent om het te vergeten?'

'Het is veertien jaar geleden gebeurd.'

'Wát? Veertien jaar? Jezus, Connor! In de tussentijd is Facebook bedacht en groot geworden in de hele wereld, mogen we nergens meer roken, zijn de Twin Towers neergehaald en is het One World Trade Center opgebouwd, Bin Laden is achtervolgd en vermoord, de iPhone een tot en met zeven is aan de man gebracht...'

'Soms wil je dat dingen anders waren gelopen. Er is toen iets gebeurd, ik ben uit huis gegaan om in Dublin te gaan studeren. Ik wilde nooit meer terugkomen, maar toen overleed mijn moeder en werd mijn vader ziek. Aangezien ik enig kind ben, had ik geen andere keus.'

Het moest iets verschrikkelijks zijn als hij zich er na veertien jaar nog steeds niet overheen kon zetten. 'Heeft het met een moord te maken?' Connor gaf geen krimp. 'Met seks? Met geld? Dit soort dingen gaan altijd over een moord, seks of geld. Of om een vrouw, maar dan gaat het weer over seks natuurlijk.'

'Ik heb iemand van wie ik hield met mijn hand op mijn hart beloofd dat ik er met niemand over zou praten en dat ga ik echt niet doen, zelfs niet met jou.'

'Je liegt toch wel vaker?' Haar stem klonk uitdagend. Meteen had ze spijt van wat ze had gezegd.

Met een klap zette hij een kop thee voor haar op tafel. De helft van de inhoud gutste eroverheen. 'Niet over dit soort dingen, Robin. Ik dacht dat ik dat al duidelijk had gemaakt.'

'Oké, het probleem wordt dus niet opgelost. Zal ik voor de volgende keer een luisterboek aanzetten? Daar knapt de sfeer aan tafel lekker van op!'

Ze stak haar handen omhoog om de theedoek op te vangen die hij haar toegooide. 'Graag, ik heb nog wel een paar bloederige boeken op mijn mp3. Kunnen we lekker ons kippetje eten, terwijl er mensen met een kettingzaag worden bewerkt.'

'Laat maar. Ik had gedacht dat het gezellig zou worden...' Ze depte de plas thee voor haar weg met de doek.

Connor zuchtte en ging tegenover haar zitten. 'Ik zal beter mijn best doen volgende keer, goed?' Hij keek schuldbewust. 'Het was onwennig. Het was de eerste keer dat we in die kamer aten zonder mijn moeder.'

'O, dat wist ik niet. Sorry.'

'Niet erg. Ze is al vier jaar dood. We zijn eraan gewend dat ze er niet meer is.'

Een ongemakkelijk gevoel bekroop haar. Ze sloeg haar benen over elkaar. 'Ik dacht gewoon echt dat het prettig zou zijn voor je vader om aan tafel te eten, menselijker.' Ze zette haar benen weer naast elkaar neer. 'Ik ben ook zo'n bemoeial.'

'Welnee, het is fijn dat je er bent, het maakt alles lichter.' Hij bekeek haar gezicht. 'Ga je nu weer rood worden? Hoef je niet veel voor te doen bij jou.'

Na kort overwegen, besloot ze zijn irritante opmerking te negeren. 'Ik weet ook niet waarom jouw vader mij zo veel doet. Misschien omdat mijn eigen ouders vooral met zichzelf bezig waren en niet naar mij en mijn zus omkeken. Jouw vader is zo geïnteresseerd. Zo'n vader zou ik ook wel willen hebben.'

'Het kan ook verdomd benauwend zijn als iemand zo boven op je zit. Het was voor mij bevrijdend om hier weg te gaan en ergens een nieuw bestaan op te bouwen.'

'Daar weet ik alles van. Was je moeder ziek?'

'Ja, ze had borstkanker. Tegen de tijd dat ze erachter kwam, was het al helemaal uitgezaaid. Het zat onder andere achter haar borstbeen. Ze heeft het pas aan ons verteld toen ze echt niet anders kon. Vrij snel daarna is ze overleden.' Connor leunde achterover en vlocht zijn vingers in elkaar achter zijn hoofd.

'Merkte je vader het niet eerder?'

'Nee, omdat ze arts was regelde ze al haar medicatie zelf. Ze kon zichzelf tot het laatste moment flink oppeppen. Ze wilde niet dat alles anders zou worden, omdat ze ziek was. Ik kan me dat wel voorstellen.'

'Het lijkt me zo eenzaam.'

'Doodgaan is altijd eenzaam, toch? Je gaat alleen.'

'Het lijkt me fijner om met de mensen om me heen te praten over het feit dat ik doodga. Als je springlevend bent en eenzaam, zoek je toch ook andere mensen op? Waarom niet als je stervende bent?'

'Kijk, dat bedoelde ik nou vanmiddag met dat je de sombere kant van het leven de baas bent.'

'Weet je wat ik niet begrijp, Connor? Als je er zo zeker van bent dat het niet meer goed komt tussen jou en je vader, waarom kom je dan toch nog eten?'

Hij haalde zijn schouders op en keek langs haar heen de hal in.

'Misschien wil je graag dat het goed komt. Dat alles gewoon weer als vroeger is, als je het huis binnenloopt.'

'Misschien.'

'Gek, dat een relatie na al die jaren zo kan veranderen.' Ze nam een slokje van haar thee. 'Haags bakje noemen wij dat, als hij maar voor de helft is gevuld.'

Hij pakte haar kopje op en ruilde het om voor het zijne. 'Hier, een Iers bakje.'

Terwijl ze een slokje nam, bedacht ze dat zijn lippen op dezelfde plek het kopje hadden aangeraakt.

'Bakje vind ik sowieso raar... Dat woord gebruikt mijn vader nooit.'

Robin klemde haar beide handen om de warme kop thee. 'Mijn oma wist na een hersenbloeding niet meer wie ik was. Als ik door de glazen gang van het verpleegtehuis liep en haar in de verte in de aula zag zitten, kon ik me niet voorstellen dat ze niet meteen op zou springen en mijn naam zou roepen als ze mij zou zien. Iedere keer als ik bij haar kwam en ze me wazig aankeek, was ik intens teleurgesteld. Dat overschaduwde al mijn bezoeken, tot ze doodging. Daarna vervloekte ik mezelf omdat ik niet meer van haar genoten had toen ze nog leefde. Ik had beter mijn best moeten doen om de nieuwe oma te zien en daarvan te genieten.'

'Je bedoelt dat ik van de situatie uit moet gaan zoals die nu is? Dat ik moet accepteren dat hij nu een andere man is en die man beter moet leren kennen?'

'Je gaat eraan onderdoor als je blijft hopen dat het net als vroeger wordt. Accepteer dat het anders is. Misschien moet je een nieuwe relatie met hem aangaan. Met de man die hij nu is en het verleden achter je laten. Maakt het jou niet kapot die teleurstelling de hele tijd?'

'Ik merk dat mijn gedachten over hem steeds negatiever worden. Ik mag hem niet eens meer.' Met zijn handen ging hij door zijn haar. 'Verdorie Robin, sorry dat jij hiertussen zit.' Ineens moest hij glimlachen. 'Je zou geld kunnen vragen voor deze sessie...'

'Ach, jullie zitten gewoon in een patroon samen. Dat moet je doorbreken. Pas nu ik hier ben, besef ik dat ik dat ook heb met mijn zus. Zij is degene die alles goed voor elkaar heeft. In haar ogen rommel ik maar wat aan. Ik hou zielsveel van haar hoor, maar die rolverdeling staat wel tussen ons in. Het is afschuwelijk om te zeggen, maar soms voel ik me gewoon opgelucht dat ik nu zo ver van haar verwijderd ben. Alsof ik veel meer zuurstof krijg als ik ademhaal.'

'Herkenbaar.'

'Misschien moet ik jullie samen laten eten, dan kun je het makkelijker over dingen hebben.'

'Nee, dank. Voorlopig heb ik liever nog een buffer.'

‘Gezellig.’ Haar stem klonk dof.

‘Als jij je daarvoor wilt opofferen... Je krijgt in ruil de beste paardrijles in de wijde omtrek.’

‘Waarom wil je zo graag dat ik leer paardrijden?’ Het wordt nu echt tijd voor een luchtiger onderwerp.

‘Omdat ik weet dat je het uiteindelijk ontzettend leuk zult vinden.’

‘Barmhartig hoor.’ Ze glimlachte zwakjes.

Hij keek haar een tijdje zwijgzaam aan, voordat hij sprak. ‘Omdat ik het fijn vind als je bij me bent.’

Stilte.

Na een tijdje kwam er een ‘O’ over haar lippen. Wat een onnozel antwoord, Robin! Wat moest ze anders terugzeggen? Hier was ze niet goed in. Het was tijd om naar huis te gaan. Doe iets! Neem een slok thee! Ze keek op. Werd hij nu ook ongemakkelijk? Zijn gezicht was niet zo’n open boek als het hare.

‘Ik ga maar weer eens.’ Het klonk alsof ze bij de jaarlijkse borrel van de debatvereniging van Roos stond, waar ze de minuten aftelde voordat ze dit kon zeggen, haar jas kon aantrekken en naar buiten kon rennen.

‘Kom alsjeblieft alleen rijden als je het leuk vindt. Ik heb deze week ochtend- en avonddienst, dus ik ben in de middag bij de stallen of thuis.’

Haar hand lag al op de koperen klink van de voordeur. ‘Zie je op een van die middagen dan...’

Buiten was het donker. De fiets met het mandje stond nog steeds tegen de muur bij de stallen. Ze boog zich voorover om de dynamo tegen het wiel te klemmen en stapte op. Verbaasd over het feit dat de lichten het deden, fietste ze het pad af naar huis.

Een stapel dozen versperde het gangetje voor de trap. Robin wrong zich erlangs en sprong daarna met twee treden tegelijk de trap op naar de woonkamer. 'Joehoe! Ik ben er!'

'Dat klinkt enthousiast.'

'Jeetje.' Bij de aanblik van Sam stond ze abrupt stil. Gehuld in een pikzwart joggingpak van velours zat ze op de bank. 'Dit is de eerste keer dat ik jou in het zwart zie.' Robin keek naar de rode vlekken die vanaf haar hoofd haar nek in liepen.

Sam haalde haar schouders op en stak haar hand in de bak popcorn die ze troostend in haar arm geklemd hield. Vervolgens propte ze met een vlakke hand een te grote hoeveelheid in haar mond.

'Dit kan niet goed zijn.' Ze wees naar de vlekkerige huid van haar nieuwe vriendin. 'Je hebt gehuild.'

'Seurlok.'

'Wat?'

Sam gooide haar hoofd in haar nek om normaal te kunnen praten, ondanks de massa popcorn in haar mond. 'Sjeeeuuurlock.'

'Sherlock?'

Sam duwde haar ene wijsvinger tegen de zijkant van haar neus en met de andere wees ze naar Robin, alsof ze hints deden en ze het goed had geraden.

'Baaldag?' Ze schopte haar suède enkellaarsjes uit, ging naast Sam op de bank zitten en trok haar benen naast zich op.

Sam at rustig haar mond leeg voordat ze sprak. 'Dit is geen baaldag. Was dat het maar. Die heeft iedereen met enige regelmaat. Dit is een enorme kutdag. Zo'n dag dat je wakker wordt en je het liefst in je bed wilt blijven tot het moment dat de straatlantaarns buiten weer aanspringen om aan te geven dat het weer avond is.'

'Is het de winkel?'

'Het is alles! Ik weet gewoon niet meer wat ik moet doen! Ik heb geen vriend meer, geen huis, geen baan. Ik woonde in

Dublin tot een paar weken geleden en had daar een leven en nu is alles weg. Alsof ik in een soort niemandsland ben. Ik zit te wachten tot ik weet wat ik moet doen, maar er komt niets.' De vlekken in haar hals kleurden nog dieper rood. 'Ik wil niet terug, maar wat heb ik hier nou? Ik run een bloemenzaak, en ik heb een hippie in dienst die levensmoe is! Omdat ik zelf niet eens weet dat een hydrangea een plant is en geen ernstige aandoening!' Haar hand graaide in de bak die nog altijd strak onder haar arm geklemd zat.

'Die dozen beneden, komen die van Kenneth?'

Sam knikte en bracht een volle hand popcorn naar haar mond. Halverwege leek ze zich te bedenken en gooide ze de witte bolletjes met een fel gebaar weer terug in de bak. Met een zwaai zette ze de schaal op het tafeltje naast de bank.

'Je hebt toch geen spijt?'

'Van Kenneth? Nee, geen seconde. Hij was een soort levende teddybeer. Ik sliep alleen met hem om niet alleen te hoeven zijn. Als ik een goede bui had smeet ik hem in de hoek, om hem weer op te pakken als ik minder goed in mijn vel zat. Het moest over zijn.' Ze rilde en trok de zwarte capuchon van haar joggingpak over haar hoofd. 'Niets mis met hem hoor, maar ik vond mezelf niet meer leuk als ik bij hem was.'

'Weet je waar ik juist achter kom nu ik hier ben?'

'Mmm?'

'Dat het niet uitmaakt dat je iets onbelangrijks doet. In Amsterdam maakte ik me er altijd zorgen over dat ik geen goede baan had en dat ik niet in een koophuis woonde. Nu ik hier ben, kan ik steeds minder begrijpen dat ik me daar zo druk over maakte, terwijl ik nog steeds een baantje van niks heb en bij iemand anders inwoon.'

'Ja, én? Fijn om te weten dat jij wel gelukkig bent hier, maar wat heb ik hieraan?' Sam sloeg haar armen over elkaar.

'Je zit te klappertanden, wacht even...' Robin rende de trap op en kwam meteen weer terug met het tweepersoonsdekbed van Sam in haar armen. 'Wat ik zeggen wilde,' ze gooide het dekbed over haar vriendin heen, 'is dat het niet uitmaakt wat je doet of waar je bent, zolang je het fijn hebt, om wat voor reden dan ook.'

'Dank.' Ze trok het paarse dekbed op tot haar kin. 'Maar als je nu niet weet waar je het liefst wilt zijn en wat je het liefst doet?'

'Dan moet je er in ieder geval voor zorgen dat je stopt met de dingen die je niet leuk vindt.'

'Mijn god, wat een belabberde peptalk weer! Ik kan toch moeilijk die bloemenwinkel wegdoen en uit mijn neus gaan zitten eten! Dan zink ik binnen een maand nog verder in dit pikzwarte gat!'

'Ja, ehm, sorry! Misschien moet je mijn zus bellen. Die is goed in dit soort dingen.'

'Nu wordt-ie nog mooier, raad je me een wildvreemde aan!'

'Kijk! Je lacht tenminste weer.'

'Van ellende ja!'

'Sorry Sam, als ik het zou weten, zou ik hier niet in dit gehucht zitten. Ik ben ook maar op de vlucht geslagen omdat ik er een potje van maakte.' Ze leunde naar voren om de bak met popcorn te pakken. Zonder te morsen propte ze een flinke hand in haar mond.

'Blijkbaar heb je daar goed aan gedaan, want je hebt het naar je zin. Tenminste, zo leek het toen je net binnenkwam. Waar kwam je eigenlijk vandaan?'

'Connor.'

'Ah, die irritante leugenaar, ga verder...' Haar wenkbrauwen bewogen suggestief op en neer.

'En jij, was het een beetje druk in de winkel?'

'Nee, Robin, zo gemakkelijk kom je niet van me af. Vertel.'

'We hadden gegeten met zijn vader. Hij gedroeg zich nogal

raar en toen ik bij hem aanbelde om het erover te hebben, vroeg hij of ik thee kwam drinken...'

'En toen belandden jullie in een enorm hemelbed met kant en liet hij je alle hoeken van zijn adellijke lichaam zien...'

'Waarom denk je dat?' Gealarmeerd keek ze naar Sam. Dat was toch niet wat hij bij haar had gedaan?

'Ik ben gewoon nieuwsgierig! Vertel, wat gebeurde er?'

'Toen hebben we gekletst.'

'Nou, dan hadden jullie wel een goed gesprek als je alleen daarom dansend de trap op kwam.'

'Viel mee.'

'Had je het gewild?'

'In dat hemelbed met kant?' Ze stond op en liep naar de keuken. Ze zou nu direct een ingewand afstaan voor een glas van de volle rode wijn die op het aanrecht stond. In plaats daarvan pakte ze een blok kaas uit de ijskast en sneed er een paar plakken af.

'En?' riep Sam vanuit de woonkamer.

'Ik weet het niet.'

'Wat? Heb je hem wel eens goed bekeken? Zelfs al was je de meest kieskeurige vrouw op aarde, dan zou je het nog met hem doen. Er zijn vast vrouwen die doen alsof hun hond ziek is en dan in een duster, met niets eronder op de bank gaan liggen wachten.'

'Een duster! Even serieus! Alleen vrouwen in de pensioenleeftijd hebben nog zo'n ding aan.'

'Een satijnen gevalletje dan...'

Dat beeld stond haar niet aan. Maar zelf was ze niet veel beter geweest de afgelopen jaren. In gedachten zag ze een flinke rij naakte mannen staan, jong, oud, gescheiden, getrouwd, dun, dik. Nee, niet dik. Daar hield ze niet van. In haar Hema-ondergoed, dat niet bij elkaar paste, had ze hen verleid. Ze had niet eens de moeite genomen een satijnen gevalletje aan te trekken.

'Er is iets met Connor.' Robin ging weer naast Sam op de bank zitten. 'Hij doet heel raar als hij bij zijn vader is. Er is blijkbaar veertien jaar geleden iets gebeurd waar hij niet over wil praten.'

'Hij heeft een duister geheim! Dat is helemaal perfect! In die boeketreeksboekjes die je bij de supermarkt koopt, heeft de held ook altijd een tragisch verleden met een ingewikkeld geheim...'

'Ja, en?'

'Dat wordt op pagina honderdtachtig in één klap opgelost en dan leven ze lang en gelukkig, hebben ze vier keer per dag seks en krijgen ze drie snoezige kindertjes met, in jullie geval, dikke wimpers en donker haar...' Ze legde haar beide handen tegen haar borst. 'Ik snap wel waarom jij het hier zo naar je zin hebt!'

'Dat je dat leest!'

'Probeer het eens. Je zult versteld staan. Soms lees ik alleen het eerste hoofdstuk en dan blader ik daarna meteen door naar pagina honderdtachtig, maar dat is op de een of andere manier toch minder bevredigend.'

'Zou jij het willen?'

'Wat, met hem? Schat! Dat is toch niets voor mij? Hij is mij veel te keurig. Meer iemand met wie je een goed gesprek hebt aan de bar. Dat gevoel is trouwens wederzijds. Hij is een van de weinige mannen die niet naar mijn decolleté zit te gluren.' Met haar hand wreef ze over haar royale boezem. 'Nee, ik hou meer van het ruige type, grote handen, baardje, iets te lang rossig haar, kort door de bocht, houdt van een biertje...'

'Wat! Dat heb je mij helemaal niet verteld!'

'Sorry?'

'Dat je op John valt! En je hebt hem nog wel narcissen meegegeven voor Grace! Lekker strategisch van je!'

'Ik ga slapen, voordat dit gesprek de verkeerde kant op gaat.'

Sam propte het enorme dekbed tot een bal en klemde het onder haar arm.

'Trouwens,' riep Robin haar na. 'Je hebt gelogen toen je zei dat alle vrouwen op aarde het met Connor willen doen. Zelf wil je hem niet!' Opgelucht haalde ze adem.

'Ik ben niet voor hem in de wieg gelegd.'

'Ik wel?'

'Denk daar maar eens over na. Truste!'

18

Nog twintig meter. Was dit normaal? Dat opgejaagde gevoel? Robin liep de hoek om en stond voor de stallen. Thunder keek haar richting op. Met haar wijsvinger aaide ze het roze plekje tussen zijn neusgaten. Het paard streek zachtjes met zijn neus langs haar mouw. Toen ze verder niemand hoorde, liep ze om het gebouw heen. Haar maag rommelde. Wat een cliché! Ze had geen hap door haar keel kunnen krijgen.

Hij was er niet. Zou ze naar zijn huis wandelen? Of was dat te opdringerig?

Morgen was misschien beter. Ze had al voorgelezen, maar ze kon nog een kopje thee drinken met meneer McFarland. Ineens stond ze nu toch voor Connors deur. Aanbellen dan maar? Haar voeten schuifelden door het grind. Ze draaide zich om en begon van het huis weg te lopen. Achter haar hoorde ze de deur opengaan. 'Robin?'

Inwendig kreunde ze. Hij had haar toch niet zien twijfelen? Waarom werd alles ineens zo gênant en ingewikkeld? Zo nonchalant mogelijk stak ze haar hand op. 'Hoi.'

'Alles goed?' Hij zwaaide een donkergroen jack over zijn schouders.

Ze knikte. 'Ik dacht, misschien kunnen we gaan paardrijden.'

'Kan niet, ik heb een keizersnede. Bij een koe op een boerderij hier verderop. Mijn collega, die nu dienst heeft, is ergens anders bezig.' Hij pakte de groene kaplaarzen die voor de deur stonden en liep naar de auto. 'Waarom ga je niet mee?'

'Ehm.'

'Kom op. Duurt een klein uurtje, neem ik je daarna mee uit eten.' Hij opende de achterklep van zijn auto en gooide de laarzen erin.

Eten? 'Vindt die boer dat niet raar?'

'Harold? Nee joh, die is blij dat er een keer een mooie vrouw op zijn erf komt.' Hij knipoogde en liep naar de zijkant van de groene Land Rover om het portier voor haar open te houden. 'Als je niets beters te doen hebt alleen, hè.'

'Het lijkt me wel leuk om een keizersnede te zien.' Ze stapte in en wachtte tot hij naast haar kwam zitten. 'Veel bloed zeker?'

'Valt wel mee. Ben jij zo iemand die meteen van z'n graatje gaat bij het zien van een beetje bloed?'

'Ja, dat ben ik. Stom hè?'

'Beetje.' Hij keek haar van opzij aan, hield haar blik vast en keek toen weer naar de weg. 'Shit! Afslag gemist.'

'Tsss, je woont hier al bijna je hele leven!'

'Hou je mond.' Hij gaf haar een tik tegen haar been en draaide een stuk het weiland in om te kunnen draaien. 'Hoe was het met mijn vader?'

'Goed, hij maakt me aan het lachen. Weet je wat ik me soms wel eens afvraag?'

'Nou?'

'Waarom er zo weinig mensen bij hem op bezoek komen.'

'Mijn moeder was de sociale van de twee. Die nodigde altijd iedereen uit. Hij vindt het prima zo. Niet iedereen heeft mensen om zich heen nodig.' Hij reed zijn auto de berm in en liet een trekker uit tegenovergestelde richting passeren. De boer zwaaide. Connor draaide zijn raampje open.

'Connor! Alles goed? Kom je weer eens langs?'

'Alles goed! Ik heb haast, er wacht een koe op me die moet kalveren.'

'Harold zeker?'

Hij knikte en draaide zijn raampje dicht.

'Ken je hem?'

'Natuurlijk ken ik hem. Ik ken iedere boer in de buurt. Vanmiddag weet iedereen dat jij bij mij in de auto zat. Tegen de avond denkt iedereen dat we verloofd zijn.'

'O.'

'Niets van aantrekken. Dat hoort erbij hier.'

'Ga je wel eens bij hem op bezoek?'

'Ja, zijn vrouw is heel ziek. Zij was een vriendin van mijn moeder. Ik probeer altijd één keer per week bij haar langs te gaan.'

Jezus! Straks ging hij ook nog zeggen dat hij dolgraag kinderen wilde en dat hij vrijwilligerswerk in het plaatselijke bejaardenhuis deed. 'Heb jij mensen om je heen nodig? Of ben je net als je vader?'

'Ik hou van alleen zijn. Dat gerommel in de stallen past bij me, maar ik zie natuurlijk veel mensen tijdens mijn werk. Mijn collega doet meestal het kleinehuisdierenspreekuur. Ik ga liever naar de boeren toe voor de grotere dieren. Als ik iemand wil zien, ga ik naar John. Waarom vraag je dat?'

'Gewoon.'

'Je stelt altijd veel vragen.'

'Vind je dat storend?'

'Weer een vraag.' Hij reed het pad op naar een boerenerf en parkeerde zijn auto naast een groene, met golfplaten bedekte schuur. Uit het huis enkele meters verderop kwam een oudere man met een stok naar buiten. 'Ik vind het wel leuk.'

'Sorry?'

'Dat gevraag van je.'

'O.'

'Hé Harold, vind je het goed als Robin meekijkt vandaag? Ze werkt bij mijn vader.'

Harold tilde zijn pet op ter begroeting. 'Dat weet ik toch, Connor.' Hij knipoogde naar Robin. 'Stadsmeisje zeker?'

Ze knikte en glimlachte toen hij quasi-afkeurend zijn hoofd schudde.

Connor had de achterklep geopend en trok zijn laarzen en een donkergroen rubberachtig schort aan. Met een kistje in zijn hand liep hij de stal binnen. Daar schoof hij een roestig ijzeren hek opzij om bij de koe te kunnen komen. Harold zette de koe met haar kop vast tussen twee stalen buizen, zodat Connor makkelijk met haar aan de slag kon.

Robin keek vanachter het hek toe hoe Connor een fles uit zijn kistje haalde en zijn arm met glijmiddel insmeerde. Rustig legde hij zijn hand op de bil van de koe voordat hij haar staart optilde en met zijn arm naar binnen ging. Kort daarna trok hij zijn conclusie.

'Je hebt gelijk, het past er niet door. Het kalf is te groot voor het bekken.' Hij trok zijn arm terug en nam wat afstand.

De boer knikte kort en liep weg.

Connor gaf Robin een knipoog. 'Gaat het goed? Je mag wel dichterbij komen, hoor.'

'Ik sta hier prima.' Harold kwam terug met twee emmers water. Connor scheerde een gedeelte van de vacht weg, gaf de koe een lokale verdovingsspuit en ontsmette het beest en zichzelf. In stilte keek ze toe hoe hij daarna vakkundig de zijkant van de koe opensneed. De snee was kleiner dan ze had verwacht. Zijn hand verdween er vrijwel meteen in.

Even ving hij haar blik. 'Ik probeer de achterpoten te vinden.'

Ze glimlachte en deed haar best om niet te veel naar de bloederige snee te kijken.

Toen Connor de achterpoten te pakken had, trok hij ze een klein stukje naar buiten. Robin zag dat hij flink wat kracht moest zetten om het kalf eruit te krijgen. Ze kon niet anders dan haar gezicht afwenden. Dat getrek zag er niet erg fraai uit. De koe had haar kop naar voren gestoken en liet een monotoon gebrul horen. Toen Robin de moed had verzameld weer naar de buik te kijken, had Connor het kalf juist in zijn armen. Meteen legde hij het diertje op de grond. Hij pakte een handje koud water en sprenkelde het over zijn oren. Het beestje schudde met zijn kop en ging ademhalen.

'Je gaat toch niet janken of flauwvallen of zo hè?'

Ze schudde zwijgend haar hoofd.

'Want ik moet al die lagen nog hechten.' Hij wees op de buik van de moederkoe, die verdwaasd om zich heen stond te kijken.

Ze knikte.

'Jeetje, dat ik jou ooit nog eens zo stil zou meemaken.'

Ze glimlachte. Zelf wist ze ook niet wat er met haar aan de hand was. Het kwam vast door te weinig slaap. Overdonderd voelde ze zich. Geen seconde had ze gedacht dat het haar iets zou doen, maar de tranen waren letterlijk in haar ogen gesprongen bij het zien van het dampende kalf dat voor haar lag. Roos zou vast in snikken zijn uitgebarsten. Haar oma had het waarschijnlijk bij de aanblik van de drachtige koe alleen al niet droog kunnen houden. Kwamen tranen sneller naarmate je ouder werd? Of kwamen op zo'n moment de tranen eruit die eigenlijk op een ander moment werden ingehouden? Ze herinnerde zich een keer dat Roos bij een filmpje over arbeidsongeschiktheid in huilen was uitgebarsten. Genadeloos had ze haar uitgelachen. Maar misschien was haar zus de verantwoordelijkheid die ze altijd nam beu. Of had ze een rotdag op haar werk gehad en had ze Robin er niet mee willen lastigvallen.

'Fijn, een gezond stiertje erbij.' Harold stond met zijn armen over elkaar naar zijn nieuwste aanwinst te kijken. 'Echt een mooi beestje,' mompelde hij.

Robin glimlachte naar hem en naast elkaar stonden ze nog een tijd zwijgend te wachten tot Connor klaar was met hechten.

'Willen jullie nog thee?' Harold gooide wat vers stro bij het kalf en sloot daarna het ijzeren hek van de stal.

Connor stond intussen zijn schort af te spoelen met een tuinslang. 'Nee, dank je. Ik neem dit meisje mee.' Hij gaf Harold een hand en deed zijn schort uit. 'Kom je?' Leunend tegen de auto verruilde hij zijn laarzen voor zijn gympen. Zijn operatiekit zette hij achterin en zijn laarzen gooide hij ernaast. Robin stak haar hand op naar Harold, voordat ze naast Connor in de auto klom.

'Je bent zo stil. Vond je het saai?'

'Het was mijn eerste geboorte. Ik vond het prachtig.'

Hij keek haar aan terwijl hij de auto startte. 'Wil je nog wel met me uit eten?'

'Ja hoor.' Ze probeerde zo nonchalant mogelijk te klinken.

'Ik moet wel eerst douchen.'

'Dat snap ik.'

'Waar zijn je vragen gebleven?'

'Ik wilde je niet storen. Dat hechten duurde wel lang.'

'Ja, dat is altijd een klusje, maar ik probeer het toch altijd zo mooi mogelijk te doen. In Dublin heb ik avonden achtereen geoefend op een biefstuk.'

Ze staarde voor zich uit.

'Ook makkelijk om indruk op jou te maken.'

'Even voor de duidelijkheid, Connor McFarland, jij was niet degene die indruk op me maakte. Dat was het kalf.'

'Jaja.' Hij grijnsde weer op die ene manier.

'In ieder geval is er een van ons tweeën heel erg onder de indruk van jou, Connor, en ik ben het niet.'

Hij gaf een por tegen haar arm.

Ze keek een tijdje naar zijn gezicht.

Hij wierp een blik opzij. 'Wat denk je?'

'Dat het zo fijn is als je een passie hebt, dat je iets doet wat je ontzettend leuk vindt. Het was goed om je zo bezig te zien. Jij houdt echt van je werk.'

'Dat moet ook wel, want ik moet er vaak 's nachts uit. En in de winter is dat best heftig. Dan sta ik regelmatig midden in de nacht met min tien ergens in een stal te opereren. Maar ik ben toch altijd blij als ik het heb gedaan. Het geeft me voldoening en ik ben veel buiten. Daar hou ik van.'

Ongewild zag ze hem 's nachts in bed voor zich met zijn haar door de war in alleen een boxer. Zou ze hem ooit zo zien? Haar gedachten gingen terug naar de zwempartij in het meer.

'Waar denk je aan?'

'Aan jou op de steiger.'

'Weet je wat nou zo gek is?'

Robin staarde naar de groene heuvels naast haar.

'Nu moet jij zeggen: vertel, vertel!' Hij keek naar Robin, die terugkeek met overdreven op elkaar geperste lippen. 'Dan niet. Ik vertel het je toch...'

In de zijkant van de deur lag een blikje met pepermuntjes. Ze draaide het open en pakte er twee uit.

'Het was lang geleden dat ik daar had gezwommen. Ik was vergeten hoe fijn het was. Dat ijskoude water maakt je hoofd leeg.' Hij opende zijn mond voor het pepermuntje dat Robin tegen zijn lippen duwde. 'Als er vroeger iets was, sprong ik in het meer. Het voelde altijd alsof je alle zorgen achterliet in het water.'

Robin stopte ook een pepermuntje in haar eigen mond.

'Dat gevoel was ik vergeten.'

'Lekker is dat. Ik probeer je iets afschuwelijks te laten doen, om je te straffen en dan ga je me later vertellen dat ik je een plezier heb gedaan.'

'Je mag alsnog iets afschuwelijks verzinnen. Als je wilt.' Behendig ontweek hij een paar takken op de weg. 'Ken je dat gevoel niet? Dat je vroeger dingen wilde, maar dat je ze vergeten bent? Of dat je over dingen droomde die door de jaren heen op de achtergrond zijn geraakt? Ik was vergeten dat ik van het meer hield. Dat ik ervan hou om in ijskoud water te springen en aan niets te denken.'

'Mmm.'

'Je bent niet overtuigd. Wat ik bedoel...'

'Ik weet wat je bedoelt, maar ik heb het niet. Dat is mijn probleem. Ik weet op het moment niet wat ik wil, waar ik goed in ben en wat mijn dromen ook alweer waren.' Ze beet fanatiek op het harde pepermuntje tot het verpulverd was.

'Misschien denk je te groot.'

Ze zoog op het scherpe pepermuntgruis in haar mond en slikte het door. 'Volgens mij heb ik een voorleesbaan en woon ik bij een vriendin op een kamer. Ik denk eerder te klein.'

'Dat bedoel ik niet. Toen ik in dat meer zwom, herinnerde ik me dat ik meer moet genieten van dat soort dingen. Dat de dingen die ik vroeger deed, mij nog steeds blij maken. Geluk zit in kleine dingen. Jezus, wat een cliché... en wat een vies pepermuntje is dit. Het lijkt wel of er een kiezel in mijn mond zit.' Hij remde af, opende zijn raampje en spuugde het snoepje uit.

'Dat is nu precies waarom ik hier ben. Om uit te zoeken wat ik wil, waar ik gelukkig van word, om dichter bij mezelf te komen... Ik verloor mezelf nogal in randvoorwaarden. Aan de kerndingen kwam ik niet meer toe, maar nu ben ik hier...' Ze rammelde met het blikje pepermunt.

'Je vindt het toch wel fijn hier?'

'Ik geniet ervan om hier te zijn, maar die ingeving over wat ik met mijn leven moet, komt niet. Ik loop iedere dag naar je vaders huis en terug en ik hoop dat er op een dag iets komt, maar het gebeurt niet.'

'Misschien verwacht je te veel. Het is echt niet zo dat je

opeens een visioen krijgt waardoor je plotseling weet dat je de mensheid moet redden door kernbommen onschadelijk te gaan maken op Mitsukejima.'

'Wat is dat?'

'Een eiland ergens in de Japanse Zee. Stop je nu nog zo'n vies pepermuntje in je mond? Het is duidelijk tijd om te gaan eten.'

'Jij hebt makkelijk praten.'

'Dat denk je altijd bij een ander.'

'Jij hebt een goede baan, je woont leuk, je leven is op orde...'

'Ik heb ruzie met mijn vader, ik woon in zijn huis in een dorp waar ik het liefst nooit meer terug was gekomen...'

'Maar de kern zit goed, daar gaat het om.'

'Grappig, dat vind ik juist bij jou. Ook al weet je nog niet precies wat je wilt. Je kunt goed relativeren, hebt zelfspot. Jij kent jezelf en probeert te veranderen.'

'Door geen seks te hebben en te vertrekken naar een ander land. Hoe treurig is dat?'

'Het gaat er toch om dat je probeert vaste patronen die je leven negatief beïnvloeden te doorbreken? Dat is toch mooi?'

'Prachtig!' Ze legde zo sentimenteel mogelijk haar handen over haar hart.

'Ja, bagatelliseer het lekker!' Hij moest lachen. 'Maar ik meen het wel. Toen jij zo boos werd om mijn leugens, kreeg ik respect voor je. Hoe had ik het in mijn hoofd gehaald om jou onder valse voorwendselen hiernaartoe te laten komen? Ik had me niet gerealiseerd hoe raar dat was. Het klonk allemaal zo logisch toen jij mij dat duidelijk maakte. Toen ik je zag, wist ik meteen dat ik wilde dat je bleef. Jij maakt er iets van. Je bent levendig en je maakt mijn vader aan het lachen. Ik heb alle ingrediënten in huis om gelukkig te zijn, maar ik sta er te weinig bij stil. Ik spring niet vaak genoeg in het meer.'

'Snapte je zelf echt niet dat het niet door de beugel kon wat je deed? Mij hierheen halen voor een kind dat er niet was?'

'Wat voor beugel?'

'Jij kent wel het woord "bagatelliseren" en niet het gezegde "door de beugel kunnen"?' Ze schudde niet-begrijpend haar hoofd.

'Om eerlijk te zijn, wilde ik gewoon zo snel mogelijk mijn doel bereiken, ik heb nooit stilgestaan bij beugels.' Hij draaide het grindpad op en parkeerde de auto voor zijn deur. 'Kom je mee naar binnen? Dan douche ik snel, gaan we daarna wat eten.'

Robin zat aan de keukentafel naar de kobaltblauwe groentes te staren. Als ze maar niet bij John gingen eten, dan vond ze alles best. Nadat ze het slagveld in zijn keuken had gezien, zou ze nog eerder haar eigen fazant schieten, plukken en opeten, dan daar iets bestellen, al was het maar een tosti. Boven hoorde ze eerst een deur dichtslaan en daarna voetstappen op de trap.

'Nu al klaar?' Ze keek naar zijn haar dat donkerblauwe plekken op zijn lichtblauwe shirt maakte. 'Je haar is nog nat.' Ze keek toe hoe hij het op één na bovenste knoopje van zijn shirt dichtdeed.

'Droogt wel. Kom.' Hij pakte als vanzelfsprekend haar hand en leidde haar naar de deur.

Een ogenblik zat ze in de octopus op de kermis op de Dam. In zo'n nare arm van dat beest die haar naar boven en naar beneden slingerde. Connor opende de deur en liet haar hand los. Ze wou dat het winter was en donker om deze tijd. Hij keek in haar blozende gezicht en gaf haar een knipoog.

Ze zuchtte en ergerde zich mateloos aan zichzelf. Waar was de ervaring gebleven die ze had opgebouwd bij alle mannen voor hem? Waar was haar zelfverzekerde glimlach waarmee ze mannen te kennen gaf dat ze ervan uitging dat de interesse wederzijds was? 'Moet ik me niet omkleden?' Haar ogen gingen snel over haar eigen laarsjes, skinny jeans en het rode wollen v-halstruitje dat ze droeg. Ze was op paardrijden gekleed, niet op een etentje.

'Nee joh, we gaan naar een pub twee dorpen verderop.' Hij hield het portier voor haar open.

'Ik zag dat je de fiets in gebruik hebt genomen?'

'Ja, wist je dat de lichten het gewoon doen?'

'Natuurlijk weet ik dat. Ik had ze gemaakt.'

'O, wat lief van je.'

'Wat zei je?'

'Dat ik dat lief...' Ze keek naast zich en zag hem op zijn lip bijten om niet te lachen. 'Je hoorde me wel.'

Na een kort ritje draaide Connor een kleine parkeerplaats op. Buiten bleef Robin even staan om de schuine schoorsteen en het leistenen dak van de pub in zich op te nemen. Het deed haar denken aan het huis van mevrouw Holle in de Efteling. Binnen stonden maar vier tafeltjes, allemaal leeg. Rond de bar was het druk. De deur was nog niet achter hen dichtgevallen of Connors naam werd geroepen. Een stevige vrouw met vettig haar kwam achter de bar vandaan en zoende hem op beide wangen.

'Dit is Martha.' Connor draaide zich om en nog voor hij haar kon voorstellen, pakte de vrouw Robins hoofd tussen haar handen en drukte ze ook een kus op haar wang.

'Eindelijk een vrouw. Hij komt altijd alleen.' Nadrukkelijk bekeek ze Robins gezicht, voordat ze het losliet.

'We eten zalm vandaag, met aardappelpuree. Ga zitten.' Connor schoof een vrije barkruk naar achteren.

'Je laat dat arme meisje toch niet aan de bar eten? Schaam je, McFarland.' Met haar vlezige wijsvinger zwaaide ze dreigend naar hem. 'Ga aan dat tafeltje bij het raam zitten. Dan kom ik straks met een fatsoenlijke fles wijn.'

Connor liep voor Robin uit naar het tafeltje. 'Hou je wel van zalm?'

'Zo, jij hebt niet veel in te brengen bij haar, hè?'

'Ze is mijn kindermeisje van vroeger. Ze kookte bij ons thuis. Wacht maar tot je haar eten geproefd hebt.'

'Heeft ze jou opgevoed?'

'Nee, dat deed mijn vader. Ze was er gewoon veel. Ik was dol op haar. Nog steeds, al ben ik voor haar nog altijd twaalf.' Hij ging tegenover haar aan tafel zitten. 'Laatst heb ik haar poedel behandeld, voor een leverinfectie, en dan knijpt ze me in mijn wang als bedankje! Alsof ik een kleuter ben! Dat beest loopt dankzij mij nog levend rond.'

Martha kwam aanlopen met een wit tafellaken en een fles rode wijn onder haar arm. Ze spreidde het laken over de tafel en zette de wijn en twee glazen neer. Vervolgens liep ze weer naar achter en kwam terug met katoenen servetten en twee kandelaars. 'Zo, dat begint erop te lijken.'

Connor keek als een ongemakkelijke schooljongen. 'Als ik geweten had dat ze zo haar best zou gaan doen, hadden we beter naar John kunnen gaan.'

'En als ik het geweten had, dan had ik toch mijn galajurk aangetrokken...'

'Bewaar die maar voor het feest bij ons.' Hij raakte vluchtig haar hand aan die op tafel lag. 'Anders doet ze nooit zo.'

'Het is toch juist lief dat ze zo haar best doet?'

'Ach ja, maar dat je niet denkt...'

'Wat?'

'Je weet wel...'

'Ik weet niet?' Fijn, nu voelde hij zich eindelijk ook eens ongemakkelijk.

'Dat ik je aan het versieren ben.'

'Is dat niet precies wat je aan het doen bent?' Gelukkig, haar oude flirterige zelf kwam weer naar boven.

'Ik wil je niet afschrikken, dat is alles.'

Ze voelde de inmiddels bekende kleur weer aanrukken.

Ineens kreeg ze het benauwd. Ze stond op. 'Ik ben zo terug.'

Robin sloot zichzelf op in het kleine hokje en ging zitten. Een poosje staarde ze naar de met bloemen beschilderde wc-rolhouder. Daarna las ze een voor een de teksten op de vele tegeltjes aan de muur. Wat ze las, drong nauwelijks tot haar door. Ze was dit niet gewend. Ze voelde haar bloed door haar lichaam pompen, koud zweet stond op haar rug. Dit was nieuw. Ze had het niet onder controle en dat maakte haar angstig. Er moest iets misgaan. Daar kon ze op wachten. In haar leven gingen de dingen nu eenmaal niet gesmeerd. Ze vouwde een punt aan het uiteinde van de toiletrol. Doe normaal, Robin, je bent gezellig aan het eten met een vriend. Hou op met je schuilhouden. Ga terug en maak er een gezellige avond van.

'O nee, nu is je eten koud. Je had echt niet hoeven wachten...' Ze keek naar zijn onaangeroerde bord en pakte snel haar bestek op.

'Ik heb je wijn omgeruild voor water...'

'Heerlijk, dank je.' Met een zuinig gezicht keek ze naar de transparante vloeistof in het wijnglas voor haar. Ze nam een hap zalm en schrok meteen op van de smaaksensatie in haar mond. 'Jezus, wat lekker!'

Connor moest lachen om haar uitbarsting. 'Niet normaal toch, zo lekker? Altijd hier...'

'Wat was jij verwend vroeger thuis, als zij bij jullie kookte!'

'Dat was ik. Robin? Het is misschien een gekke vraag...' Hij leek met zichzelf in gevecht of hij de vraag wel ging stellen.

'Nee, hoor, helemaal niet.'

'Hoe weet jij dat nou?'

'Omdat ik zie dat je het graag wilt weten.' Met haar vork wees ze zijn richting op. 'Dan is iets nooit een stomme vraag, toch?'

'Die medicijnen die jij slikt...'

'Medicijnen?' Ze keek hem niet-begrijpend aan.

'Ja, John vertelde het mij... En je zei het thuis laatst ook, maar niet met zo veel woorden...'

'Waar heb je het over? Ik slik helemaal geen medicijnen!'

'Maar waarom drink je dan niet en zit je zo verlangend naar die fles te loeren de hele tijd? Heb je een verslavingsverleden?'

'Zie ik eruit als iemand die net uit de Jellinek komt?'

'Wat is dat?'

'Een kliniek waar hopeloze mensen worden opgevangen die de hele dag B-merk-bier drinken, onder een brug wonen en met een winkelkarretje door de stad sloffen met een baard waar van alles in hangt!'

'Nee, zo zou ik je niet omschrijven.'

'Dat jij en John het daarover hebben! Stelletje wijven dat jullie zijn!' Ineens moest ze lachen. 'Jullie zitten zeker met z'n tweeën op dinsdagavond bessenjenever te drinken en de roddels uit de buurt door te nemen...'

'Ja ja, maak me maar belachelijk.' Hij ging achterover in zijn stoel hangen met opgeheven handen. 'Het is toch raar dat je helemaal niet drinkt? Waarom drink je niets?'

Robin zuchtte en probeerde te bedenken hoe ze hier in godsnaam nog een charmante draai aan kon geven.

'Het zit vast aan mijn andere weddenschap.'

'Die van geen seks? Dat was toch zeker een geintje?'

'Nee! Hoe weet jij trouwens dat het een weddenschap was?'

'Dat stond in de *Granmoore Post* afgelopen weekend.'

Robin nam in haar hoofd de verschillende voorwerpen door waarmee ze Sam kon wurgen. 'Die weddenschap neem ik bloedserieus. In de afgelopen periode heb ik gewoon te veel gedronken en zo. Het leek mij een goed idee om het een tijdje zonder te doen.'

'Wat bedoel je met en zo, maak je zin eens af?'

'Aan lampen gehangen in vreemde kroegen, striptease gedaan in nachtclubs, met massa's mannen gangbangs gedaan, je kent het wel...'

'Jazeker ken ik dat. Daar begint het bij mij pas... Wanneer is je seksverbod afgelopen?'

'Over anderhalf jaar.'

'O. Wil je nog een toetje?'

'Je begrijpt nu wel dat dat een diepte-investering is...'

Hij moest lachen. 'Omdat ik vervolgens anderhalf jaar moet wachten? Je gezelschap is genoeg voor nu.'

'Jeetje, je neemt het nogal luchtig op.'

'Lieve Robin, als ik voor die tijd met je naar bed wil, gebeurt dat echt wel.'

'Tsss, hoe dacht je dat te gaan doen?'

'Overtuigingskracht.'

'Jezus, wat ben jij arrogant! Bij deze heb je al je kansen verspeeld. En trouwens, het is nog maar vijf maanden.'

'Weet ik.' Hij stond op. 'Ik ga een toetje voor je regelen.' In het voorbijgaan streek hij even langs haar haar.

19

Tree voor tree zweefde ze de trap op naar de woonkamer. Connor was keurig. Te keurig. Hij had haar niet eens gezoend toen hij haar voor de deur afzette. En zoenen was geen seks. Toch? Hij was meegelopen naar de deur. Hij had een kus op haar wang gedrukt en zich daarna snel omgedraaid. Dat was toch gek? Zeker na zo'n avond. De kans om hem te zoenen had ze niet eens gehad. Mocht ze dat ooit gedurfd hebben. Waarom was ze ineens zo'n schijterd? Zij, Robin, de mannenvanger van Amsterdam, de vrouw die altijd recht op haar doel af ging!

Eenmaal boven knipte ze een extra lampje aan. Sam was gezien de halflege bak popcorn en de verkreukelde bierblikken naast de televisie al naar bed. Hoe ze na zo veel bier nog in staat was om heelhuids de trap op te komen, was Robin een raadsel. Ze liet zich op de bank vallen en zette de televisie aan. Al zappend kwam ze erachter dat ze op ieder kanaal alleen maar het gezicht van Connor voor zich zag. Bij een belachelijk programma over BI'ers die moesten overleven in de wildernis zette ze het ding uit. Geen van de Ierse beroemdheden kende ze. Op dat gebied had ze nog een lange weg van integratie te gaan. Het was minder leuk om naar een tien seconden durende close-up van iemand in een hangmat te kijken, als je niet wist dat het een bekende voetbalvrouw was die haar man net voor de kickbokser in de serie had verlaten.

Weinig enthousiast graaide ze voor de zoveelste keer in de bak met popcorn. Nu al leeg? Ze overwoog een zak chips open te trekken. In popcorn zaten amper calorieën, dus die halve bak telde niet. Honger had ze niet. Ze voelde de behoefte iets in haar mond te proppen. Kauwen bracht haar zenuwen tot bedaren. In de stilte hoorde ze iets zoemen. Ze viste haar trillende telefoon van de vloer. Greg? Waarom belde hij nog zo laat?

Bij het horen van een felle toeter liep ze zo zacht mogelijk de trap af naar buiten. Daar stond Greg met een grote grijns op haar te wachten. Toen ze hem zag, wist ze meteen dat hij had gedronken. Zijn ogen waren doffer dan anders en zijn grijns onbehouwen. Normaal gesproken had ze daar niet zo veel problemen mee, maar vandaag wel. Niet alleen omdat hij met de auto was; ze realiseerde zich dat ze liever met nuchtere mensen aan de bar hing. Liever dat, dan getuige zijn van het gedrag van iemand die steeds dieper in het glaasje keek. Dronken mensen leken nu veel stompzinniger dan vroeger. Of misschien had ze er toen minder van gemerkt, omdat ze zelf meestal in een nog hoger tempo mee had gedronken.

'Leuk dat je nog zin had. Ik wist wel dat ik jou nog kon porren voor een glaasje fris!' Hij opende zijn armen en ze liep er als vanzelfsprekend in. Hij trok haar tegen zich aan en ze liet het gebeuren. Ze moest aan Sandor denken en de foute tent op het Rembrandtplein.

'Kom, we gaan naar John.' Ze maakte zich los en haakte haar arm door de zijne.

'Muckey Mulligan's, dat is lang geleden. Daar ben ik al bijna vijftien jaar niet meer geweest.' Een moment leek hij te twijfelen, maar toen begon hij te lopen. 'Ik denk inderdaad dat het tijd is om daar weer eens heen te gaan.' Zwijgend liepen ze het plein over. Naarmate ze dichterbij kwamen, voelde ze zijn elleboog steviger om haar arm klemmen. Vlak voor de deur wrong ze zich los. Greg hield de deur voor haar open. Binnen in de volle pub werd ze omringd door het inmiddels vertrouwde geroezemoes. Meteen liep ze door naar de bar. Gelukkig, Connor was er niet. Hij was vast niet van plan om na elf uur 's avonds nog te komen. Kon ze rustig iets drinken, zonder dat er adrenaline door haar lijf gierde.

Haar ogen zochten die van John, maar hij negeerde haar. Kaarsrecht, met zijn schouders naar achteren en zijn armen over elkaar geslagen, stond hij langs haar heen naar Greg te staren. De uitdrukking in zijn ogen was even koud als de stalen emmer ijsblokjes voor de whisky op de bar voor hem.

Greg deed een stap naar de bar toe en knikte kort naar hem. John negeerde zijn gebaar en wendde zich tot haar. 'Ha Robin.'

Waar was ze aan begonnen? 'Hé John.' Ze voelde zich bijna een verrader omdat ze Greg had meegenomen. Waarom wist ze niet. Gelukkig kwamen er ook wat mensen voorbij die hem op zijn schouder klopten of een hand gaven.

'Laten we daar gaan zitten.' Ze wees naar het hoekje achter de televisie. Het was het vaste hoekje van Fridge, de enige die het niet erg vond om de televisie niet te zien.

Met een biertje en een ginger ale schoof ze aan bij Greg, die alvast was gaan zitten.

'Niets voor John om zich zo te gedragen.'

'Hoezo?'

'Jullie zijn duidelijk geen vrienden.'

'Ach, dat heb je wel eens...' Hij keek naar de wand met aanplakbiljetten achter haar.

'Waarom voelt het alsof ik de enige ben die niet weet wat er veertien jaar geleden is gebeurd?'

Greg haalde zijn schouders op. 'Laten we het gezellig houden. Het is niet aan mij om je dat te vertellen.'

Raak! Hij wist dus ook wat er gebeurd was toen. Inwendig klopte ze zichzelf op de borst. Dat had ze goed ingeschat. Ze tikte met haar nagels tegen haar glas ginger ale en dacht na. Er waren meerdere strategieën om iets uit iemand te krijgen. Het was per persoon verschillend wat zou werken. Van onder haar wimpers probeerde ze hem in te schatten. Ze zou heel kortaf kunnen doen, tot hij er zo'n rotgevoel van kreeg dat hij de waarheid vertelde. Of ze zou heel boos op hem kunnen worden, echt woest. Het type vuisten-op-tafel-slaan-en-zo-hard-op-je-tanden-bijten-dat-je-rood-aanloopt-woest. Of ze kon het gewoon negeren, nog vier biertjes afwachten en hem er nog een keer naar vragen. In haar ooghoek zag ze de deur opengaan. Daar kwam optie vier binnen. Connor McFarland.

Hij zag haar eerst. Om zijn lippen verscheen een beginnende glimlach die ergens halverwege stopte toen hij haar gezelschap ontdekte. Midden in de kroeg stond hij stil. Pas toen Greg zijn kant op keek, liep hij verder. Vluchtig keek Robin de kroeg rond. Er waren duidelijk meer mensen geïnteresseerd in deze ontmoeting. Voor hun tafeltje stond hij stil.

'Greg.' Hij knikte kort. 'Lang niet gezien. Alles goed met je gezinnetje?' Hij sprak het woord 'gezinnetje' uit alsof het iets nats en glibberigs was. 'En met Daisy? Zorg je een beetje goed voor haar?'

Greg zag er inmiddels uit alsof hij onder een felle tl-buis zat. Zijn huid was lichtgrijs en zijn pupillen waren groot. De strijdlustigheid waarmee Connor sprak, ontbrak hem totaal. 'Connor.' Hij knikte bijna onzichtbaar. 'Alles goed met ons. Bedankt voor je belangstelling.' Zijn stem klonk als die van iemand anders, iemand die minstens twintig kilo lichter was.

'Veel plezier nog samen en de groeten aan je zóón.' Connor draaide zich om en liep in een rechte lijn naar de bar, waar John hem meteen een biertje voorzette en hem goedmoedig in zijn schouder kneep.

Het woord 'zoon' galmde na in haar oren. 'Ga je me nu vertellen wat er aan de hand is? Of moet ik het aan Connor vragen?'

'Snap je het nou echt niet? Daisy is de ex van Connor...'

'Daisy?' In gedachten zag ze de handen van Connor gepassioneerd door de zwart met witte stekels van de vrouw woelen.

'Ze waren tot hun achttiende samen.'

Veertien jaar geleden en een zoon, suisde door haar hoofd. Ineens begreep ze het. Hoe had ze zo dom kunnen zijn! Ze had alle puzzelstukjes al die tijd al in handen gehad. 'Connor is toch niet de vader van jullie zoon?'

Greg keek stoïcijns voor zich uit en knikte.

Een paar seconden lang sloot ze haar ogen om zich de jonge tiener achter de bar van de golfclub voor de geest te halen. Het lukte niet erg. Ze draaide zich om naar Connor. Die zat met zijn rug naar haar toe aan de bar. Dit was de reden dat zijn vader zo afstandelijk tegen hem deed. Hij had een vrouw zwanger gemaakt en zijn verantwoordelijkheid niet genomen. Daar hield meneer McFarland niet van. Terecht! Had ze hem dan zo fout ingeschat? Ze kon zich de situatie nauwelijks voorstellen als ze aan Connor dacht, maar het was ernstig genoeg om veertien jaar lang zo'n ijzige relatie met je vader te hebben. Meneer McFarland kende zijn eigen kleinkind niet. Ze dacht aan de band die ze met haar eigen oma had gehad en keek nogmaals naar Connor die net met zijn hand door zijn dikke zwarte haar ging. Ze kon zich niet voorstellen dat de man met wie ze zo'n leuke avond had gehad zoiets zou doen. Misschien was Daisy wel vreemdgegaan en was het kind niet van hem. Ze moest ook niet te snel haar conclusie trekken. Connor draaide zich om en keek haar aan met een lege, afstandelijke blik. De warmte die ze aan het begin van de avond had gezien was verdwenen.

Het was toch waar. Dit was haar straf. Ze had het gevoel dat ze voor Connor had ontwikkeld, nooit moeten toelaten. Ze wist dat er iets raars met hem moest zijn. Dat had ze al geweten toen ze zich tijdens hun etentje op de wc had opgesloten.

Ineens wilde ze naar huis.

'Kom, we gaan.' Alsof Greg gedachten kon lezen, legde hij een tientje op tafel en liep naar de deur.

Ze wierp een laatste blik op Connor en stak haar hand op toen hij keek. Wat dacht hij? Een beetje draaierig van de emoties liep ze naar de deur. Naast Greg wandelde ze zwijgzaam naar huis. Zo zacht mogelijk slopen ze naar boven. Als afgesproken gingen ze naast elkaar op de bank zitten. Hij was de eerste die de stilte verbrak.

'Waarom ben je zo stil?' vroeg Greg.

'Om Connor. Ik weet niet wat ik van hem moet denken. Ik kan me niet voorstellen dat hij een zoon heeft naar wie hij niet omkijkt.'

'Connor zit anders in elkaar dan je op het eerste gezicht zou denken. Hij was mijn beste vriend. Toen hij erachter kwam dat Daisy zwanger was, is hij van de ene op de andere dag vertrokken naar Dublin. De ouders van Daisy waren streng katholiek en zetten haar het huis uit. Aangezien ik, Daisy en Connor altijd samen waren, was het logisch dat ze bij mij kwam wonen. Na een tijdje hebben we een relatie gekregen...'

'Ik vind het niets voor hem om weg te lopen voor zijn problemen.'

'Dat is de reden dat zijn eigen vader zo teleurgesteld in hem is. Er zijn veel mensen die het hem aanrekenen. Waarom denk je dat hij het moeilijk vond om terug te komen naar Granmoore?'

'Heb ik hem dan zo fout ingeschat?'

'We waren achttien destijds, misschien is hij veranderd in de tussentijd. Je kunt het een jongen van achttien moeilijk aanrekenen dat hij zo'n impulsieve beslissing neemt.'

'Dat is misschien waar, maar de manier waarop je zoiets afhandelt, zegt wel iets over je karakter. Hebben ze af en toe contact?'

Greg schudde zijn hoofd.

'Hij heeft zijn vriendin zwanger gemaakt en is toen verdwenen, zonder ooit nog contact op te nemen?'

'Ja, vanaf hun vijftiende waren ze al samen.'

'Gadverdamme. Hij heeft haar laten zitten met een dikke buik.' Ze pakte een kussen van de bank en sloeg haar armen eromheen. 'Ik snap het niet. Het is niets voor hem. Ik kan gewoon bijna niet geloven dat hij zoiets zou doen.'

Greg pulkte onhandig aan de boord van zijn trui. 'Hij is weggegaan. Daisy is bij mij ingetrokken en we hebben samen de baby gekregen. Ik heb hem geboren zien worden. Sindsdien beschouw ik hem als mijn zoon en zijn we een gezin. Einde verhaal.'

'Jij hebt Daisy opgevangen. Daarom trouw je met haar.'

Greg haalde zijn schouders op. 'De ene dag was Connor mijn beste vriend en de andere dag was hij verdwenen. Ik heb hem nooit meer gezien, tot vandaag.'

'Hou je van haar?'

'Ik zou haar nooit verlaten. Ze heeft bij mij het veilige thuis gevonden dat ze verdient en dat wil ik haar graag geven. Op een bepaalde manier houden we van elkaar. Alleen lichamelijk gebeurt er niet zoveel meer.'

'O Greg. Wat een verhaal. Ik heb Connor helemaal verkeerd ingeschat. Nu snap ik pas waarom zijn vader hem niet meer recht aan kan kijken. Ik kan het gewoon niet geloven. Om eerlijk te zijn was ik nogal op hem gesteld aan het raken.' En dat is een understatement, Robin!

'Alle vrouwen zijn op hem gesteld. Een knappe dierenarts met een vlotte babbel ligt altijd goed in de markt. Maar zullen we het nu over iets anders hebben? Praten over dit onderwerp doet me nog altijd pijn. Ik ben er klaar mee.' Hij keek bezorgd naar Robin, die met opgetrokken knieën naast hem op de bank zat. 'Kom eens hier.' Hij trok haar naar zich toe. Ze legde haar hoofd in het holletje tussen zijn nek en zijn borst en sloot haar ogen. Met zijn hand streek hij over haar wang. Ze voelde het reliëf van het litteken op zijn duim van boven naar beneden over haar gezicht glijden. Ze verzette zich met man en macht tegen het beeld van Connor dat steeds weer op haar netvlies verscheen. Niet aan hem denken, niet nu ze bij Greg was! Langzaam tilde ze haar hoofd op en keek ze hem aan. Zijn blik was ernstig en onderzoekend. Deze blik van mannen kende ze. Langzaam kwam hij dichterbij.

'Moeten we dit wel doen? Met Daisy en zo?'

Hij glimlachte geruststellend. 'Daisy en ik hebben al een tijdje ons eigen leven op dat vlak.'

'Mmm.'

20

Sam werd wakker met het gevoel alsof iemand een spuit in haar oor had gezet en langzaam purschuim naar binnen had gespoten, dat daarna was uitgezet en nu genadeloos tegen haar hersenpan drukte. De laatste keer dat ze zo'n kater had gehad kon ze zich niet herinneren. Met haar hand tastte ze op het tafeltje naast haar bed naar haar wekker. Hebbes. Half acht. Met een klap zette ze het ding weer terug op zijn plaats. Nog twee uur voordat ze de winkel zou openen.

Ze draaide zich op haar zij en keek naar de lichtstreep op de vloer die de kier tussen de gordijnen veroorzaakte. Geruisloos stond ze op en trok de katoenen stof opzij. De kamer werd meteen een paar tinten lichter. Haar blik gleed van de put op het dorpsplein naar de groene heuvels in de verte. Bij het zien van de glanzende velden borrelde het verlangen op erdoorheen te lopen.

Waarom zou ze ook eigenlijk geen ochtendwandelingetje maken? Het was lang geleden dat ze zoiets had gedaan. Verder dan de winkel en Johns pub was ze de afgelopen dagen niet gekomen en slapen ging toch niet meer lukken met deze hoofdpijn. In het badkamerkastje zocht ze naar aspirines. Met haar hoofd schuin bukte ze om een paar slokken uit de lopende kraan te nemen waarmee ze het pilletje wegslikte. Voor de zekerheid nam ze er nog maar één extra. Zo, nog twintig minuten en dan was ze van de zeurende pijn verlost.

In haar kamer raapte ze het zwarte joggingpak van de avond daarvoor van de vloer en schoot het aan. Op kousenvoeten liep ze de trap af. In de woonkamer aangekomen bleef ze verschrikt staan. Op de bank lag Robin. Met Greg. Beiden diep in slaap. Haar hoofd lag op zijn borst en zijn hand lag ergens onder haar shirt. Ze kon wel raden waar. De neiging om heel hard 'Gadverdamme!' te schreeuwen onderdrukte ze.

Zo zacht mogelijk liep ze de trap af en wurmde zich langs die vervloekte dozen die er nog steeds stonden. Op de mat in het halletje stapte ze in haar sportschoenen en hinkte ze door de deuropening naar buiten. Frisse lucht. Op het stoepje voor haar huis ging ze zitten om haar schoenen fatsoenlijk aan te trekken.

Sams moeder was dol geweest op het meer. Ze zei altijd dat ze op het steigertje dat er lag antwoord kreeg op bijna al haar vragen. De weinige keren dat Sam uit Dublin was gekomen om bij haar te logeren, waren ze altijd naar het meer gelopen. Ze hadden boterhammen met mosterd en kaas gegeten en thee gedronken uit een oranje thermoskan, waar ook wel eens koffie in zat. Dat maakte dat de thee vreemd smaakte, maar dat was niet erg. Het zweverige verhaal dat haar moeder vertelde over de antwoorden die het meer haar gaf, ging bij Sam het ene oor in en het andere uit. Ze had simpelweg genoten van het blinkende water en de witte boterhammen, die ze normaal gesproken nooit at.

Toen ze de heuvel over liep en het uitzicht zag, bleef ze roerloos staan. Zo had ze het zich niet herinnerd. Het water schitterde in het vroege ochtendlicht, alsof er een enorme discobal boven hing. De met mos begroeide heuvels eromheen leken van velours. De vorige keren had ze de ware schoonheid van deze plek niet gezien. Het geluk dat ze nu voelde, was nieuw voor haar. Zij, Sam Donnugan, werd ineens ontzettend blij van een uitzicht! Van natuurschoon! Misschien was dit het begin van een grote verandering. Misschien ging ze wel prachtige boeketten maken vandaag!

Met haar handen in haar zakken daalde ze het rotsachtige paadje af naar het meer, zich afvragend waarom ze deze plek niet eerder had bezocht. Had ze de herinnering intact willen houden? Het oude meer was van haar en haar moeder en de oranje thermoskan. Het nieuwe meer was van haar alleen, net als de bloemenwinkel.

Ze liep om het gehavende witte huisje heen naar de steiger toe. In haar ooghoek zag ze ineens iets bewegen. Van schrik drukte ze haar handen tegen haar hart. Tegen het huisje zat een man geleund.

'Connor?'

'Sam?'

'Ik had hier niemand verwacht.'

Ze keek naar zijn natte haar. 'Heb je gezwommen?'

Hij knikte.

'Ben je wel helemaal goed snik? Doe je dat vaker?'

Hij schudde zijn hoofd. 'Normaal gesproken niet. En jij? Wandel jij vaker op zaterdagochtend om acht uur naar het meer?'

'Normaal gesproken niet.'

Hij klopte uitnodigend met zijn hand op de grond naast hem. 'In dat geval zijn we allebei niet goed snik. Alles oké?'

Sam ging met een zucht zitten. 'Niet echt.' Ze pakte een paar keitjes op die naast haar lagen.

'Is het de winkel?'

Ze knikte en begon een voor een de steentjes in het water te gooien. 'Ik wil er vanaf. Ik kan het niet, dat gepruts met bloemen en diep vanbinnen weet ik dat ik het nooit ga leren. Maar het voelt zo verkeerd als ik opgeef. Ik heb het gevoel dat mijn moeder zich in haar graf zou omdraaien. Ze heeft toch niet voor niets de winkel aan mij nagelaten?'

'Wat zou je liever doen?'

'Dat weet ik niet. Er komt niets bij me op als ik daaraan denk. Dat maakt het nog erger. Als ik de winkel opgeef voor een hoger doel, dan kan ik het nog verantwoorden, maar ik heb geen hoger doel.'

'Dit gesprek had ik onlangs ook met iemand anders.' Even was hij stil. 'Misschien maak je het te ingewikkeld met dat hogere doel. Je kan de winkel ook simpelweg sluiten, omdat je het gevoel hebt dat je gelukkiger bent zonder winkel. Je moeder is nu eenmaal dood. Jij bent er nog. Misschien dacht zij dat je gelukkig zou worden van die winkel, maar jij weet wel beter, toch?'

'Was het maar zo makkelijk.'

'Het is zo makkelijk. Mijn moeder is overleden met de gedachte dat ik mijn vriendin in de steek heb gelaten, terwijl ze zwanger was.' Hij trok zijn knie op en legde zijn arm eromheen.

'Was dat zo?'

'Ja, ze was zwanger en ik ben bij haar weggegaan.'

'Waarom? Kon je de verantwoordelijkheid niet aan?'

'Ik had een goede reden. Ik ben dicht bij mezelf gebleven, maar in het begin werd ik hier echt met de nek aangekeken.'

'Nu toch niet meer?'

'Ik woon hier al weer vier jaar. Vooral de mensen die ik via mijn werk ken, zijn het hele voorval vergeten, maar de wat oudere vrouwen kijken in de supermarkt nog altijd de andere kant op.'

'Heb je er spijt van?'

'Nee, onder dezelfde omstandigheden zou ik dezelfde keuze weer maken, ondanks de gevolgen.' Connor begon ook steentjes in het meer te gooien. 'Het is wel jammer dat mijn moeder met die gedachte over mij is overleden en ja, het leven was wel een stuk makkelijker geweest als dit niet was gebeurd. Van tevoren had ik nooit verwacht dat deze gebeurtenis zo'n impact zou hebben. Ik ben er een ander mens door geworden. Minder goed van vertrouwen. De mensen op wie ik toen blindelings vertrouwde, lieten het afweten.'

'Je ouders?'

'Mijn vader en mijn beste vriend. John is de enige die onvoorwaardelijk in mijn keuze geloofde. Ik weet nog dat ik met bibberende benen de kroeg binnenliep. In zo'n klein dorp gaat een roddel nogal snel en heeft iedereen een oordeel klaar, maar John zette meteen als vanzelfsprekend een biertje voor me neer. Dus ik zei: Je hebt zeker nog niet gehoord dat ik mijn zwangere vriendin aan de kant heb gezet? Hij glimlachte gewoon en zei toen: Ik ken je toch, als jij zoiets doet zal je daar wel een goede reden voor hebben gehad. Verder heeft hij er nooit een woord aan vuilgemaakt. We hebben in de jaren dat ik weg was altijd contact gehouden.'

'John is een goede vent...' Sam keek dromerig over het water.

'Jullie zouden een goed stel zijn.' Connor gaf haar een knipoog.

'O nee, is het zo duidelijk?' Sam begroef met een dramatisch gebaar haar hoofd in haar handen.

'Een beetje.'

'Als hij Grace vergeet...'

'Hij en Grace zijn de slechtste combinatie die je kunt bedenken. Dat weet hij zelf ook wel.'

'Soms ga je voor iets wat niet bij je past... zoals een bloemenwinkel.'

'Ik heb ooit een periode gehad dat ik kunstschaatser wilde worden...'

'Niet!' Ze hield haar hand over haar mond om niet in lachen uit te barsten.

'In de winter toen het meertje bij ons huis bevroren was, heb ik dagenlang achter elkaar geoefend. Net zo lang tot ik rondjes kon draaien op één been. En maar eindeloos tapes draaien van Michael Jackson op een oude bandrecorder.' Hij stootte haar aan met zijn schouder. 'Nooit verder vertellen.' Hij keek haar dreigend aan.

Sam maakte een v van haar wijsvinger en haar middelvinger en spuugde erdoorheen. 'Ik moet terug. De winkel moet straks open.'

'Ik loop met je mee.' Connor ging staan en trok haar omhoog. 'Ga ik meteen naar de kaasboer.'

'Ben je zo dol op kaas?'

'Nee, ik niet. Mijn vader. Hij blijft toch een Nederlander.'

Een tijdje liepen ze naast elkaar, tot het pad smaller en steiler werd en ze achter elkaar moesten gaan lopen. Op de top van de heuvel verbrak Sam de stilte. 'Stel dat ik de winkel zou wegdoen. Stel... Joyce, de vrouw die bij mij werkt, zegt dat mijn moeder haar de winkel heeft beloofd. Het idee dat zij de winkel overneemt kan ik niet aan. Ik mag haar namelijk niet. Erg hè.'

Connor begon heel hard te lachen. 'Ontsla haar alsjeblieft! Dat is je opdracht van vandaag. Er is vast iemand die mooie boeketten maakt en ook nog aardig is.'

'Ik kan haar niet ontslaan. Mijn moeder heeft haar de winkel beloofd. Zij was duidelijk wel gek op haar.'

'Het is nu toch jouw winkel! Je zadelt jezelf toch niet op met een onsympathieke werknemer! Sam, kom op nou! Robin zou haar er allang uit gewerkt hebben.'

'Die is nu eenmaal een stuk impulsiever.' Sam beet op haar lip. Ze had er bijna uitgegooid met wie ze haar die ochtend op de bank had gevonden.

Op het dorpsplein stond het wekelijkse kraampje van de kaasboer. Connor liep met Sam mee tot voor haar deur. 'Dank je wel, Connor. Het was fijn om met iemand te praten.'

'Vond ik ook.'

'Oude kunstschaatser!'

'Pas op je woorden jij!' Hij keek haar met samengeknepen ogen aan.

Sam stommelde de trap op. Ze moest vaker naar het meer gaan. Een wandeling was een goed begin van de dag. Boven hoorde ze stemmen uit de keuken komen. In één ruk liep ze de tweede trap ook nog op en sloot zichzelf op in de badkamer. Ze weigerde te doen alsof het de normaalste zaak van de wereld was dat de verloofde van iemand anders 's morgens in haar keuken stond. Al snel hoorde ze zware mannenvoetstappen de trap afdalen. Gelukkig, geen ongemakkelijke ontmoeting met Greg, waarin ze noodgedwongen over het weer gingen praten terwijl ze tegen de slaap in zijn ogen aan zat te kijken. Door het raampje van de badkamer keek ze naar het plein. Connor stond pal voor hun huis iets op zijn telefoon te lezen. Het tasje van de kaasboer bungelde aan zijn arm. Met een klap hoorde ze de deur onder haar dichtslaan. Ze boog zich iets naar voren om beter te kunnen kijken. Connor en Greg stonden een ogenblik recht tegenover elkaar. Sam hoopte dat Connor hem een klap zou geven. Helaas, Greg draaide zich langzaam om en liep weg.

Sam kwam de keuken binnen, waar Robin net toast aan het smeren was. 'Morgen.' Het klonk kortaf, ze kon er niets aan doen.

'Morgen.' Robins stem klonk twijfelend, vragend bijna. 'Koffie?'

'Ik pak zelf wel.'

'Oké.'

Sam pakte een beker uit de kast en schonk hem vol. Daarna ging ze aan de tafel in de kamer zitten en klapte haar laptop open.

'Waar was je?' Robin kwam achter haar staan.

'Bij het meer.'

'Zo vroeg?'

'Ik moet nog wat doen, voordat ik begin met werken. Daar heb ik mijn aandacht bij nodig.'

'Als dit over Greg gaat...'

'Dat zijn mijn zaken niet. Ik moet nu echt aan de slag.'

Robin ging terug naar de keuken en trapte met haar voet hard op het pedaal van de vuilnisemmer. Ze gooide haar net gesmeerde toast erin en liep stampend de trap op naar de badkamer.

21

'Roos?'

'Robin? Ik slaap nog. Het is tien uur 's ochtends. Op een zaterdag!'

'Is zoenen seks? Reken je dat als seks?'

'Wat? Eén momentje, ik loop naar de kamer, anders maak ik Alex wakker en die was nogal laat thuis vannacht, zoals gewoonlijk.'

Robin hield de telefoon een stukje van haar oor om het gestommel en het gekraak niet te hoeven aanhoren en overdacht haar nacht met Greg. Gedronken had ze niet. Die smoes ging niet op.

'Ik dacht dat het anders zou voelen met hem, maar dat was niet zo. Ik moest de hele tijd aan Sandor denken. Gek toch?' zei Robin nadat ze alles had verteld over de voorgaande avond.

'Wacht even, je was eerst uit met Connor, toen met Greg en je kwam erachter dat Connor de vader was van het kind van Greg en toen heb je uit medelijden met Greg gezoend?'

'Zoenen is toch geen seks? Er is verder echt niets gebeurd! En het was niet uit medelijden. Het hing al een tijdje in de lucht. Ik dacht dat er iets was tussen ons.'

'Jeetje, wat een verhaal. En je had niets gedronken?'

'Geen druppel.' Haar stem klonk beslist.

'Hij gaat trouwen...'

'Ja, maar alleen voor de vorm. Ze hebben geen seks meer.'

'Haha, dit lijkt wel een slechte film! Natuurlijk hebben ze seks! Hij doet alleen net alsof, omdat hij met twee vrouwen seks wil. Kom op Robin, wat denk je zelf? Dat hij gaat trouwen met een vrouw met wie hij lichamelijk niets heeft? Dat doet echt niemand!'

'Het is gecompliceerd.'

'O, alsjeblieft! Je zou jezelf moeten horen. Je klinkt als zo'n wanhopige minnares die gaat zitten wachten tot haar twintig jaar oudere en getrouwde vriend zijn vrouw en kinderen gaat verlaten. Dit kan je echt niet goedpraten. Hij gaat trouwen en hij wil jou ernaast. Dat je op zo'n man valt! Stel je voor dat jij degene was die op het punt stond met hem te trouwen! Hier ben je echt te goed voor, Robin!'

'Je begrijpt het niet...' Sinds wanneer was Roos zo ontzettend fel?

'Jawel. Het is namelijk heel simpel. Jij bent de andere vrouw en hij is een eikel die vreemdgaat.'

'Maar hij...'

'Dat zijn de feiten, Robin. Je kunt het voor jezelf in de meest rare bochten proberen te draaien om het goed te praten, maar dat is de naakte waarheid en verlies die alsjeblieft niet uit het oog.'

'Je doet nu wel heel ongenuanceerd.'

'Ik zeg gewoon dat je de bijvrouw aan het worden bent en daar ben je te goed voor.'

'Laten we het er een andere keer over hebben. Ik moet weg.' Robin drukte zo hard op de ophangtoets dat haar vingertop donkerrood kleurde.

Roos moest zeker ongesteld worden. Of ze had zelf maanden geen seks gehad. Met een ruw gebaar trok ze haar gympen aan en griste ze haar jas van de kapstok. 'Rotdozen,' snauwde ze toen ze met haar billen tegen de koude muur schuurde om erlangs te kunnen.

'Zal ik meneer zeggen dat je er bent?'

'Nee, ik wil eerst het zilver poetsen.'

'Dat is niet jouw taak. Of wel?' Dahlia zette haar handen in haar mollige zij.

'Nee, Dahlia, het staat inderdaad niet in mijn taakomschrijving, maar aangezien ik het een fijn klusje vind en tijd genoeg heb, doe ik het graag.'

'Als je mij maar nergens mee lastigvalt.'

Robin zocht naarstig naar iets waarmee ze haar op een zo vervelend mogelijke manier ontzettend kon lastigvallen, maar ze kon zo snel niets bedenken. Dahlia was al weer weggeklepperd.

Het rook nog altijd muf in de eetkamer. Ze opende de deuren naar de tuin en liep over de natuurstenen tegels naar de ouderwetse keuken. In het kastje onder de gootsteen vond ze oude doeken en zilverpoets. Zittend op de grond voor het kabinet ging ze aan de slag.

Twee uur, een zere rug en driekwart van de fles zilverpoets later zat ze nog steeds in kleermakerszit voor het kastje. Het zilver blonk haar vanuit de groen ingelegde lades tegemoet. Dit was de laatste broodmand en nog steeds had ze geen goed gevoel. De rust waarop ze wachtte kwam niet. De steen die zich gisteravond in de kroeg in haar buik had genesteld, was nog steeds aanwezig.

Het stuk katoen in haar handen drukte ze hard tegen de zwart geworden onderkant van de mand. Driftig begon ze rondjes te draaien. Binnen een minuut zag ze haar eigen gezicht verschijnen. Geen wonder dat Connor haar gisteravond niet gekust had. Het leek net of er een reus langs was geweest die haar had opgepakt, met twee enorme handen had uitgewrongen en weer had neergezet. Snel draaide ze het ding om en ijverig begon ze de zilveren spijltjes aan de binnenkant te poetsen.

Was Connor maar uit haar gedachten. Kon ze maar stoppen met filmpjes van hen samen maken in haar hoofd. Was ze toch weer voor de verkeerde man gevallen. Haar frontaalkwab was niet in orde. Of welk deel van haar brein dan ook verantwoordelijk was voor haar beoordelingsvermogen.

Voorzichtig zette ze de zilveren broodmand in de kast. Ze moest met Connor praten. Er zat vast nog een andere kant aan het verhaal. Alleen wilde ze geen man met een verhaal. Ze wilde een ongecompliceerde man. Na het nieuws van gisteren zou ze allang afgeknapt op hem moeten zijn. Waarom werkten haar gevoel en haar ratio niet synchroon?

Achter in de kast zag ze nog een kleine, vlekkerige zilveren kandelaar staan. Mooi, ze was nog niet helemaal klaar. Met grote bewegingen schudde ze het busje in haar hand op en neer. Een dikke klodder zilverpoets viel op haar doek. Voorzichtig reikte ze langs de zilveren voorwerpen in de kast en pakte het kandelaartje. De onderkant was bekleed met rood vilt. Meteen begon ze te poetsen. Als zo'n lieve vader koel tegen hem deed, kon hij toch geen goed mens zijn? Connor moest op afstand blijven en Greg ook. Het beeld dat Roos haar voor ogen hield, van de bijvrouw, stond haar niet aan. En dat was nu precies de reden dat ze hier was. Dit wilde ze niet meer. Met haar zwart geworden vingers haalde ze haar telefoon uit haar zak. Een berichtje van Connor:

Voorlopig kan ik er helaas niet bij zijn met eten.

Helaas? Wat nou helaas? Ze las de zin een paar keer voordat ze haar inmiddels zwart bevlekte telefoon terug in haar zak stopte. Wat was dit voor ontzettend zakelijk bericht! Hoewel ze wist dat het beter was, moest ze slikken.

Met haar vingers gleed ze over de initialen op de voorkant van de kandelaar die in de palm van haar hand lag. Was hij afgeknapt na gisteravond? Ze had wel wat rare dingen gezegd. Misschien was ze te openhartig geweest. Voorzichtig zette ze de kandelaar terug op zijn plek achter in de kast. Het was tijd om meneer McFarland voor te lezen. Met een zet sloot ze de glazen deurtjes. De ruitjes trilden na.

'Waar waren we gebleven?' Robin sloeg de hardcoverversie van een Dick Francis-thriller op haar schoot open. 'Ik ben het ezelsoor vergeten.'

'Wil je niet eerst een kopje thee? Je ziet zo bleek.'

Hij zag blijkbaar ook dat ze eruitzag als iemand die gebukt ging onder chronische slapeloosheid. 'Nee hoor, dank u.'

'Ben je ziek?'

Ze schudde haar hoofd. 'Volgens mij waren we hier. Hij was net met zijn paard over die Mercedes gesprongen, toch?'

22

Confrontaties kon je beter aangaan. Robin stond te twijfelen in de woonkamer terwijl ze Sam hoorde rommelen in de keuken. Uitstellen hielp niet. De aanvaring werd misschien minder heftig, maar als je de tijd dat je ermee rondloopt erbij optelt, woog uitstellen uiteindelijk zwaarder. Robin ademde in en liep de keuken binnen, waar Sam met een vuilniszak in haar hand op een krukje het kastje boven haar hoofd stond uit te ruimen. Ze besloot meteen met de deur in huis te vallen. Dagen hadden ze elkaar ontlopen en het was genoeg geweest.

‘Er is verder niets gebeurd tussen Greg en mij.’

Sam keek om en haalde haar schouders op. Haar shirt gleed over haar schouder naar beneden.

‘Ik weet dat het niet in de haak was, wat ik deed.’

‘Je bent mij geen uitleg verschuldigd.’ Met haar vrije hand trok ze haar paarse T-shirt weer op om haar schouder te bedekken.

‘Weet ik, maar ik merk dat je me ontwijkt en ik praat de dingen liever uit.’

Nonchalant smeet Sam een blik soep in de zak. ‘Hij gaat trouwen, Robin, en je hebt zijn vrouw ontmoet. Waar is je geweten?’ Een pak crackers vloog de soep achterna. ‘En stel dat je geen geweten zou hebben, dan snap ik het nog niet. Waarom schat je jezelf zo laag in? Je zag toch hoe wellustig hij naar mijn decolleté zat te staren tijdens het schilderen van die trap! Het staat met grote letters op zijn voorhoofd geschreven dat hij er wel pap van lust en dat hij niet al te kieskeurig is.' Ze draaide een fles pastasaus rond in haar handen op zoek naar de houdbaarheidsdatum. 'Ik snap niet dat je erin trapt. We gaan samen de bloemen voor hun bruiloft verzorgen en die is al over een week!' De plastic fles landde met een doffe dreun in de zak.

'Ben je helemaal niet nieuwsgierig hoe het zo ver gekomen is? Wat eraan voorafging?'

'Nee, eigenlijk niet.' Ze verdween in het kastje en schoof alle pakjes en blikjes die er nog in stonden naar voren.

'Dan heb je wel snel een oordeel klaar. En ik weet niet of je het doorhebt, maar iedereen kijkt altijd naar jouw schaars bedekte boezem! En met die inkijk geef jij iedere man het idee dat je ervoor te porren bent, maar ik ken je inmiddels een beetje en ik weet wel beter. Jammer dat je mij niet dat voordeel van de twijfel geeft.' Ze liep naar de kapstok, rukte haar jas eraf en stampte daarna de trap af naar buiten. Daar sloeg ze haar armen om zichzelf heen en keek ze het plein rond. En nu? Automatisch liep ze in de richting van de pub. Er was geen enkele keus in dit snertdorp! Ze baalde ervan dat ze de rode Peugeot niet voor de deur had staan. Dan had ze een eindje kunnen gaan rijden. In alle haast was ze ook haar telefoon vergeten. Teruggaan was geen optie.

Met haar hele gewicht leunde ze even later tegen de zware deur van de pub. Jammer dat hij niet nog zwaarder was, dan had ze er met haar schouders tegenaan kunnen beuken. In een rechte lijn liep ze naar de zijkant van de bar en ging op een kruk zitten. Vanaf deze plek kon ze net doen alsof ze naar het televisiescherm keek.

'Gaat-ie?' John hield voor haar stil met een bord eten in zijn hand.

Ze keek naar het eilandje aardappelpuree en de enorme zee

van jus eromheen en had medelijden met de toerist die het had besteld. Ze knikte en keek hem na toen hij verder liep. De vrouw aan het tafeltje achterin zat met haar rug naar haar toe. Haar postuur deed haar aan Roos denken, die ze nu het allerliefst wilde bellen, maar dat ging moeilijk zonder telefoon. Ze bekeek de blonde krullen en de witte blouse. Het zou haar zo kunnen zijn. De vrouw keek op toen het bord voor haar werd neergezet en Robin viel bijna van haar barkruk toen ze de zijkant van haar gezicht zag. Meteen sprong ze op en rende op haar af.

'Roos!'

'Robin.' Een beetje betrapt keek Roos haar zus aan. Ze kon nog net op tijd opstaan om haar op te vangen in haar armen. 'Au, niet zo hard knijpen!'

'Je had toch meteen naar mijn huis kunnen komen?' Robin keek hoe haar zus een hap in haar mond stopte. 'Dan had ik iets lekkers voor je gemaakt!'

'Ik moest eerst op adem komen. Die schnitzel smaakt naar fietsband. Denk je dat ik ermee terug moet?'

'Nee! Iedereen weet dat je hier niets te eten moet bestellen. Dat moet je gewoon nooit meer doen. John is zo'n lieverd. Als je ermee teruggaat raakt hij in paniek. Hij weet niet anders dan dat hij die schnitzel eerst in de magnetron moet leggen, voordat hij gebakken wordt...'

'Hè jakkes, hij komt uit de diepvries.'

'Grote kans. En ik vermoed dat hij niet weet dat er een ontdooistand op de magnetron zit.'

'Jeetje.' Roos nam een grote teug van haar rode wijn om de restjes eten weg te spoelen.

'Roos...' Ze keek naar de wallen onder de ogen van haar zus. 'Waarom ben je hier?'

'Zomaar.'

'Jij doet nooit iets zomaar, zeker niet zoiets impulsiefs als dit. Er zit nauwelijks wax in je haar en je hebt een ongestreken blouse aan. Ben je je baan kwijt?' Robin veegde met haar vinger een blonde haar van Roos' wang.

Ze schudde traag haar hoofd. 'Nee, het is zo veel gênanter.'

'Ben je verliefd op iemand anders?' Haar stem klonk ineens hoopvol.

'Het is veel erger. O, Rob, ik ben zo'n domkop...' Ze duwde op haar oogleden om haar tranen tegen te houden. Toen ze haar ogen weer opende zag ze eruit als een klein kind dat zich voor de eerste keer had opgemaakt.

'Je mascara is nogal uitgelopen.'

'Wat kan mij dat schelen? Denk jij nu echt dat ik daar op dit moment mee zit?'

Bij het horen van de dramatische toon in de stem van haar zus schrok ze. Dit was de omgekeerde wereld en ze moest zich nog aanpassen aan de situatie. 'Zo ken ik je niet. Wat is er aan de hand? Je kunt alles tegen mij zeggen. Dat heb ik ook mijn hele leven tegen jou gedaan, weet je nog?' Zo, dit ging beter.

Roos snoot haar neus in een papieren servet. 'De servetten hier zijn ook van een rotkwaliteit.'

'Lucht je hart nu maar. Ik ben er voor je. Het is voor mij ook fijn om er een keer voor jou te kunnen zijn...'

'Ik moet nu plassen.' Roos stond op.

'Het wc-papier is ook keihard, ik waarschuw je,' riep Robin haar na. Ze bedacht dat haar zus zich waarschijnlijk kapot zou schrikken als ze in de spiegel zou kijken en liep snel achter haar aan. Met een zwaai sloot ze de bruine wc-deur achter zich. Het geroezemoes van de kroeg verdween naar de achtergrond. Vanuit het hokje voor haar kwam het ongecontroleerde gesnik van haar zus. Het slot stond op rood.

'Roos, doe alsjeblieft open.' Ze klopte op de deur. 'Huilen kun je ook bij mij doen.' Ze klopte nog een keer. 'Ik blijf hier toch staan tot je uitgehuild bent, dus je kunt net zo goed nu opendoen.'

Stilte.

'Hou op met jezelf groothouden en kom naar buiten. Ik weet precies hoe je eruitziet als je huilt. Je ogen worden heel rood en je neus ook!'

Stilte.

'Ik ga een schroevendraaier pakken achter de bar.' Ze deed de deur luidruchtig open en dicht, maar bleef staan waar ze stond.

Gemorrel aan de deur. Langzaam ging hij op een kier. 'Ben je daar?'

'Ja, ik ben er nog, je dacht toch niet echt dat ik het slot ging openschroeven!' Ze opende de deur. Roos zat op de wc met het deksel naar beneden.

'Het is uit met Alex...'

'O, echt?'

'En ja, je had al die tijd gelijk. Er klopte iets niet aan hem. Hij had iets met Anja van F&A. Al dat overwerken... dat deed hij met Anja in het serverhok met zijn broek op zijn knieën.' Met een wild gebaar veegde ze haar tranen weg.

'Jeetje Roos, wat een lul! We moeten vieren dat je van hem af bent.' Haar stem klonk overtuigder dan ze zich voelde.

'Het is zo'n cliché! Als dit een film was, was ik allang gestopt met kijken. Ik snap niet dat mij zoiets overkomt! Het is zo'n scène die iedere schrijver uit zijn boek zou halen, omdat hij te voor de hand liggend is! Ik schaam me zo... Het past helemaal niet bij mij... Waarom zag ik het niet eerder? Voordat hij al zijn lelijke Afrikaanse beeldjes naast de televisie had gezet!' Met een rukje rolde ze een flink stuk wc-papier af en begon haar ogen te deppen. 'Dit lijkt verdomme wel schuurpapier.' Nijdig gooide ze het propje in het afvalbakje naast haar.

Op dat moment kwam Grace binnenlopen. Ze keek eerst

naar Robin en toen naar Roos, die met een knalrode neus en een opgeblazen gezicht van het huilen op de wc zat. 'Ik ga wel bij de mannen.' Snel sloot ze de deur weer.

'We gaan naar huis. John begrijpt wel dat hij alles op mijn rekening moet zetten.' Robin pakte haar zus bij de hand en trok haar omhoog. Met hun blik op oneindig liepen ze daarna door de drukke kroeg naar buiten. Met een zwaai sloeg Robin haar arm om Roos' schouders en trok haar troostend dichterbij, zoals zij ook altijd bij haar had gedaan. 'Ik ben blij dat je bent gekomen.'

Roos hield haar armen stijf over elkaar tegen zich aan gedrukt. 'Ik durfde bijna niet naar je toe te komen, nadat ik jou zo'n preek had gegeven... over de bijvrouw zijn... Ik ook altijd met mijn oordeel.' In een slakkentempo slenterden ze samen over de kinderkopjes langs de put naar het huis van Sam.

'Hier woon ik.'

'Lekker dichtbij.'

'Wanneer was je van plan geweest mij te bellen?'

Roos haalde haar schouders op. 'Ik wilde net vragen of er een kamer beschikbaar was daar.'

'Dan heb ik je net op tijd van acuut rugletsel gered.' Ze liep voor haar uit de trap op. Nu Sam er nog van overtuigen dat ze een noodgeval aan de hand had.

'Tada!' Roos hield een pakje voor Robins neus.

Opgetogen scheurde ze het papier eraf. 'Yes! De officiële *Nederland in Beweging!*-dvd! Dat je daar nog tijd voor hebt gehad!' Ze had een matras naast haar eigen bed gelegd en opgemaakt en nu zaten ze samen in bed.

'Ik had hem al klaarliggen om op te sturen als je precies zes weken weg was. Dat schijnt een heimweemoment te zijn voor mensen die naar het buitenland gaan, las ik op internet.'

'Jeetje...'

‘Die Sam is niet echt een gezellig mens, of wel?’

‘We hebben een woordenwisseling gehad, daarom kwam ik naar de kroeg. Normaal is ze niet zo kortaf.’ Met haar nagel peuterde ze het cellofaan van de dvd af. ‘Het spijt me, Roos, maar het is hier op het moment ook een beetje een rommeltje.’

‘Dat past bij jou.’

‘Maar denk je dat ik dat wil? Het is niet iets wat je uitkiest! Het overkomt je soms. Net zoals dit met Alex jou overkomt, terwijl jij als geen ander je best doet om dat soort dingen uit te sluiten. Het is menselijk!’

‘Mmm, heeft het met Connor te maken?’

‘Waarom denk je dat?’

‘Gewoon,’ Roos haalde haar schouders op, ‘de manier waarop je zijn naam uitspreekt aan de telefoon. Heb je niets gezonds in huis?’ Ze pakte de zak kaaschips die Robin mee naar boven had genomen en keek ernaar.

‘Popcorn. Wil je dat? Wij hebben geen selderij en dat soort dingen. Dat moet je morgen zelf maar halen.’

Roos hield de gesloten zak chips op schoot, als een pasgeboren baby die ze bang was te laten vallen.

‘Over Connor dus... Roos, om gewoon eerlijk te zijn... met mijn billen bloot... Maak gewoon die zak open en eet hem leeg in plaats van er zo naar te lonken!’

‘Vertel nou!’

‘Hij is dag en nacht in mijn gedachten. Als ik bij hem ben giert er van alles door mijn lijf. Alsof mijn buik een kooi is, gevuld met parkieten. Van die beweeglijke, zoals Rocco en Rory, die oma had...’

‘Wat?’ Roos gniffelde. ‘Niets voor jou dat soort onzin.’

‘Het is misschien niet het moment om een liefdesverhaal aan jou te vertellen, maar het eindigt slecht...’

‘Ik had liever gehoord dat het goed eindigde. Dan heeft een van ons nog een beetje geluk in de liefde.’ Ze trok hard aan beide kanten van de chipszak tot hij aan de bovenkant openscheurde.

'Hij heeft veertien jaar geleden zijn vriendin zwanger gemaakt en verlaten en die woont nu samen met zijn beste vriend en hun kind.'

'Dat heb je me al verteld. Aan de telefoon.' Roos tuurde naar de inhoud van de zak alsof ze op de hoogste duikplank stond en nog niet zeker wist of ze ging springen.

'Hoe kun je daar nu zo rustig onder blijven? Ik ben weer voor de verkeerde man gevallen, Roos! Normaal val ik van een keukenkrukje, maar dit is echt veel erger, alsof ik van de Burj Khalifa ben afgesprongen.'

'O, is dat een gebergte?'

'Hoogste gebouw ter wereld. Het is toch gek dat iets zo goed kan voelen, maar dat je ratio weet dat het niet in de haak is? Dat het niet kan? Het kan toch niet goed zijn als iemand zoiets een ander ooit heeft aangedaan? Wat zit je nu te lachen?'

'Ik lach om jou en je rare weetjes. Die heb ik gemist.' Tussen haar duim en wijsvinger hield ze een kaaschipje voor haar mond.

'En weet je wat het ergste is? Dat hij zelf afstand neemt. Ik heb niets meer van hem gehoord. Hij heeft onze etentjes afgesms't! Hij weet dat hij fout zat en nu ik het weet, neemt hij afstand, alsof hij ermee instemt dat het beter is zo...'

'Over het algemeen moet je iemand niet afrekenen op wat hij in het verleden heeft gedaan, maar ik snap je wel. Dit is nogal erg...'

'Hij klopt niet, Roos. En ik ben hier juist om het goede te doen. Waarom eet jij toch altijd chipje voor chipje. Prop gewoon eens een enorme hand in je mond!'

Net toen ze weg wilde gaan, viel Robins oog op de chique enveloppe op de deurmat. Met de brief in haar hand sloot ze zacht de voordeur, zodat ze Roos niet wakker zou maken. Nieuwsgierig bekeek ze het luxe papier. Sams naam en adres waren met vulpen op de voorkant geschreven. Aangezien haar gezicht die ochtend nog steeds op onweer had gestaan, kon ze haar maar beter opvrolijken met een leuke geboortekaart of een huwelijksaankondiging. Zolang hij maar niet van Sams ex Kenneth en zijn nieuwe liefde was.

'Sam! Volgens mij heb je leuke post gekregen!'

Sam stond druk met een keurig gekapte meneer te praten.

'O, sorry, ik kom straks wel terug.' Ze glimlachte verontschuldigend en zwaaide met de brief.

Sam keek ongelukkig haar kant op. 'Ik ben aan het brainstormen over de bloemen voor de vijftigste verjaardag van meneer Morley zaterdag.'

Meneer Morley keek haar met een afgemeten glimlach aan. 'Ja, je wordt maar één keer vijftig!'

Robin bedacht dat ze niets met ronde getallen had. Je wordt ook maar één keer eenenvijftig, tweeënvijftig en drieënvijftig. Dus je kon maar beter een feest geven als je er zin in had.

'Ik wil graag iets bijzonders, maar volgens mij zitten we niet helemaal op één lijn. Sam hier heeft het idee om droogbloemstukjes op alle tafels te zetten en kransen op te hangen, maar dat vind ik zo sober. Het doet me aan kerst denken. Ik wil toch graag wat meer uitpakken. We vieren het in de tuin, het wordt heerlijk weer zaterdag! Het mag van mij wel wat frisser, wat jonger... Ik word natuurlijk nog maar vijftig, geen tachtig!'

Robin keek naar Sam, die er al een week uitzag alsof ze een bad vol had gehuild. Alsof ze helemaal leeggelopen was en niet in staat was zichzelf bij te vullen. Ze kon haar de ruzie van gisteren niet kwalijk nemen. Ze had gelijk wat Greg betreft: ze had beter niet met hem kunnen zoenen. Waarom had ze dat nou eigenlijk gedaan? Wat was ze ermee opgeschoten? Connor had ze er niet mee uit haar systeem gekregen. Ze had er alleen maar mensen mee tegen zich in het harnas gejaagd en ze had op de koop toe een rotgevoel over zichzelf.

Robin liep nog een stukje de winkel in. 'Had je meneer Morley al verteld over die bijzondere bogen die jij maakt, die rozenbogen, waar je onderdoor kunt lopen? Is altijd leuk om voor de deur te zetten, als de gasten binnenkomen...'

De ogen van meneer Morley lichtten meteen op. 'Bloembogen? Dat klinkt inderdaad als een idee. Laten we meerdere bogen doen.'

'En wit is lekker fris,' voegde Sam eraan toe. 'Misschien kunnen we ook nog grote boeketten neerzetten op de tafels in dezelfde kleur? Of we zetten houten schotten neer waar boeketten op staan?'

'Dat klinkt inderdaad als een idee. Het thema wordt wit!' Meneer Morley trok opgewekt zijn namaak Burberry-jas recht.

'Ik stel voor om dat idee wat verder uit te werken. Dan stuur ik u in de namiddag wat meer informatie en de offerte.' Sam klonk beslist. Ze was duidelijk klaar met deze man en wilde afronden.

'Moeten we niet eerst samen de plattegrond van de tuin doornemen? Ik heb alles bij me.'

'Nee hoor, laat u dat lekker achter. Het is heerlijk weer vandaag. Gaat u daar maar van genieten, dan doe ik het werk.'

Nadat de deur was dichtgeslagen wendde ze zich tot Robin. 'Over gisteren. Je had gelijk over dat voordeel van de twijfel. Ik had niet zo streng voor je moeten zijn. Een verhaal heeft altijd twee kanten en ik heb niet de moeite genomen naar die van jou te luisteren. Bovendien heb ik Kenneth ook niet zo netjes behandeld, dus is het schijnheilig van mij om jou zo te veroordelen.'

Robin haalde haar schouders op. 'Het was inderdaad hartstikke stom om met Greg te zoenen. Ik heb de situatie onnodig gecompliceerd gemaakt en waarvoor in godsnaam? Een beetje aandacht?' Ze stak haar beide armen in de lucht.

'Zand erover?'

Robin knikte.

'Dan kan ik je nu bedanken voor deze reddingsactie. Wist je dat meneer Morley twee hondjes heeft? Witte maltezers, dat zijn ze tegenwoordig allemaal. Rond de eeuwwisseling waren er ook nog gekleurde maltezers te vinden, maar nu niet meer. En er komt nog meer, Rob, hou je vast. Het ras komt oorspronkelijk van het eiland Melita in de Adriatische Zee. Ah, ik zie aan je dat je staat te springen om meer te weten te komen over het voedingsschema van meneer Morleys lievelingetjes. Hij geeft ze twee keer per dag–'

'Jaja... Arme man, hij wilde gewoon graag zijn verhaal kwijt.'

'Iedereen ziet toch aan mij dat ik geen interesse heb in witte schoothondjes! En ook niet in de roddels van dit dorp. Waarom gaat iedereen ineens oninteressante verhalen ophangen als ze boeketten bestellen?'

'Omdat je een sociale functie hebt. Zo werkt dat nu eenmaal in een klein dorp. Kijk nou even naar deze enveloppe.' Ze zwaaide het chique papier voor Sams neus heen en weer.

Met een zucht pakte die de post aan en hield hem met twee handen vast. 'Nogmaals over gisteren. Het spijt me echt dat ik je zo veroordeelde. Zo wil ik helemaal niet zijn.'

'Ik reageerde alleen zo heftig omdat ik weet dat er een kern van waarheid zit in wat jij zei.'

'Laten we het vergeten.' Sam peuterde met haar vinger de enveloppe open. Er kwam een dikke witte kaart uit met krulletters erop. 'Het is een uitnodiging! Van Connor! We gaan naar het bal!' Ze sprong om Robins nek.

Robin voelde de boezem van Sam tegen zich aan pletten en rook haar zoete parfum. 'Hè, wat gek. Waarom krijg ik geen uitnodiging?'

'Wat? Heb jij geen uitnodiging ontvangen? Dat is vast een

vergissing. Ik ga ervan uit dat jij er sowieso bij bent.'

'Ik ook.' Ze klonk zelfverzekerder dan ze zich voelde. 'Dat zal wel goed komen.'

'Natuurlijk!'

'Later!' Ze liep naar de deur.

'Vraag het aan Grace anders... Bedankt hè Rob, ook voor die bogen. Het is een superidee om ze alvast uit te proberen bij meneer Morley, dan hoef ik me in ieder geval minder druk te maken of ze bij Greg wel goed blijven...'

Robin zwaaide kort en liep de winkel uit. Buiten botste ze bijna tegen John op. 'Hé, wie was die mysterieuze gast gisteren?'

'Mijn zus. Ben je op weg naar Sam?'

'Ja, eigenlijk zomaar. Voor de gezelligheid. Als ik aan het werk ben spreek ik haar altijd zo half.'

'Misschien moet je een keer met haar gaan eten.'

'Misschien.' John haalde ongemakkelijk zijn schouders op en liep de winkel in.

23

Zwijgend beklommen Robin en Roos samen het laatste stukje van de heuvel, Robin met gemengde gevoelens. Dit was haar wandeling. Haar uitzicht. Haar werk. Ze had haar zus moeilijk thuis kunnen laten, maar het delen viel haar zwaar.

'Je bent geïrriteerd.'

'Helemaal niet.'

'Wel. Sinds wanneer ben jij niet meer irritant eerlijk? Dat is een slecht teken.'

Robin liep zonder te antwoorden voor haar zus uit langs het meer. Ze negeerde alle oh's en ah's die uit haar mond kwamen toen ze langs het indrukwekkende uitzicht liepen. Roos had gelijk. Ze wilde alleen zijn met haar gedachten. Alleen in haar nieuwe wereld. De rest van de weg zwegen ze. Enkele meters van elkaar verwijderd liepen ze uiteindelijk de oprijlaan van het landhuis op. Voor de trap naar de voordeur bleef Roos staan.

'Ga jij maar alleen naar binnen. Denk je dat het goed is als ik hier een beetje rond struin? Dan loop ik straks terug en zie ik je thuis.'

Robin geneerde zich voor de opluchting die ze voelde. 'Natuurlijk, ik zie je straks.' Ze wees naar de achterkant van het huis. 'Daar staan de paarden. Niemand vindt het erg als je een kijkje neemt. Als je iemand tegenkomt, zeg je gewoon dat je mijn zus bent.' Ze keek hoe Roos achter het huis verdween in de richting van de stallen. Meestal was het andersom en was zij degene die in een situatie zat waarin ze moest uitleggen dat ze de zus van Roos was.

Robin las zonder te stoppen de laatste vijftig pagina's Dick Francis voor. Toen ze het boek sloot, keek ze een tijdje in de matte ogen van de zwijnenkop aan de muur.

'Ik kan je alleen helpen als je zegt wat er aan de hand is.'

Ze glimlachte. Meneer McFarland had een slechte dag. Zijn handen schoten ongecontroleerd heen en weer. Ze had met hem te doen. Onmogelijk kon ze hem vertellen dat ze het geheim van zijn zoon had ontrafeld en dat ze daardoor niet verliefd op hem kon worden. In haar ooghoek zag ze hoe hij tevergeefs naar de eierwekker op het tafeltje naast hem reikte. Ze liet enkele seconden voorbijgaan voordat ze opstond, het ding pakte en opwond. Eigenlijk was het zijn beurt. Maar ze moest met iemand praten.

'Kijk,' begon ze. 'Ik ben best wel oprecht en ik sta vrij dicht bij mezelf. Het klinkt misschien arrogant...'

'Het klinkt precies zoals je bent.' Hij glimlachte haar bemoedigend toe.

'Alleen niet op het gebied van mannen. Op dat gebied ben ik onhandig...'

'Verlegen?'

'Niet bepaald. Meer dat ik geen rekening hou met gevoelens van andere mensen die ook betrokken zijn.'

'Er zijn meer mensen betrokken?'

Ze beet op haar lip. Hoe ging ze in hemelsnaam aan deze oude man uitleggen dat ze zonder scrupules met de verloofde van een ander had liggen rotzooien. En dat die bewuste man ook nog als een vader voor de kleinzoon van de man tegenover haar zorgde. 'Mmm.'

Een tijdje zaten ze zwijgend bij elkaar. Robin was in haar hoofd aan het puzzelen om de situatie op een manier uit te leggen die begrijpelijk was.

'Liefde is vrij simpel. Ik neem aan dat dit over liefde gaat?'

Ze schudde haar hoofd diagonaal, het was geen 'nee' en geen 'ja'.

'Als je hem hebt gevonden, zorg dan dat je hem nooit meer uit het oog verliest. Ook niet als je in de tussentijd een ander bent tegengekomen van wie je ook denkt zielsveel te kunnen houden, want zo werkt het niet. De tweede keer hou je nooit zo veel van iemand als de eerste keer en je kunt ook niet van twee mensen tegelijk houden.' Tevreden over zijn eigen woorden trok hij zijn mondhoek op. Misschien probeerde hij te glimlachen.

Robin zuchtte. Deze clichés kon ze zelf ook verzinnen. Het ging er juist om dat het naleven ervan zo moeilijk was. Dat er bij haar nooit sprake was van een standaardsituatie. Haar leven bestond uit uitzonderingen, uit kleine lettertjes. Ze was klaar met de hele situatie. 'Is het goed als ik even naar zolder loop om mijn zus te bellen?'

Dahlia was in geen velden of wegen te bekennen. Geen idee wat ze deed als ze onzichtbaar was. Misschien las ze ingewikkelde boeken of haakte ze hele vloerkleden. Of was ze verslaafd aan een gewelddadig computerspel!

Bij de klok in de hal liep Robin de trap op. In gedachten stelde ze zich voor dat het huis gevuld was met mensen in galakleding met een masker op. Er speelde een bandje. Connor had zijn smoking aan. En zij... zat thuis in haar pyjama op de bank.

Het kleine deurtje naar de zolder klemde. Toen ze het na wat gesjor toch open had gekregen, liep ze de smalle trap op. De geur herkende ze van de vorige keer. Ze pakte haar telefoon uit haar broekzak.

'Rob, hoi!' Robin betrapte zichzelf erop dat ze zich ergerde aan de vrolijkheid in Roos' stem.

'Ah, je hebt bereik! Dan ben je weer thuis...' Ze slenterde door de sobere vertrekken van de kamermeisjes en keek door de vieze raampjes naar het meer in de verte.

'Nee hoor, ik vermaak me prima bij de stallen. Ik heb gewoon een degelijke provider. Kom je?'

Nog voor ze de hoek om was, wist ze dat Connor er was. Meer dan een week was er voorbijgegaan zonder dat ze hem had gezien. Ze duwde haar schouders naar achteren en liep in een rechte lijn langs de stallen. Het was onmogelijk hem eeuwig te ontwijken. In de verte hoorde ze haar zus lachen. Toen Robin hen in het oog kreeg, stonden ze naast elkaar tegen de omheining van de bak aan naar Connors paarden te kijken. Alsof ze dat al weken deden. Het deed haar denken aan een scène uit *The Horse Whisperer*.

Roos draaide zich als eerste om. 'Ha, zus! We hebben net Wodam en Arragon in de bak gelaten!'

Robin voelde de blik van Connor op haar rusten en verkleurde langzaam. Inwendig kreunend onderging ze het. 'Ik zie het.' Waarom stond haar zus daar alsof ze ieder moment haar leren chaps aan kon schieten en weg kon galopperen op een van de paarden? Ze paste hier op de een of andere gekke manier. Ze paste altijd overal. Hoe deed ze dat toch? Waarom voelde zij zich ineens onwennig, terwijl Roos op haar terrein was?

'Ik ga bij Thunder kijken.' Roos slenterde naar de stal.

Ze sprak zijn naam uit alsof ze hem als veulen de fles had gegeven. Robin probeerde het onaangename gevoel dat ze van de hele situatie kreeg de baas te worden en trok haar leren jasje uit. Connor draaide zijn rug naar haar toe en keek naar zijn paarden, die elkaar in de nek stonden te knabbelen.

'Connor?' Ze moest het hem vragen nu Roos buiten gehoorsafstand was.

Hij draaide zich om en keek haar aan. Ongeïnteresseerd bijna, alsof ze hem al de hele dag aan zijn hoofd had gezeurd. Was dit de man met wie ze kortgeleden had gegeten?

'Ehm, wat ik me afvroeg...' Ineens bedacht ze zich dat ze niets ging zeggen over die uitnodiging. Haar trots verbood het haar. 'Waarom kom je niet meer eten?'

'Druk.' Hij wilde weglopen.

'Doe niet zo flauw en zeg me wat er aan de hand is.'

'Weet je dat nou echt niet? Heeft Greg je niets verteld in de kroeg?' Hij ging met zijn hand door zijn haar. 'Robin, ik heb hier geen zin in. Dit heb ik veertien jaar geleden al meegemaakt en ik heb geen zin om erin te blijven hangen.'

'Maar we kunnen het er toch over hebben?'

'Volgens mij heb jij je conclusie al getrokken, en om eerlijk te zijn heb ik geen zin om een vrouw met Greg te delen.'

'Wat!?'

'Ik zag hem 's ochtends bij jou naar buiten komen. Ga je me nu zeggen dat er niets is gebeurd?' Hij bleef voor haar staan.

Liegen was niet haar sterkste kant.

'Dat dacht ik al.' Hij draaide zich om en keek weer naar zijn paarden. 'Greg heeft een vrouw en een kind, je denkt toch niet dat hij echt interesse heeft?'

Ze was blij dat hij met zijn rug naar haar toe stond. Hij had net zo goed kunnen zeggen dat ze een domme snol was. 'Jij bent geen haar beter. Jij hebt Daisy verlaten toen ze zwanger was en je hebt een kind rondlopen naar wie je niet omkijkt. Ik had beter naar mijn onderbuik moeten luisteren, toen ik hier net aangekomen was en meteen rechtsomkeert wilde maken.'

'Inderdaad, had je dat maar gedaan.'

In gedachten sloeg Robin hem bewusteloos met de houten

paal die naast haar tegen de rand van de paardenbak stond. Daarna liep ze in een recordtempo naar huis. Pas toen ze de voordeur opende, bedacht ze dat ze Roos was vergeten mee te nemen.

24

'Wat ben jij in godsnaam aan het doen?' Sam keek naar Robin, die lawaaierig op en neer stapte op een roestige gereedschapskist.

'Bewegen? Hoe ziet het er dan uit?' Ze gebaarde naar haar oversizede sportbroek en het strakke Adidas-shirtje dat ze erboven droeg.

'Vreemd, met al die bejaarden in de *fast forward*.' Sam keek met enig ongeloof naar het televisiescherm. 'Als ik dit op YouTube zou zetten, heb ik zo honderdduizend hits. Moet je die vrouw zien met die enorme lach. Het lijkt wel of ze knetterstoned is! Hoe kun je nu zo gelukkig kijken als je op en neer stapt op een huishoudtrapje? En als je zo'n foeilelijke bruine band in je haar hebt! Deze mensen zijn allemaal aan de drugs.' Gefascineerd deed ze een stapje naar voren. 'Wat doet die man daar?'

'Ga eens opzij, ik kan het niet goed zien zo.' Robin nam zich voor een kistje te maken van hout waar ze makkelijker op en af kon stappen en dat minder herrie maakte. 'Die man, Duco, die doet ook–'

'Duco? Heet hij zo?' Sam begon te giechelen. 'Het lijkt wel of ik in een komedie ben beland. Hij kijkt alsof hij een vreemd pijpje heeft gerookt... Dit is toch niet echt een serieus programma bij jullie? Hoe heet die vrouw?'

'Olga.'

'Olga? Ze kunnen zo in het circus. Olga en Duco...'

Robin greep de afstandsbediening achter zich en zette de televisie uit. Tussen de bank en de salontafel ging ze languit op de grond liggen. Ze tilde haar arm op om te kijken of de stof onder haar oksel al nat was. Jammer, kurkdroog.

'Hé, wat goed, je hebt een boeketreeksroman gekocht!' Sam wees op de pocket die naast Robin op tafel lag.

'En jij maakt mijn programma belachelijk. Jij, die dit soort boekjes aanraadt! Bladzijde 180 heb ik helaas niet gehaald. Ik ben gestopt met lezen toen ze gingen dansen zonder muziek. Dat trek ik echt heel slecht! Op hun eerste date gingen ze nog net niet hand in hand over het strand rennen, maar het had zomaar gekund.'

'Wat is er nu mis met dansen zonder muziek? Stel je voor. Hij sluit de kroeg, trekt mij in zijn armen...'

'Ik denk dat John met één hand allebei jouw borsten tegelijk kan vastpakken.'

'Nou ja! Waar slaat dat nou op?'

'Op het feit dat hij grote handen heeft. Dat is toch gewoon zo.'

'Je weet wat ze zeggen van mannen met grote handen...'

'Dat ze al het eten dat ze maken laten verzuipen in een plas met jus?'

'Mijn god, wat is er met jou aan de hand? Je bent grof en bot. Heeft het met Connor te maken? Met die uitnodiging? Of ben je boos omdat ik je televisieprogramma belachelijk maakte?'

Robin hield haar adem in en hoopte dat het gefrustreerde gevoel dat ze had met het uiteindelijke uitademen zou verdwijnen. 'Connor weet van Greg. Hij zei dat hij geen zin had om een meisje met hem te delen.' Ze stak haar benen recht omhoog in de lucht.

'Mmm, en nu?'

'Nu wil hij niets meer met mij te maken hebben. Daarom heeft hij mij geen uitnodiging gestuurd voor het feest. Terwijl hij een meisje zwanger heeft gemaakt en daarna afgedankt heeft aan zijn beste vriend. Hij is ook geen heilige!' Ze bewoog haar armen heen en weer over het kleed waarop ze lag. Alsof ze sneeuwengelen aan het maken was.

'Geef hem wat tijd. Hij draait wel bij.' Sam opende de ijskast. 'Sinds jouw zus er is, hoeven we niet meer bang te zijn dat we ooit worden getroffen door een hongerwinter.'

Robin verplaatste zich naar de bank. 'Dat wordt dan wel een verdomd saaie winter met al die sla!' Ze kreunde. 'Dat gedoe met mannen. Vanaf nu negeer ik Connor. Ik ben klaar met hem.'

Sam sloeg de deur van de ijskast dicht en kwam voor de bank staan. 'Moeten jij en Roos niet iets gaan doen samen? Ze is toch bij jou op bezoek? Naar Dublin of zo? Of een paar kastelen bezoeken in de omgeving?'

'Ze heeft liefdesverdriet.'

'Daarom juist! Ze is alleen maar aan het wandelen in haar eentje. Vrolijk haar op. Neem haar op sleeptouw dit weekend. Dat doen zussen toch voor elkaar? Waarschijnlijk kalefater je er zelf ook van op.'

'En jij dan? Het feest van meneer Morley is toch dit weekend? Ik zou je toch helpen met die bogen?'

'Dat red ik wel alleen. Ik kan Joyce vragen.'

'Waarom vraag je John niet? Het moet toch vroeg in de ochtend en hij heeft een pick-up...'

Sam negeerde haar opmerking en ging weer op zoek naar ingrediënten voor een maaltijd.

Robin hees zichzelf van de bank en leunde tegen de deurpost van de keuken. Ze wou dat dat onrustige gevoel wegging. 'De lasagne is op, hè?'

'Ik haat koken! Wat moet ik met al die groene stengels, bakken?'

'Ga maar weg. Ik doe het wel. Roos zal zo ook wel thuiskomen en je hebt gelijk, ze is hier te gast en ik moet beter voor haar zorgen...'

25

De ronkende vrachtauto kwam in beweging. Sam keek hem na tot hij de hoek om was. Naast haar stonden dertig plastic bakken met witte rozen. Een fortuin hadden ze haar gekost, net als de bogen die gisteravond laat in platte kartonnen dozen waren bezorgd. Hoe platter de doos, hoe meer onderdelen erin zaten, wist ze uit ervaring. Een ontzettende tegenzin kwam in haar op. Het was zeven uur, zaterdagochtend! Normale mensen draaiden zich nog drie keer om. Sloom stopte ze de sleutel van de winkel in het slot.

Zet je eroverheen, Sam! Het stemmetje in haar binnenste klonk streng. Dit is jouw werk, jouw winkel. Maak er wat van en zit niet te zeuren. Ze rechtte haar schouders. Eerst alles binnen zetten. Haar ogen gleden over het lege plein. Met een schokje realiseerde ze zich dat ze John in de verte aan zag komen lopen. Nog een gek die vroeg op was. Snel begon ze de bloemen naar binnen te sjouwen. Kwam hij nou haar kant op?

'Morgen.' Waarom had ze zo'n stom stemmetje als ze tegen hem praatte? 'Wat doe jij zo vroeg op?' Alsof ze een klein kind was.

'Ik zet die bogen wel in elkaar.'

'Mijn bogen bedoel je?'

'Ja, die voor dat feest van vanmiddag. Ik heb het Robin beloofd. Die kon alleen weg met haar zus als ik jou zou helpen. Dus hier ben ik.'

In gedachten legde Sam de nieuwe *Nederland in Beweging!*-dvd van Robin in de magnetron, zette hem op 1000 Watt en vijf minuten. 'Jij hebt gisteravond tot laat gewerkt!' sputterde ze tegen. 'Ik red het echt wel.'

'Ik ben er nu toch?' John ging op de grond zitten en begon de doos open te scheuren. Een voor een haalde hij de plastic onderdelen eruit. Het waren er inderdaad veel.

Was dit niet een beetje gek? Sam haalde de rest van de rozen naar binnen. Hij was hier. Om zeven uur op zaterdag. Waarom in godsnaam? Ze werd zenuwachtig met hem in de buurt. 'Waarom ben je hier?' vroeg ze terwijl ze naast hem ging staan met haar armen over elkaar.

'Om te helpen.'

'Waarom?'

'Daarom.'

'Je hebt maar vijf uur geslapen!'

'Ik heb niet veel slaap nodig.' Hij bladerde op zijn gemak door de gebruiksaanwijzing die hij in de doos had gevonden. Na een tijdje zag hij dat Sam geen aanstalten maakte om weg te gaan. 'Wat?' Hij keek op naar Sam, die daar nog steeds roerloos met haar armen over elkaar stond.

'Je bent hier gewoon uit eigen wil, om mij te helpen?'

'Ja, dat is precies de reden dat ik hier ben.' Hij stond op en ging voor haar staan.

'Je zei dat je hier was omdat Robin je had gevraagd.' Ze moest haar hoofd bijna in haar nek leggen om hem aan te kijken.

'Wat maakt de reden uit. Het gaat er toch om dat ik er ben?'

'Laat maar.' Sam liep naar het kleine keukentje achterin om koffie te zetten. John haalde niet-begrijpend zijn schouders op en verdiepte zich in de gebruiksaanwijzing.

'Koffie!' Ze zette het kopje naast hem op de grond.

'Dank je wel. Heb je een boor?' Hij wachtte niet op haar antwoord. 'Ik haal er thuis wel een.'

Sam keek hoe hij de winkel uit liep. Het was niet eerlijk. Blijkbaar was hij totaal op zijn gemak. Met een zucht bekeek ze de dikke plastic onderdelen op de grond. Die bogen had ze zelf nooit in elkaar gekregen. Deze winkel hield ze alleen maar overeind met hulp van Joyce, die ze al zo veel had ingezet dat ze haar simpelweg niet durfde te vragen om op zaterdagochtend om zeven uur naar de winkel te komen. Verslagen staarde ze naar de bakken vol witte rozen en de dozen vol met oase. Ze voelde een zenuwachtige tinteling in haar buik. Hoe ging ze dit voor elkaar krijgen met alleen een uitdraai van internet over hoe je bloemen in oase moest steken?

Met één hand op haar voorhoofd ademde ze diep in. Kom op Sam, praatte ze zichzelf moed in, je bent een pittige jonge vrouw die met twee vingers in haar neus de zaak van haar moeder heeft overgenomen! Na die gedachte zuchtte ze. Wie hield ze nu eigenlijk voor de gek? John natuurlijk! Dacht ze er meteen achteraan. John hoefde er niet achter te komen dat ze geen idee had waar ze mee bezig was. Dat is onaantrekkelijk. Na een flinke slok koffie pakte ze haar telefoon en stuurde Robin een sms. Die was goed in peptalk. Nu maar hopen dat ze al wakker was.

Het belletje op de deur rinkelde luid. Daar was John weer. Onverstoorbaar begon hij de stukken van de boog in elkaar te zetten. Sam trok met een kort snerpend geluid de bruine tape van de doos met oase en keek naar de donkergroene schuimblokken. Ze stak haar vinger erin. Het materiaal gaf mee. Het liefst wilde ze al haar vingers in het groene spul duwen. Ze wilde het net zo lang kneden tot er niets van over was dan restjes groene pulp, die ze vervolgens met een flinke zwieper de hoek in kon vegen. In plaats daarvan pakte ze de stapel A4'tjes met uitleg en legde die op haar schoot. Grondig bestudeerde ze de zwart-witplaatjes. De vrouw die het voordeed zag eruit alsof ze nog nooit iets leukers had gedaan. Met een kort kapsel en een schort voor keek ze genoeglijk in de camera. Voor haar stond een blok oase. Ze had er duidelijk schik in! Sam bladerde door naar de laatste foto, waarop het fotomodel fier naast een enorm bloemstuk stond. Dit moest zij toch ook kunnen? Gewoon alle stappen volgen.

Pas toen ze het laatste stuk oase uit de doos haalde, realiseerde ze zich dat ze ronde oase had moeten bestellen, voor de losse stukjes. Wat een stomkop was ze ook! Daar had ze nooit aan gedacht. Nu moest ze die zelf uitsnijden. Joyce had dat vast nooit over het hoofd gezien. Achter zich hoorde ze de boor van John aan gaan.

Hoe ging ze dit redden voor vanmiddag? Wat ging ze, van alle ellendige dingen die gedaan moesten worden, eerst doen? Daar kwam dat akelige gevoel weer. Alsof haar huig ineens vijf keer groter was geworden en haar het ademen belemmerde. O nee, ze voelde tranen in haar ogen. Ze was er echt helemaal klaar mee.

'Gaat het wel?' John keek haar van opzij aan.

Ze knikte en probeerde te glimlachen. Toen John haar trillende lip zag, stond hij op. 'Kom hier.' In één beweging, alsof het de normaalste zaak van de wereld was, trok hij haar omhoog en tegen zich aan. Sam kon niet anders dan heel hard en ongegeneerd huilen. Met flinke uithalen. Zoals ze had gehuild toen ze zeven was en haar albinokonijn dood in zijn hokje had gevonden. Zijn armen lagen zo stevig om haar heen dat ze de knoop van zijn houthakkersblouse tegen haar slaap voelde drukken. Een ogenblik dacht ze aan de schaamte die ze straks zou voelen, maar dat beeld duwde ze meteen weg. Stoppen met huilen leek op dat moment toch onmogelijk. Hoe steviger hij haar vasthield, hoe harder de tranen leken te stromen. John zei niets. Zijn hand bewoog kalmerend over haar rug heen en weer.

Dit was dan misschien een rare situatie, ze wilde dat het altijd zo bleef. Toen ze haar ogen opende en de berg oase zag, kwamen de tranen opnieuw. Hij zou zich nu vast afvragen of ze niet totaal getikt was. Ze maakte aanstalten om zich los te maken uit zijn greep.

'Ik ben nog niet klaar.' Zijn stem klonk rustig. Hij trok haar steviger tegen zich aan. Híj was nog niet klaar? Sam glimlachte in zijn shirt en bleef nog een tijdje tegen hem aan staan. Haar hoofd reikte tot zijn borst. Uiteindelijk kalmeerde ze en luisterde ze naar de geluiden in zijn lichaam. Zijn hart bonkte flink door en af en toe borrelde er iets. Het klonk als een fabriek.

'Ben je oké?' Zijn vingers gleden door haar rode paardenstaart.

'Ja.' Lichtelijk beschaamd keek ze naar hem op. 'Dank je.'

Hij deed een stap achteruit en schraapte zijn keel. 'Zullen we dan verdergaan?'

'We kunnen ook boven croissantjes in de oven doen. Daar heb ik ook betere koffie.' Ze was klaar met die nare bloemstukken. Haar maag draaide zich al om als ze de overweldigende rozengeur alleen maar opsnoof.

'Kom.' Met zijn hoofd knikte hij naar de buitendeur. Met handen die ze nog steeds niet helemaal onder controle leek te hebben, probeerde Sam de sleutel in het slot te steken. Hij pakte hem van haar af en deed de deur open. 'Moeten die dozen naar boven?' Hij knikte naar de dozen van Kenneth, die nog altijd de gang blokkeerden.

'Eigenlijk wel, maar laat maar staan.'

'Dat is echt vrouwentaal, ja, maar nee.' Hij pakte de bovenste twee dozen en zette ze boven aan de trap. Daarna liep hij terug voor de laatste twee. Hij zette ze in de hoek van de kamer en liep de keuken in.

Sam stond voorovergebogen het gas van de oude oven aan te steken. 'Dank je. Sorry van net. Ik liet me nogal gaan. Het is tijd om te stoppen met de winkel, denk ik.' Ze voelde zich ineens ongemakkelijk met hem in haar keuken.

'Ik ben barman, ik ben gewend aan huilende mensen. Alleen zijn die meestal niet nuchter...'

'Misschien moeten we het nu over iets anders hebben.'

'Je bent altijd welkom met... je weet wel.' Hij haalde zijn schouders op.

'Je bedoelt...?'

'Bij mij.' Hij spreidde zijn armen uitnodigend uit.

Een tijdje keken ze elkaar aan. Sam stond tegen het aanrechtblad geleund en tikte nerveus met haar vingers tegen de kunststoffen rand. Ze dacht terug aan hun omhelzing. 'Nu ook bedoel je?'

'Altijd.'

'Maar Grace dan? Die narcissen?'

'Ik kon je moeilijk je eigen bloemen teruggeven! Je stond erop dat ik ze meenam!'

Ze deed een stap naar voren, maar voordat ze bij hem was, had hij haar al naar zich toe getrokken en zijn lippen op die van haar gedrukt.

'Ontbijt op bed dan maar?' mompelde John tegen haar lippen.

'Bank is dichterbij.'

26

De rode Peugeot zigzagde over de kronkelweggetjes tussen de weilanden. Roos zocht in het dashboardkastje naar cd's en vond er een van *Pulp Fiction*. Na nauwkeurige bestudering van de hoes, koos ze 'Son of a Preacher Man' van Dusty Springfield.

Robin keek naar haar zus en glimlachte. Natuurlijk moesten ze samen een roadtrip maken! Een betere remedie tegen liefdesverdriet was er niet. Niet dat zij daar last van had, maar het hielp misschien om het stenen geval dat al vanaf de avond met Greg in haar buik zat, weg te krijgen. Ze keek naar de pluizige, onverzorgde krullen van haar zus en bedacht hoe moeilijk deze hele situatie met Alex voor haar moest zijn.

Being good isn't always easy, no matter how hard I try. 'Dit slaat op jou, hoor je dat?' Roos draaide de volumeknop open.

'Weet je zeker dat dit het is?'

'Dit is wat Grace me heeft aangeraden.' Beteuterd stond Robin naar het bordje boven haar hoofd te kijken, dat met krullende rode letters aankondigde dat ze bij 'de beroemdste whiskystokerij van Ierland' waren aangekomen.

'Dit noemt Grace "de best verborgen schat" van de omgeving? Lekkere toeristeninformatie geeft zij. Ierland staat bekend om zijn mooie kastelen en dan stuurt ze ons hierheen!' Roos keek omhoog en las het bordje nog een keer.

'Zij weet natuurlijk niet dat ik de komende maanden droogsta.'

'Misschien moeten we die stomme weddenschap maar vergeten.'

'En mij de kans ontnemen om jou met een man van mijn keuze te laten zoenen zeker.'

'Kom op, Rob, laten we hier nu maar whisky gaan drinken en alle rotzooi die we hebben gemaakt, vergeten.'

'Jij hebt geen rotzooi gemaakt, dat heeft Alex gedaan. Wil je dat jezelf nooit meer kwalijk nemen?' Robin keek omhoog naar het bladderende stucwerk van het oude kasteeltje en kreeg ineens zin om toch naar binnen te gaan. 'Jij kunt toch whisky proeven? Ik moet me aan die weddenschap houden, als ik er ook maar een beetje aan toegeef dan loopt alles in de soep. Dat is wel gebleken toen ik Greg zoende.' Het gebouw was eigenlijk precies goed. Het oogde rommelig, maar authentiek. Ze hoopte op een onprofessioneel hotel, gerund door een afstammeling van een eeuwenoude familie die eigenlijk professor in de wiskunde was.

'Ik kan het toch moeilijk in mijn eentje op een zuipen zetten?'

'Roos, we zijn in Ierland. Hier zet je het nooit in je eentje op een zuipen. Wacht maar tot we binnen zijn.' Robin duwde tegen de kolossale deur en liep naar de receptie. Het duurde even voor haar ogen gewend waren. Het was donker op een paar leeslampjes na, die voor een lichte schemering zorgden.

'Inderdaad lekker levendig hier!' Roos' ogen gleden over de donkergroene fauteuils in de verlaten zithoek. 'Zullen we gezellig bij de gedoofde open haard gaan zitten, zonder drankje?'

'Doe niet zo negatief! Het wordt vast gezellig!' Robin liep over de verschillende kelims naar de natuurstenen balie, waarop een koperen bel stond. Ze pakte hem op en schudde hem een paar keer heen en weer.

'Kijk, we kunnen ook forel gaan vissen.' Robin pakte een folder uit de standaard die naast haar stond.

Roos keek Robin aan met een blik alsof ze zich afvroeg of ze wel helemaal goed snik was. 'We kunnen ook gewoon doorrijden naar Dublin en een leuke tijd hebben.'

'Roos, zo ken ik je niet! Hou nou eens op met dat negatieve gedoe. Jij gaat whisky proeven vanavond. In de plaatselijke kroeg. Met mij en denk maar niet...' Voordat ze haar zin had kunnen afmaken ging er een smalle houten deur open. Een kleine man met een rood aangelopen gezicht in een te groot pak ging achter de balie staan.

'Waarmee kan ik jullie van dienst zijn? Komen jullie voor de bruiloft?'

'Nee. We komen zomaar.'

'Dan heb ik slecht nieuws. Het kasteel is helemaal afgehuurd voor de bruiloft die morgenochtend plaatsvindt.'

'Zijn er helemaal geen kamers vrij?'

De man schudde zijn hoofd. Robin keek gebiologeerd naar zijn onderkin die mee schudde als die van een kalkoen. 'U hebt niet toevallig nog een klein zolderkamertje achteraf?' Haar stem klonk smekend.

'Zonder raam? Waar oude rommel staat en waar het stoffig is?' voegde Roos er sarcastisch aan toe. Ze draaide zich om en ging bij de deur staan wachten.

'Kijk, het zit zo.' Robin leunde naar voren en sprak zacht. 'Mijn zus moet echt snel een glas whisky. Het is uit met haar vriend, we hebben tweeënhalf uur in de auto gezeten en ze staat op het punt om...' Ze fluisterde bijna en rolde een paar keer met haar ogen. 'Je weet wel?'

'Te gaan huilen?' De man keek haar niet-begrijpend aan.

'Iets veel ergers,' fluisterde ze.

'Tja...'

Robin bleef hem recht aankijken.

'Jullie mogen wel bij mij overnachten. Ik woon in een bijgebouw.' Hij gebaarde met zijn hand in de richting van het gebouw. 'Voor vijftig euro mogen jullie in de logeerkamer.'

'Deal!' Ze graaide in haar tas, pakte vijftig euro uit haar portemonnee en gaf die aan hem.

Hij stopte het biljet in zijn borstzakje en stak zijn hand uit. 'Hector Granby. Ik loop met jullie mee.' Zijn hand voelde plakkerig en warm. 'Morgenvroeg is de ceremonie in de kerk in het dorp.' Hij klapte de balie open en ging haar voor naar de uitgang. 'Daarna is er hier een feest, maar jullie kunnen gewoon vanaf acht uur 's morgens in de lobby terecht voor een glaasje whisky.'

Alsof ze daar behoefte aan had! Zag ze eruit als een doorgewinterde alcoholist of zo? Haar hand voelde klef door zijn aanraking. Grondig veegde ze hem aan haar broek af terwijl ze achter hun gastheer aan liep. 'Geregeld.' Robin keek Roos in het voorbijgaan met een voldane blik aan. 'We gaan bij hem slapen vannacht.'

Roos' ogen werd groot. 'Dat meen je niet,' mimede ze met haar lippen.

Buiten haalde Robin eerst de kleine weekendtas uit de auto voor ze de weg naar het huisje een eindje verderop vervolgde. Ze negeerde het op onweer staande gezicht van haar zus. Met grote passen liep Roos achter hen aan. Het grind knarste onder haar voeten.

'Zo, hier is het.' Met zijn drieën stonden ze in een vieze, lichtbruin betegelde keuken. Op de keukentafel stond een bord waar een paar broodkorsten op lagen en een mes. Ernaast stond een blikje bier. Er was blijkbaar geen mevrouw Granby.

'Ik laat jullie de logeerkamer zien.' De stem van Hector klonk steeds opgewekter.

Roos ving Robins blik en deed net alsof ze haar keel doorsneed met haar vinger.

‘Wat een gezellig kamertje!’ Robin stond midden in een krappe zolderkamer met twee eenpersoonsbedden, die vol stonden met knuffels. Op de plank naast het bed stond een collectie porseleinen poppen uitgestald.

‘De deur is gewoon open, dus je kunt komen en gaan wanneer je maar wilt. Als er iets is, hoor ik het wel.’ Hij sloot de deur achter zich.

De twee zussen stonden doodstil in de kamer. Toen het geluid van voetstappen op de trap verdwenen was, ging Robin op het bed zitten. ‘Prima bed.’ Ze veerde een paar keer op en neer.

‘Zouden die poppen tot leven komen ’s nachts?’ Vol afschuw keek Roos naar de bleke poppen op de plank.

‘Ja, die kans is groot.’ Robin zette haar weekendtas tussen de bedden in.

‘Waarschijnlijk gaan ze dan moorden, samen met die knuffels op jouw bed, die al twintig jaar niet afgestoft zijn.’

‘Wat doe je?’ Robin keek naar Roos, die op haar knieën naast het bed zat en de lakens inspecteerde.

‘Ik kijk of er geen haren van andere mensen in mijn bed zitten.’

‘Hou op met dat rare gedoe. We gaan een bodem leggen in de dorpspub.’ Ze viste de autosleutel uit haar zak, stak haar vinger in de sleutelhanger en zwaaide hem in het rond. ‘Kom op, nu!’

Luid zuchtend stapte Roos even later naast haar in de auto.

‘Je zit naar hem te kijken.’

‘Niet.’

‘Wel.’

‘Niet.’

‘Ik snap het wel. Hij is leuk.’ Robin nam een teug van haar ginger ale en keek naar de groep luidruchtige mannen bij de bar. ‘Beetje rare schoenen alleen.’

'Kaplaarzen, zul je bedoelen.'

'Haha, je zit dus wel degelijk te kijken.' Ze dronk haar glas in één keer leeg. 'Zo, ik wil er nog wel een! En het is jouw beurt om te halen!' Ze bewoog haar wenkbrauwen suggestief op en neer.

'Als ik nog recht kan lopen na al die whisky.' Roos stond op en liep naar de bar. Robin keek haar na en telde af. Nog geen twee minuten later stond de blonde man met de kaplaarzen naast haar. Robin negeerde de blikken van de andere mannen uit het groepje en pakte de krant van de tafel naast haar.

'Je drankje.' Ze keek op van haar artikel en haar blik ontmoette een paar blauwe ogen. Ze dacht alweer aan Sandor. Zou ze nu de rest van haar leven bij iedere man in wie ze niet echt geïnteresseerd was aan Sandor moeten denken? Hij zou eens moeten weten!

'Is deze stoel vrij?'

'Ik zit eigenlijk ergens middenin.' Het haar van Connor zat beter. En zijn openingszinnen waren zeker origineler.

De jongen zette het drankje voor haar op tafel en keek naar zijn schoenen om moed te verzamelen.

En Connor had meer zelfvertrouwen. Robin wendde zich weer tot de krant.

Hij boog licht naar voren, zodat hij de krant kon lezen. 'Een artikel over de plaatselijke tractorheffing? Ben ik serieus zó onaantrekkelijk?'

'Ehm.'

'Ja dus.'

Ineens had ze medelijden met de jongen. Hij stak wel zijn iets te lange nek uit om contact met haar te maken. Aan zijn houding te zien was hij er nog niet erg bedreven in. 'Nee, ik ben een beetje moe door mijn zwangerschap.' Ze wees naar het glas ginger ale dat hij net had neergezet.

'O, leuk voor je.' Hij wierp een snelle blik op haar platte buik.

'Je hoeft niet na te denken over een charmante uitweg hoor. Je kunt gewoon weglopen. Dan duik ik weer in mijn artikel. En voor de duidelijkheid, ik was het artikel erboven aan het lezen. Over dat er regelmatig vogels worden geraakt op de plaatselijke golfbaan.' Ze gaf hem een knipoog.

Toen hij weer bij zijn vrienden stond zag Robin hem iets mompelen en een voor een keken de mannen zo nonchalant mogelijk naar haar buik. Ze zette hem iets uit en aaide er een paar keer zachtjes met haar hand over. In haar fantasie zag ze een beeld van Connor samen met een kleuter op de rug van Thunder.

Ze las het krantje helemaal uit en deed haar best om er zo geïnteresseerd mogelijk bij te kijken, voor Roos, die haar af en toe een vragende blik toewierp vanaf de bar. Na haar derde glas whisky kwam ze opgewonden naar hun tafeltje.

'Ze zitten in hetzelfde hotel. Zullen we daar nog een afzakkertje nemen?'

Robin bekeek de blos op het gezicht van haar zus en besloot alles te doen om haar een goede avond te bezorgen. 'Hè ja, gezellig!'

Er hingen wel elf verschillende soorten whisky achter de bar. Aan het publiek te zien hadden de meeste bezoekers ze allemaal geprobeerd. Alleen Robin niet. Ze speelde een beetje met de onderzetters die voor haar op de bar lagen en nam nog maar een handje nootjes, terwijl ze zich afvroeg hoe lang die daar al stonden en wie er voor haar met zijn handen doorheen had gewroet. Vanaf een afstandje bekeek ze Roos, die er nogal lang over deed om tot actie over te gaan.

Zij had allang toegeslagen. Het was toch overduidelijk dat hij interesse had? Hij zat toch niet voor niets zo dicht op haar?

Het viel haar op dat hij zo nu en dan schichtig om zich heen keek. Was hij neurotisch? Had hij een tic die hem ertoe dwong om iedere vijf minuten alle jachtschilderijtjes aan de muur te tellen? Nou, het waren er dertien! Waarom sloegen ze dit gedeelte niet gewoon over? Roos wierp haar vluchtige blikken toe. O, nee, dacht Robin. Nu voelt ze zich ook nog schuldig omdat ik alleen aan de bar zit, en nu moet ik een praatje met de barman beginnen om haar het gevoel te geven dat het oké is. Ze zuchtte. Vermoeiend als je iemand zo goed kende. Ze gaf haar zus nog tot half een. Daarna ging ze de stoffige knuffels van haar bed halen en slapen onder het toeziend oog van een tiental griezelige porseleinen poppen. Gelukkig, er lag een hand op Roos' been...

'Wat mag je nog meer niet eten met die beugel?'

'Nou, je kunt niet zoveel eten. Ik tenminste niet.'

Robin staarde naar het metaal in de mond van de barman. Op de klok achter hem zag ze dat het half een was. 'Een ogenblikje.' Ze liep naar haar zus toe, die eruitzag alsof ze net pas op gang was gekomen. Er waren nog maar drie mensen in het schaars verlichte barretje aanwezig. Echt gezellig was het toch niet meer. 'Roos, ik ga slapen. Blijf vooral, maar mijn ogen vallen dicht.'

'Ik ga mee!'

'Blijf lekker. Ik kan heel goed in mijn eentje gaan slapen.'

'Met die porseleinen poppen zeker!'

'Anders ga ik alvast. Kom jij over een kwartiertje?' Ze wendde zich tot de man naast haar. 'Zou jij haar willen brengen? Dat geeft me een veilig gevoel en dan slaap ik beter.' Zo, gaf ze hun mooi de kans om een vluggertje te maken tegen de enorme eik onderweg.

'Natuurlijk breng ik haar veilig thuis.'

Hij dacht blijkbaar hetzelfde. Hij kon niet wachten. Alleen Roos zat schaapachtig voor zich uit te staren. Robin lachte inwendig om de naïviteit van haar oudere zus en stak haar hand op. 'Tot zo. Ik slaap al als je binnenkomt, dus doe alsjeblieft zachtjes!' Zo, als dit geen uitnodiging was om er de hele nacht voor uit te trekken...

Eenmaal in de bruine keuken knipte ze een lampje aan. Er lag een briefje op de eettafel met twee theezakjes ernaast.

Slaap lekker, meiden. Draaien jullie de deur op slot? Zet gerust een kopje thee!

Robin keek de keuken rond. Hij had alles schoongemaakt. De brok in haar keel slikte ze snel weg. Hij moest wel eenzaam zijn. Hij had vast nooit een reden om schoon te maken, omdat er niemand langskwam. Ze vulde de donkerbruine waterkoker en klikte hem aan. Van wie zouden al die knuffels zijn geweest? Zijn vrouw was vast overleden. In gedachten stelde ze zich een mollige vrouw voor die porseleinen poppen spaarde en haar haar iedere avond in de krullers zette. Zo een die 's morgens in een ochtendjas naar herhalingen van soaps keek, terwijl ze de strijk wegwerkte.

Afwezig schonk ze een kop vol kokend water en hing het theezakje erin. Ze hoopte dat Roos zo kwam. Alleen in een vreemd huis van een eenzame man was ook niet alles. Niet dat Hector het type was dat zich op haar zou werpen. Dat niet. Nou ja, dat wist je natuurlijk nooit. Seriemoordenaars op televisie zagen er ook vaak heel normaal uit. Het waren gewone mensen die 's morgens naar kantoor gingen en 's avonds met RTL *Boulevard* op de achtergrond hun rundervinkje braadden. Getver, nu kon ze onmogelijk nog alleen naar boven.

Na drie koppen thee uit één theezakje, kwam Roos, niet bepaald geruisloos, binnen.

'En?' Robin stond op om de waterkoker weer aan te zetten.

'We hebben gezoend. Hij duwde me ineens tegen die grote boom langs het pad!'

'Wat onverwachts!' Robin kon het niet laten om haar stem quasi-ongelovig te laten klinken. Was Roos nu echt zo onnozel?

'Ja, hè. Niets voor mij, maar ik dacht ik doe het gewoon!'

'En toen?' Inderdaad, ze was echt zo onnozel.

'Toen deed hij mijn broek open... En nu ben ik hier. Ik bedoel je gaat toch niet... Wie gaat er nu...'

'Buiten tegen een boom een vluggertje maken midden in de nacht?' Robin dacht aan een paar situaties in haar verleden waardoor deze niet eens in de buurt van ordinair zou komen. De waterkoker sloeg af, maar ze had geen zin om op te staan. Ze schoof haar eigen kop thee in de richting van haar zus.

'Het was wel spannend!' Ze nam een slok uit Robins kop en keek dromerig voor zich uit. 'Het achtergronddecor was ook zo mooi. Alle bloemstukken voor de bruiloft hadden ze al klaargezet buiten. Er was een heel pad van gemaakt. Hij zei dat hij dat zo romantisch vond... Bijzonder toch, een man die van bloemen houdt?' Ze keek de keuken rond en dronk haar thee op. 'Wat een slappe thee.' Ze schoof de kop van zich af en gebaarde naar het aanrechtblad. 'Waarom ben jij eigenlijk nog op? Jij hebt toch niet de keuken gepoetst?'

'Nee! Tuurlijk niet. Die poppen hielden me beneden. Maar nu jij er bent...' Ze knikte met haar hoofd naar de trap en stond op. Achter Roos, die ongecoördineerd de trap op stommelde, liep ze naar boven. Op het zolderkamertje schoof Roos in één beweging alle knuffels van het bed. Met haar kleren aan ging ze onder de deken liggen.

Robin werd wakker van gemorrel aan de deur. Iemand probeerde hem open te maken. De zon scheen door de ramen. Het was de hoop knuffels op de grond die haar eraan herinnerde waar ze was. Ze pakte haar telefoon van het nachtkastje. Acht uur. Op haar scherm stond een sms van Sam.

Rob, het wordt een drama met de bloemen. Ik denk dat ik genoodzaakt ben om te vluchten naar Trinidad. Meneer Morley vermoordt me als hij deze armzalige bloemstukken ziet. Peptalk nodig.

Geklop. 'Wie is daar?' Ze sloeg de deken van zich af en stommelde naar de deur. Met een beetje gewrik haalde ze de stoel weg, die ze voor de zekerheid onder de klink had geklemd. Op de gang stond een lange pezige vrouw met een dienblad.

'Mag ik binnenkomen?'

'Ehm, ja, dat is goed.'

'Ik ben Cliona, de vrouw van Hector. Hadden jullie de gordijnen niet dicht?' De vrouw zette het blad met thee en toast op het nachtkastje tussen de bedden in. Haar blik bleef op Roos rusten, die met haar kleren aan in bed lag en net deed alsof ze sliep. 'De bruiloft begint zo. Ik dacht dat jullie vast de bruid wel wilden zien... Ik hoop maar dat jullie niet geschrokken zijn van de rommel beneden. Ik ben verpleegkundige en ik had de hele week nachtdienst, dus dan schiet het huishouden er altijd bij in.' Ze wreef in haar handen. 'Maar ik ben er weer! Niets voor mijn man om twee meiden in huis te halen. Dit is de kamer van onze dochter. Die is een jaar appels aan het plukken in Australië. Nou, ik ga maar weer. Laat maar weten als ik iets voor jullie kan doen.' De kamerdeur liet ze open.

Robin bleef enigszins verbaasd achter. 'Jeetje, ik heb van schrik niets gezegd. Ze zal wel denken dat wij een stel gekken zijn. Jij ligt met je kleren aan in bed en ik had een stoel onder de deurklink geschoven. Ik dacht dat Hector een eenzaam mannetje was. Dat hij alleen met zijn onderkin in dit huis woonde en iedere avond in het gezelschap van enkel een blikje bier televisie zat te kijken.' Ze boog zich over haar zus heen. 'Roos! Ik weet dat je wakker bent, je bent een belabberde actrice.'

'Ik heb hoofdpijn. Denk je dat ze een aspirientje heeft?'

'Die knuffels liggen niet echt respectvol op de grond. Ze struikelde er bijna over toen ze het blad neerzette.'

Roos hees zichzelf omhoog en pakte een kop thee van het blad. 'Eet jij die toast maar op. Ik ben misselijk.'

'Zullen we op de bruid wachten?' Roos stopte bij de enorme eik op weg naar de auto.

'Als jij dat wilt. Zelf snap ik niet helemaal wat er leuk aan is om een vrouw in een witte jurk met pofmouwen te bekijken, die met veel te hoge hakken door het grind ploegt.' Robin wierp een blik op het bleke gezicht van haar zus en nam de tas van haar over.

'Het is toch bijzonder om te zien hoe mensen de mooiste dag van hun leven meemaken? Wat een prachtige bloemen hè! Zo veel werk en dat voor alleen buiten. Ze lopen erlangs naar de kerk en weer terug.'

'Kijk!' Robin stootte haar zus aan. 'Daar komt het bruidspaar.' Ze had de woorden amper uitgesproken of ze kneep heel hard in Roos' arm. 'Wat een smeerlap!'

'Dat is mijn man van de boom!' Roos werd knalrood. Vol afschuw bekeek ze de bruidegom. 'Dit wist ik echt niet! Rob, wat moet ik nu doen? Wat een ellendeling. Die arme vrouw!' Ze keek naar de gelukzalig kijkende vrouw in de witte jurk naast hem. Ze waren nog maar tien meter van hen verwijderd.

'Je hoeft niets te doen. Jij hebt niets fout gedaan!'

Hij keek hun richting op. Toen hij Roos zag, draaide hij snel zijn hoofd weer om. Vijf minuten later was iedereen binnen en was het terrein verlaten.

'Ik wil nu heel graag naar huis.'

‘Niet voordat we de bloemstukken hebben ingeladen.’ Robins stem klonk beslist.

‘Wat doe je nou, ik schaam me dood.’

‘Waarom? Niemand die het ziet. Ze blijven de rest van de bruiloft toch binnen, hoop ik.’ Robin stond aan een plastic pot te trekken. ‘Help liever. De tas moet voorin en de bank moet plat.’

‘Straks komt er iemand naar buiten!’

‘Als je meehelpt, gaat het sneller en is die kans kleiner.’ Robin gaf een korte ruk aan de achterbank en legde hem schuin. ‘Als jij alles aangeeft, zet ik het handig neer.’

Roos bleef met haar armen over elkaar naast de auto staan.

‘Kom op, Roos, zie het als wraak. Hij pakt jou voor zijn bruiloft. Jij pakt zijn bloemstukjes, waar toch niets meer mee wordt gedaan. Bovendien doen we Sam er een enorm plezier mee.’

‘Oké dan maar.’ Roos pakte weinig overtuigd de dichtstbijzijnde pot en gaf hem aan Robin, die nog steeds half in de auto hing. ‘Ik geloof gewoon niet dat ik dit echt aan het doen ben. Ik ben jurist.’

‘Over drie minuten heb je tijd om je te schamen. Kun je nu misschien die witte pot daar aangeven?’

‘Waarom neem je alleen die witte? Vind je die rode rozen niet mooi?’

‘Het thema is wit. Het is voor een klant van Sam.’

‘Het wordt steeds ingewikkelder. Waarom krijg ik het gevoel dat ik me langzaam in de nesten aan het werken ben?’ Er paste nog maar één pot bij. Roos sjorde de laatste witte pot door het grind, tilde hem op en keek toe hoe Robin hem snel goed zette.

‘Negen stuks! Goede oogst. Nu wegwezen.’ Met een klap sloot ze de achterklep van de auto.

‘Moeten we de overige stukjes nog leuk neerzetten, zodat je het minder ziet?’

‘Ja, en laten we ook een bedankbriefje neerleggen! Schiet op, in de auto, nu!' siste Robin. Zonder hun gordels om te doen scheurden ze weg. Een minuut lang waren ze doodstil, maar toen begon Robin te lachen. Eerst zacht en toen harder. Roos kon niet anders dan meedoen. Even later rolden de tranen over hun wangen.

27

De hal was leeg! Robin maakte van de gelegenheid gebruik om meteen met twee treden tegelijk de trap op te stormen. 'Wat een ruimte ineens!' gilde ze naar boven. Roos kwam op haar gemakje achter haar aan.

Ze nam aan dat Sam hier was, want de winkeldeur zat op slot en binnen was het een bende. Boven aan de trap bleef ze staan. Meteen sloeg ze haar hand voor haar mond. 'Sam! John! Sorry! We komen over tien minuten terug!'

Sam lag met alleen een felgele string aan, over John heen op de bank. John droeg alleen een boxer die... Niet zo kijken, Robin! Ze wilde helemaal niet weten wat voor boxer hij droeg. Snel draaide ze zich om.

'Niets aan de hand!' riep Sam meteen. 'We gingen net verder met de bogen.' Ze trok een shirt over haar hoofd. 'Nu staan we quitte!'

'Je moet eerst naar beneden komen. Ik heb een verrassing.'

'Heb je die allemaal voor mij gejat?' Sam keek ontroerd naar de bloemstukken in de achterbak van de rode Peugeot. 'Dat is een van de liefste dingen die iemand ooit voor mij heeft gedaan.'

'Ben jij wel helemaal goed snik? Hoor je nu wat je zelf zegt?' John kwam achter Sam staan.

'Kijk me niet aan alsof ik de Engelse kroonjuwelen heb gestolen! Er zit een verhaal aan vast. Dat vertel ik je later.'

'Wij moeten bogen maken.'

Robin voelde een klein steekje jaloezie toen ze de blik zag die Sam en John uitwisselden. Die hadden elkaar overduidelijk gevonden.

'Ik help ook, mijn bus gaat toch pas om vier uur.' Roos wrikte een pot uit de achterbak en liep ermee naar de winkel.

Sam opende de winkel, hoewel het er een puinhoop was. Ze hielp de klanten terwijl John de bogen in elkaar zette. Roos en Robin maakten de oase nat en bonden de doorweekte stukken met ijzerdraad aan de bogen vast. Roos stak ijverig de rozen, de eucalyptusbladeren en het gipskruid erin die Robin haar aangaf. Binnen drie uur stond alles klaar om te vervoeren en was iedereen druk aan het opruimen.

'Zelfs Roos heeft groene vingers.' Sam inspecteerde de vier enorme bloembogen die binnen stonden. Ze ging voor Robin staan en stak haar handen aan weerszijden in haar zij. 'Ik doe de bruiloft van Greg nog en dan sluit ik de winkel.' Ze klonk vastbesloten.

'Wat? Meen je dat nou?' Robin keek haar met open mond aan.

'Ja, ik meen het helemaal. Honderd procent. Na de bruiloft van Greg ben ik vrij.' Met gespreide armen fladderde ze als een vogel.

'En dan?' Robin verbaasde zich erover hoe rustig Sams stem klonk.

'Ja, Sam, wat ga je dan doen?' Roos liet de vuilniszak zakken waar John alle dozen aan het inproppen was, en John klemde de doos die hij klein aan het maken was tegen zich aan terwijl hij naar Sam staarde.

'Ik weet het nog niet.'

'Ik weet nog wel een leuk hotelletje dat al dertig jaar hetzelfde interieur heeft...' John wees naar de kroeg.

'En waar de keuken nog wat te wensen overlaat...' Roos giechelde om haar eigen gedurfde opmerking.

'Daar ga ik me echt niet aan wagen. Ik kook waarschijnlijk net zo slecht als ik bloemschik. Ik zie wel wat ik ga doen. Misschien ga ik wel terug naar Dublin...' Ze keek met een schuin oog naar John.

'Je liegt!'

'Even peilen.' Ze kuste hem op zijn wang.

Robin rolde met haar ogen en zei tegen Roos: 'Volgens mij zijn we te veel.'

'Ja, ik ga maar eens pakken.' Met haar telefoon fotografeerde Roos de bogen voordat ze achter haar zus aan de winkel uit liep.

'Dank je wel, Rob, voor alle avonturen.'

Robin omhelsde Roos stevig. 'Waarschijnlijk beleef je er nog een in die afschuwelijke bus.'

'Het was anders dan anders. Sorry dat ik ineens met mijn probleem bij jou op de stoep stond.'

'Dat was wennen. Ik hoop dat ik er net zo voor jou was als jij altijd voor mij.'

'Jij krijgt me zover dat ik midden in de nacht dronken met een bruidegom tegen een boom sta te flikflooien en vervolgens zijn bruidsbloemen jat, dat is nogal een andere methode dan die ik hanteer, maar jouw manier bevalt me wel.' Robin maakte zich als eerste uit de omhelzing los. Even later zwaaide ze tot de bus uit het zicht was.

Over het midden van de weg liep ze terug naar het plein. Aangezien de gele string van Sam nog op haar netvlies stond, ging ze niet naar huis. Het stemde haar somber te weten dat ze daar wilde seks hadden.

Ze stak haar hand op naar Grace, die in de pub achter de bar stond. Die vrouw was echt multi-inzetbaar! Met een krant ging

Robin aan het raam zitten. Ze las hem niet. Buiten zag ze hoe de kaasboer zijn stand afbouwde. Mensen liepen met boodschappen naar hun auto. Een toerist las het bordje met uitleg bij de put. Dat zou zij ook eens moeten doen. Ze had niet eens een boek over de omgeving gelezen.

Ze voelde zich geen toerist, maar toch was ze er een. Haar verblijf hier was één grote vakantie. Het was tijd om aan haar toekomst te werken. Om haar eigen leven op te pakken in plaats van op bezoek te zijn in dat van anderen. Wat deed ze hier nog in dit rare dorp in het huis van iemand anders? Voorlezen was niet eens een baan!

Op het schermpje van haar telefoon knipperde voor de zoveelste keer Gregs naam. Hij dacht kennelijk dat de aanhouder zou winnen.

De krant voor haar op tafel lag nog steeds op dezelfde pagina toen Connor binnenkwam. Hij knikte kort naar haar en liep naar de bar. Robin voelde hoe de steen in haar buik groeide en tegen haar middenrif begon te duwen. Het liefst was ze naar hem toe gelopen, maar haar trots weerhield haar daarvan. Ze was al eerder naar hem toe gegaan. Binnen een kwartier was hij weer met eenzelfde knikje vertrokken. Het schermpje op haar telefoon lichtte weer op. Robin gaf zich gewonnen en nam op.

28

'Kan iemand die hond opsluiten?' zuchtte Robin geïrriteerd toen de zwarte labrador voor de zoveelste keer enthousiast tegen haar op sprong en de stoel waarop ze stond aan het wankelen bracht. De bogen hadden er na de rit in Johns truck van Granmoore naar Droughby verfomfaaid uitgezien, dus Sam en Robin waren druk bezig om de bloemen te fatsoeneren.

'Ik loop wel even naar binnen. Misschien dat ik daar iemand kan vinden die de hond een tijdje bij zich wil houden.' Sam straalde. Het vooruitzicht dat dit haar laatste klus was, stemde haar meer dan vrolijk. Daar kwam nog bij dat zij en John onafscheidelijk waren vanaf de verjaardag van meneer Morley. Energiek sprong ze van haar stoel en liep ze over het in banen gemaaide gazon naar het clubhuis.

Robin keek omhoog naar de strakblauwe hemel. Het was perfect weer voor een bruiloft. De keurige rijen wit gestoffeerde stoeltjes aan beide zijden van de bogen lichtten op in de zon. Ze trok een paar plukken gipskruid uit de boog en stak ze er op een andere plek weer in, zodat ze steviger vastzaten. Haar gedachten gingen terug naar het laatste telefoongesprek met Greg. Ze had hem ervan overtuigd dat ze elkaar niet meer moesten zien. Hij wilde vrienden blijven, maar ze had geen zin meer in gedoe. De nieuwe Robin had alleen duidelijke vriendschappen, zonder rompslomp. Zeker met mannen. Vandaag zou ze proberen hem te ontwijken en daarna zou ze hem gewoon nooit meer zien. Het had haar verbazingwekkend weinig moeite gekost afscheid van hem te nemen. Ze liep naar de reservebak om een paar extra rozen te pakken. Voorzichtig stak ze de witte bloemen naast het gipskruid.

Tevreden keek ze naar het resultaat. Het was best een fijn klusje, als je de tijdsdruk vergat en tegen de verantwoordelijkheid kon. Daar kwam Sam weer aan, met in haar kielzog een slungelige puber. Een klein stroomstootje schoot door haar heen. Daar was hij dan eindelijk: de zoon van Connor. Al een paar keer had ze het terrein met haar ogen afgespeurd op zoek naar hem. Zo onopvallend mogelijk bekeek ze hem vanuit haar ooghoeken. De spitse neus en smalle mond had hij van Daisy. Zijn lange, dunne postuur ook. Niets aan hem deed haar aan Connor denken. Dat was zijn geluk.

Toen hij voor haar stond keek hij lachend naar haar op. Robin zag dat een overmatige hoeveelheid gel zijn haar in keurige kamstreken naar achteren hield. Het had iets aandoenlijks. Ze glimlachte.

'Kom je ons van die overenthousiaste hond verlossen?'

'Tja, ik moet toch wat doen. Er blijven niet zoveel klusjes voor mij over vandaag.' Hij stak zijn rechterhand in de lucht.

Robin keek naar het smetteloze witte verband dat de jongen om zijn hand had. 'Ongelukje?'

'Nee, familiekwaal. Mijn duim stond scheef en is nu rechtgezet, wel slechte timing met de bruiloft en zo...' Onhandig trok hij zijn magere schouders op. 'Maar er zat niets anders op.'

In trance staarde Robin naar de verbonden hand. Ze zag de duim van Greg voor zich. Ineens flitste er van alles door haar hoofd.

'Kom hier, Lexie!' riep de jongen. De hond kwam meteen aanrennen en sprong tegen hem op. Met zijn goede hand greep hij hem bij zijn nekvel. 'Kom, jij gaat je binnen in de bijkeuken maar vermaken.' Hij stak zijn ingepakte hand op naar Robin en liep weg.

Ze hoorde hem amper. Tot hij met zijn goede hand de deur van het clubhuis achter zich dichttrok, bleef ze in shock naar het witte verband om zijn hand kijken.

'Niet slecht voor een amateur.' Sam kwam naast Robin staan en bekeek de bogen van een afstandje. 'Met zwarte vingers,' voegde ze er fluisterend aan toe.

'Ik geloof dat ik hier weg moet.'

'We gaan zo. Bijna klaar.' Ze wierp een snelle blik op Robin en schrok. 'Alles goed?'

'Ik wacht wel in de auto.'

De pub was nog dicht. Ze liep naar de achterkant en belde aan. Door het raam zag ze John wenken. Met grote passen liep ze zijn keuken in.

'Connor is niet de vader van Daisy's zoon, of wel?' viel ze met de deur in huis.

'Daar ga ik niet van uit.'

'Waarom heb je mij dat niet verteld?'

John stak afwerend zijn handen in de lucht. 'Ik heb er niets mee te maken. Als je wilt weten hoe het zit, moet je bij Connor zijn.'

'Jij wist het.'

'Ik heb het er nooit met Connor over gehad. Het is niet iets wat hij mij verteld heeft.'

'Waarom heeft hij het niet gewoon gezegd?'

'Hij praat niet over dat onderwerp, omdat hij niet wil dat mensen kwaadspreken over Daisy, denk ik.' Hij haalde zijn schouders op. 'Hij is nogal loyaal.'

'Ik zat er dus naast.' Robin keek voor het eerst sinds ze binnen was de blinkende keuken rond en fronste diep. Er was veel veranderd sinds de keer dat Fridge ziek was geweest.

John leek weinig verbaasd door haar openbaring. 'Connor is nogal stug. Hij gaat ervan uit dat mensen hem goed genoeg kunnen inschatten om te weten dat hij nooit zijn eigen kind zou achterlaten.'

'Ja, maar ik ben geen barman! Mijn mensenkennis gaat niet zo ver. Ik heb niet voor niets een alcohol- en seksverbod voor zes maanden! Ik ging op de feiten af en die logen er niet om! En trouwens, hoe kon hij toen zeker weten dat het zijn kind niet was?'

'Daar wist ik ook niets van, van dat verbod.' John pakte de emmer sop van het aanrecht en gooide hem leeg in de gootsteen. 'Misschien wist hij dat niet zeker. Ach, er zijn zo veel mannen die ergens kinderen hebben rondlopen naar wie ze niet omkijken.'

'Ja, maar zo'n man wil ik dus niet.'

'Zo'n man is hij ook niet.'

'Hoe weet je dat nou?'

'Onderbuik.' Hij wreef over zijn buik.

'Daar heb ik echt wat aan.' Ze zuchtte. 'Sinds wanneer is het hier ineens zo smetteloos schoon? Het ruikt zelfs naar citroen.'

'Tja, eigenlijk sinds Sam wel eens bij mij thuis komt. Wat die vrouw allemaal niet in mij los maakt!'

'Jeetje...' Ze probeerde alles in haar hoofd op een rijtje te zetten. 'Sorry dat ik je zo overviel.' Ze liep weer naar de deur.

'Altijd welkom!' riep hij haar na.

Robin zette haar fiets tegen het huis, tilde de steen bij de achterdeur op en pakte de sleutel. Over de plavuizen liep ze naar de kamer waar meneer McFarland zat. Het was de laatste keer dat ze hier was, maar de eerste keer dat ze zich vrij genoeg voelde om door de achterdeur naar binnen te gaan. Bij de gedachte dat ze morgen op het vliegtuig zou stappen, kruiste ze haar armen stevig voor haar borst. Het was nu eenmaal beter dat ze wegging. Haar leven moest beginnen. Hier blijven hangen was zinloos.

Toen ze in de deuropening van de kamer stond, viel haar mond open. Er brandde een groot vuur in de haard. Meneer McFarland zat ervoor en ernaast zat Dahlia, die de krant voorlas. Het zag er gezellig uit. Alsof er ieder moment kindertjes in smockjurkjes binnen konden komen om te zingen voor de haard. Daarna zouden ze met z'n allen anijsmelk drinken en zelfgemaakte broodpudding eten.

Haar ene voet zette ze voor de andere met de intentie de kamer in te lopen, maar iets in de sfeer daar zorgde ervoor dat ze bleef staan. Geen van tweeën merkte haar op.

'Do-den bie... ehm, bij... on-ge-luk.' Meneer McFarland luisterde geduldig en knikte goedmoedig bij de woorden die Dahlia juist had.

Met enige verbazing luisterde Robin naar het gehakkel van de oude vrouw. Ze kon niet lezen. Dat was wel het laatste wat ze van deze bazige verpleegster had verwacht!

Dit was vast niet iets wat ze graag met mensen deelde. Zachtjes deed ze een paar stappen achteruit in de gang en licht stampend en al neuriënd, alsof ze met haar gedachten helemaal ergens anders was, liep ze daarna de kamer weer binnen.

'Stoor ik?' Ze ontweek het gegeneerde hoofd van Dahlia en wendde zich alleen tot meneer McFarland.

'Ik dacht dat je er vandaag niet zou zijn?' Zijn witte wenkbrauwen gingen een stukje omhoog.

'Er is iets belangrijks dat ik u wil vertellen...' Toen ze weer aan het nieuws dacht dat ze kwam brengen, steeg de temperatuur in haar lichaam minstens twee graden.

'Ik zal wel thee zetten.' Dahlia was opgestaan. Haar stem klonk milder dan anders.

Robin ging op de stoel van Dahlia zitten en voelde dat haar vlezige billen de stoel hadden voorverwarmd. Dat idee stond haar helemaal niet aan, maar ze kon moeilijk op de grond gaan zitten.

'Leert u haar lezen?' Robins stem klonk bijna fluisterend.

Meneer McFarland legde samenzweerderig een trillende vinger tegen zijn mond.

Robin keek naar het inmiddels vertrouwde zwijn aan de muur en sprak zichzelf moed in. 'Het onderwerp waar ik het over wil hebben is vrij persoonlijk,' begon ze.

Onbewogen keek hij haar aan.

'Het gaat over Connor en het kind van Daisy.' Robin sloeg haar benen over elkaar en begon haar verhaal.

Al een tijdje zaten ze zwijgend tegenover elkaar. 'Connor en ik zijn niet heel dik, maar ik kan niet weg voordat u mij iets beloofd hebt. Het klinkt belachelijk, u bent mij tenslotte niets verschuldigd...'

'Zeg het maar.'

'Wilt u hem vertellen dat wij tweeën weten hoe het zit? Misschien verandert het dingen voor hem... maakt het alles lichter en verdraaglijker... of zoiets.' Ze probeerde te glimlachen, maar het afscheid dat tussen hen in hing hield haar tegen.

'Ik zal het hem vertellen.'

'Snel?'

'Zie ik eruit alsof ik alle tijd van de wereld heb?'

'Dank u.' Ze slikte een denkbeeldige gombal in haar keel weg.

'Ga maar weg alsof je morgen gewoon weer terugkomt. Dat vind ik altijd het fijnste afscheid.'

'Oké, nou... tot morgen dan maar!' Robin deed haar best opgewekt te glimlachen voordat ze de kamer uit liep. Dahlia ging ze geen gedag zeggen. Die kwam er vanzelf wel achter dat ze weg was. In de hal keek ze naar de victoriaanse klok en dacht even aan Connor en het moment dat ze daar samen hadden gestaan. Daarna opende ze voor de laatste keer de zware groene deur en trok hem zachtjes achter zich dicht. Aan het einde van de oprijlaan draaide ze zich om en keek naar het huis. Daarna legde ze met lood in haar schoenen de wandeling naar het dorp af.

Hier moest het zijn. Met behulp van Johns aanwijzingen was ze in één keer goed gereden. Met haar hart in de keel parkeerde Robin haar auto voor een houten gebouw, dat haar deed denken aan een scoutingclubhuis. Dit ging niet makkelijk worden. Waarom deed ze dit eigenlijk? Ze had ook gewoon weg kunnen gaan zonder hem gedag te zeggen. Een briefje had ze achter kunnen laten. Zo aardig was hij de afgelopen tijd niet geweest. Kom op, Robin, stap uit die auto en handel alles netjes af. Dat is wat je nieuwe ik doet. Die laat geen lullige briefjes achter.

Eenmaal uit de auto hoorde ze meteen het geluid van doffe schoten. Wie had dit ooit van hem gedacht? Langzaam liep ze naar de knullige houten entree van het gebouwtje. Binnen zaten vier mannen aan een geïmproviseerde bar, die meer op een aanrecht leek. Ze zette haar goh-wat-is-het-hier-gezellig-glimlach op en stapte op hen af.

'Zo, daar zul je ons eerste vrouwelijke lid hebben!' Een man op leeftijd met een baard en hetzelfde houthakkersoverhemd dat John altijd droeg, nam haar lachend op.

Robin staarde naar zijn gele tanden.

'Wat kan ik voor je doen, kind?'

'Ik ben op zoek naar Connor McFarland?' Haar blik ging vluchtig over de foto's die achter de man aan de wand hingen. De meeste waren van mannen in een groen pak die een dood dier vasthadden of ernaast stonden. De plaatjes bezorgden haar een lichte misselijkheid.

'Aha! Die is in de hal bezig.' Hij wees naar een klapdeur. 'Je doet er goed aan deze op te doen.' Hij reikte haar de oorbeschermers aan die voor hem op het aanrecht lagen.

Robin pakte het ding van hem aan en vroeg zich af of er restjes oorsmeer aan zouden zitten. 'Dank je. Dan ga ik maar.' Ze moest drie paar geluiddichte deuren door voordat ze in de hal stond. 'Zo kom je nog ergens...' fluisterde ze tegen zichzelf. Na een oorverdovend schot zette ze de beschermers toch maar op. Ze keek in het raam naast zich naar haar spiegelbeeld. Ze zag eruit als een buitenaards wezen met het rode plastic op haar oren. Ze liep langs een aantal lange banen, waar mannen tussen houten schotten op een cirkel met verschillende kleuren aan het schieten waren. Connor stond in een baan met een zwarte zeven erboven. Toen ze een paar meter achter hem stond, stopte ze en keek naar hem. De oorbeschermers zorgden ervoor dat ze haar eigen bloed hoorde suizen. Het idee om zich gewoon om te draaien en weg te lopen, was heel verleidelijk.

Connor had een geweer met een houten kolf vast. De zwarte oorbeschermers stonden hem wel goed. Ze keek hoe het ding zijn dikke donkere haar uit zijn gezicht duwde. Daarna dwaalden haar ogen af naar zijn billen, die in een versleten Levi's zaten. Haar blik bleef er een tijdje op rusten, tot ze zichzelf tot de orde riep.

Het leek eindeloos te duren voordat hij schoot. Toen hij zijn geweer liet zakken deed ze een stap naar voren en tikte hem aan. Zichtbaar geïrriteerd omdat hij uit zijn concentratie werd gehaald, draaide hij zich om. Er flitste iets door zijn ogen toen hij haar aankeek. Het was vast de schrik. Hij had haar hier nooit verwacht.

Hij gebaarde naar de deur.

Terug in het karige clubhuis legde ze eerst de oorbeschermers terug op het aanrecht. Daarna liep ze naar Connor, die met zijn handen in de zakken in een hoek met zilveren bekers stond.

'Alles goed?' Zijn stem klonk niet vriendelijk, maar ook niet onvriendelijk.

'Ik wist niet dat je voorzitter van de schietclub was. Interessante hobby, schieten.' Waarom klonk dit minachtend en waarom moest ze hem altijd zo duidelijk laten weten wat ze van dingen vond?

'Dat heeft met het op peil houden van de wildstand te maken. Ik ben daarvoor gevraagd, omdat ik dierenarts ben. Maar ik neem aan dat je niet bent gekomen om te discussiëren over mijn hobby's.'

Dit klonk meer onvriendelijk dan vriendelijk. 'Nee, ik wilde je graag spreken. Misschien kun je dat geweer wegleggen.'

Hij keek naar het geweer dat hij nog altijd onder zijn arm geklemd hield en legde het bij een opgezet dier, op het tafeltje naast hem. Ze keek naar het harige beestje. Was het een steenmarter? Het kon ook een fret zijn. Leefden die hier überhaupt wel? Als ze hier langer zou blijven, zou ze zich kunnen verdiepen in de flora en fauna van dit gebied.

'Wat kom je hier doen, Robin?' Zonder geweer zag hij er niet minder dreigend uit.

Kon ze maar zien wat hij dacht. 'Ik kom afscheid nemen.'

Stilte. Hij staarde langs haar heen. Zijn handen gleden door zijn haar. 'Weet mijn vader dat?' Zijn gezicht stond stoïcijns.

'Je kunt je tranen moeilijk bedwingen, zie ik.'

Was dat een beginnend lachje?

'Hij zal je missen.'

'Je zult een nieuwe advertentie moeten zetten. Als ik je moet helpen met een betere wervingstekst kun je me altijd mailen...'

'Je was goed voor hem. Het zal moeilijk zijn om iemand te vinden die zo goed bij hem past als jij.'

'Lief van je dat je dat zegt.'

'Jij was ook lief voor hem.'

'Oké, nou... dan ga ik maar.'

'Hij gaat je ontzettend missen.'

'Ik hem ook.'

Connor bleef staan en keek haar aan. Zij kon niets anders doen dan terugstaren. Het leek een eeuwigheid te duren. Uiteindelijk verbrak hij de stilte.

'Ik maak je laatste salaris morgen wel over.'

Moest ze hem nu een kus geven of een hand? Een hand was belachelijk. Een kus ongemakkelijk. 'Dat is goed.' Ze schraapte haar keel. 'Dat is goed,' herhaalde ze. Wat had ze dan verwacht? Dat hij haar zou smeken te blijven? Dat hij haar tussen de steenmarters en de ingelijste kadavers beet zou pakken en hartstochtelijk zou zoenen? Dat hij ineens zou beseffen dat hij tot over zijn oren verliefd op haar was en haar zou verbieden om weg te gaan?

'Nou, dan ga ik maar.' Terwijl ze het zei, stak ze haar hand op en deed ze een stap achteruit. 'Au!' Tegen het plankje. Nog net op tijd kon ze een zilveren bokaal rechtzetten die anders op haar hoofd zou zijn gevallen. Snel draaide ze zich om en liep de deur uit.

'Ik ga je ontzettend missen!' Sam sloeg haar armen om haar nek. 'Weet je het zeker?'

'Mijn besluit staat vast.' Robin was opgelucht dat ze haar zware tas had ingecheckt en dat ze zonder gesjouw naar de gate kon.

'Wie moet er nu bruidsstukjes voor me jatten als ik omhoogzit?'

Robin schoot in de lach. 'Dat hoeft niet meer nu Joyce de winkel gaat overnemen.'

'O, als ik eraan denk dat ik dat werkelijk aan haar gevraagd heb... Dat ik straks bij haar moet zijn als ik een bosje gerbera's nodig heb. In gedachten zie ik haar al op die lijzige manier naar de kassa sloffen voor de bon!'

‘Moedig van je, dat je de winkel aan haar verkoopt, terwijl je haar niet mag.’

‘Misschien was ik wel een beetje jaloers op haar.’

‘Jaloers?’

‘Ja, omdat zij in mijn ogen de dochter was die mijn moeder eigenlijk had gewild. Zij maakten samen boeketten, zij had wel groene vingers, ze gingen zelfs samen naar de veiling, omdat ze dat gezelliger vonden! Mijn moeder wilde niet voor niets dat zij de winkel overnam.’

‘Als je het zo zegt, vind ik het helemaal barmhartig van je dat je die keuze hebt gemaakt. Was het maar zo dat je je ouders en je kinderen zelf kon uitzoeken. Je wordt er gewoon mee opgescheept! Dan is het toch niet gek dat het vaak niet helemaal lekker loopt. Al die verschillende karakters in een gezin...’

‘Tja, wel jammer natuurlijk, maar zo was het nu eenmaal tussen mijn moeder en mij.’

‘Je moeder had vast nooit gedacht dat je uiteindelijk verliefd zou worden op John en in Granmoore zou blijven!’

‘Bleef jij ook maar...’ Ze omhelsden elkaar.

‘Kom snel een keer naar Amsterdam en bedankt dat je meneer McFarland wilt voorlezen.’

‘Daar heb ik wel zin in. Mijn dagen zullen nu lang en leeg zijn zonder de winkel.’ Ze stak haar elleboog naar achteren en riep ‘Yes!’

Robin zwaaide en draaide zich om. Ze had nog geen vijf meter gelopen toen Sam haar nariep.

‘Trouwens, Connor wilde vroeger kunstschaatser worden.’

Ze bleef staan en draaide zich om. ‘Waarom vertel je me dit?’

‘Zodat je sneller over hem heen komt.’

‘Niet nodig. Het gaat prima.’ Ze stelde zich hem in een strak lycra schaatspak voor. Misschien toch een handig beeld voor noodgevallen.

29

‘Pak je die tas niet uit?’ Roos stond in de deuropening en keek naar de opengeritste tas van Robin waar van alles uitpuilde.

‘Nee, ik blijf hier niet. Ik ben op zoek naar een eigen huis. Daar pak ik alles uit.’ Robin stond in haar onderbroek en bh in het midden van de kamer.

‘Je bent hier al drie weken. Het is toch niet te doen zo.’ Ze knikte naar de stapel kleren die over een stoel hing. ‘Die kast is leeg!’

‘Zou ik netjes moeten, denk je?’ Robin wroette met haar arm in de tas en haalde er op de tast drie broeken uit voordat ze degene had die ze zocht. ‘Mag ik een jasje van jou lenen? Dat kan toch wel met een donkere spijkerbroek? Of moet ik echt een pakje aan?’

‘Ik weet niet hoe die mensen bij het Museum van Mineralen, Kristallen en Edelstenen gekleed gaan. Waarschijnlijk hebben ze een slecht zittend broekpak aan. Net als bij de opticien.’

‘Doe niet zo negatief. Het is toch fijn dat ik eindelijk weet wat ik wil? Ik word echt niet meteen aangenomen bij het Museum Van Loon. Ik ga eerst ervaring opdoen en daarna ga ik in een leuk museum werken.’ Ze wurmde zich in een donkere spijkerbroek. ‘En trouwens, ik vind het best leuk om me te verdiepen in mineralen en edelstenen en zo kom ik ook te weten wat er allemaal speelt in een museum en wat voor functies er zijn.' Ze keek op haar telefoon en schrok. 'Ik moet opschieten, het is al over een half uur!'

Ze had zich nooit geërgerd aan het drukke verkeer in Amsterdam. En ook niet aan het feit dat mensen niet voor een zebrapad stopten; dat had ze zelf ook nooit gedaan. Maar sinds ze terug was uit Ierland irriteerde het haar, al die mensen die haast hadden en alleen maar aan zichzelf dachten. Het leek wel of ze alles met andere ogen zag. Ze trapte hard door naar de Prins Hendrikkade. Kom op, Robin, het wordt vast leuk, die baan! Ze sprak zichzelf moed in. Ze moest toch ergens beginnen.

Als je een afspraak hebt, maak je een beeld van degene die je gaat ontmoeten in je hoofd. Dit keer had Robin het precies goed. De man voor haar was rond de zestig. Hij droeg een bruine broek van een eng materiaal, dat zeker weten ver bij vuur vandaan moest blijven. In zijn haar zat te veel Brylcreem. Of hij had het weken niet gewassen, dat kon ook.

'Vanwaar je interesse voor mineralen?'

Robin wiebelde heen en weer op een plastic stoel met een metalen onderstel. Zo een die ze ook hadden bij de drie-eurobioscoop, waar je vaak het einde van de film niet haalde omdat je billen het niet meer uithielden. 'Mijn interesse gaat meer uit naar het museumwezen.' Eerlijkheid duurt het langst, dacht ze. 'Natuurlijk vind ik het leuk om meer te weten te komen over mineralen en kristallen, maar het is niet een onderwerp waar ik in het verleden al meer kennis over heb opgedaan.'

'Wat? Heb je niet gelogen? Waarom niet in godsnaam!'

'Ik kan toch moeilijk gaan doen alsof mijn hart sneller gaat kloppen van kristallen? Ik viel bijna in slaap tijdens die rondleiding langs al die vitrines met stenen erin.'

'Het zijn geen stenen.'

'Voor mij wel. En die jongen die na mij kwam zag eruit alsof hij er echt iets mee had. Ik ga me niet meer in rare bochten wringen en iemand zijn die ik niet ben om een baan te krijgen. Voor mijn vorige baan had ik een heel essay geschreven over waarom ik zo gefascineerd was door grotematenmerken. Je weet hoe dat is afgelopen.' Ze pakte haar telefoon uit de zak van haar jasje en liep naar de keuken om limonade in te schenken terwijl ze opnam. Drie minuten later stond ze weer in de woonkamer. 'Dit geloof je niet! Ik ben aangenomen.'

'Wat!'

'Hij vond dat ik er jong en fris uitzag. Dat vond hij een goed visitekaartje voor het museum.' Ze keek haar zus met een vertwijfeld gezicht aan. 'Ik kan toch moeilijk weigeren? Het is crisis! En het is de eerste stap van mijn masterplan. Ik werk in een museum.' Weinig overtuigd hief ze haar glas in de lucht. 'Op mijn nieuwe baan!'

Roos schudde niet-begrijpend haar hoofd. 'Gefeliciteerd dan maar? Ik ga weer aan de slag, ik heb juist een thuiswerkdag genomen zodat ik niet constant word afgeleid.' Ze verdween in haar kamer.

Robin bleef alleen achter en ging met haar laptop opengeklapt aan de keukentafel zitten. In haar inbox vond ze alleen een e-mail van T-Mobile, die haar vertelde dat haar rekening online stond. Met een zucht klikte ze de e-mail weg en keek wat er die avond op de televisie kwam. Ze kon kiezen tussen keiharde actie en een romantische komedie. Nu al wist ze dat het de actie zou worden, ook al kon ze door gebrek aan interesse nooit een touw vastknopen aan dat soort plots. Nadat ze een tijdje naar haar scherm had gestaard, opende ze de website van het studentikoze reisbureau waar ze Connor had gevonden. Nieuwsgierig keek ze op het prikbord met banen. Ze scrolde omlaag tot ze alle zesendertig banen had bekeken, maar er stond geen nieuwe op van Connor. Misschien had hij weinig tijd. Of liet hij het zo. Dan zat zijn vader alleen. Sam was er nu wel, maar die zou ook niet eeuwig blijven. Dan was alleen Dahlia er, die hakkelend en stotend het nieuws van de dag met hem doornam. Iemand die spannende boeken las was er niet meer. Zij ging immers liever rondleidingen geven in het Museum van Mineralen, Kristallen en Edelstenen! Ze opende Word en begon te typen.

Gezocht: Iemand die in ons oude Ierse landhuis mijn vader, die helaas niet meer zelf kan lezen, wil voorlezen. Hij houdt van spannende boeken in het Nederlands. Als je kunt koken is dat helemaal mooi meegenomen, al zal hij nooit moeilijk doen als blijkt dat het niet je sterkste kant is. Het landhuis bevindt zich in een prachtige omgeving, vlak bij een dorp waar de gezelligste pub van Ierland staat. Ik beloof je dat je uiteindelijk nooit meer weg wilt!

Voor haar geestesoog zag ze een mooie vrouw de oprit van het landhuis op lopen. Snel schreef ze nog een zinnetje aan het begin.

Gezocht: Lieve, rijpe vrouw/man

Het idee dat iemand anders haar taak zou overnemen was moeilijk, maar ze gunde meneer McFarland een fijne voorlezer. Ze opende haar e-mail weer en zocht een oude mail van Connor op. Bij het zien van zijn e-mailadres groeide de steen in haar maag weer een paar centimeter. Het was nu drie weken geleden dat ze was vertrokken en hij was nog steeds niet verdwenen. Ze drukte op *reply* en kopieerde haar tekst in het lege veld. Zonder begeleidend briefje verstuurde ze de advertentie. Hij zou de hint wel begrijpen.

De multomap vol weetjes over mineralen die ze een paar dagen geleden had opgehaald, had ze meegenomen naar de Coffee Company die bij het museum op de hoek zat. Achter een enorme cappuccino begon ze erin te bladeren. Toen ze uitgebladerd was, had ze nog niet eens een kwart van de pagina's gehad. Met een ongelukkig gezicht keek ze naar de zwart-witfototjes van de doormidden gehakte stenen. Eronder stond een langdradig stuk over de correlatie tussen de structuur en de ouderdom. Halverwege de cappuccino liep ze naar het tijdschriftenrek om er een *Linda* uit te pakken. Tegen de tijd dat de kop leeg was, pakte ze de groene map er weer bij. Na nog een decafé-cappuccino en twee brownies en geen idee waar het hoofdstuk dat ze aan het lezen was over ging, gaf ze het op en fietste ze naar huis.

Binnen liet ze de zware map met een plof op tafel vallen en bleef er een tijdje naar kijken. Het ding was nu al een obstakel. Ze zuchtte en nam het stapeltje post dat op tafel lag door. Rekening, rekening, bankafschrift. En toen een mooie witte enveloppe. Met een buitenlandse zegel. Voordat ze hem opende wist ze al wat erin zou zitten. Snel keek ze of er een briefje bij zat. Iets persoonlijks. Er zat alleen een RSVP-kaart bij, met een geadresseerde enveloppe. En nu? Wat dacht hij wel? Dat ze zou komen? Dat ze zomaar op en neer zou vliegen voor een feestje, terwijl ze niet eens wist of hij minder afstandelijk zou doen? Ze pakte de RSVP-kaart en kruiste het rondje 'kan helaas niet aanwezig zijn' aan.

Ze pakte een papiertje uit de keukenla en schreef met een blauwe pen een briefje terug:

~~Beste~~ Connor,
Dank voor de persoonlijke uitnodiging. Ik kan er helaas niet op ingaan. Ik heb net een drukke baan aangenomen bij ~~het Museum van Mineralen, Kristallen en Edelstenen,~~

een bijzonder museum in Amsterdam.
~~Veel plezier~~,
~~Liefs~~
Vriendelijke groet,
Robin

Ze schreef het briefje over en stopte het erbij. Even wreef ze met haar hand over haar buik. Ze wist nu dat de steen die ze voelde een opaal moest zijn. Deze steen was namelijk verboden aan het hof van keizer Napoleon III omdat men geloofde dat hij ongeluk bracht. Dat was meteen ook het enige leuke weetje dat er in de groene map had gestaan.

30

Op sommige dagen moet je gewoon doorzetten. Verstand op nul en doorgaan. In het Museum van Mineralen, Kristallen en Edelstenen bleek iedere dag zo te zijn. Robin zat achter haar computer en klikte de algemene agenda aan. Morgen was er een Gemmologisch symposium in Roermond. God, wat interessant! Jammer dat ik daar niet heen mag! Haar ogen vlogen over de afgelopen dagen. Acht dagen was ze hier aan het werk. Het voelde als een maand. Minstens.

'Jonathan, wil je dat ik de rondleiding van vanmiddag op me neem?'

Haar baas klopte met zijn hand zijn broek af, die hij in vele tinten bruin bleek te bezitten, en knikte stuurs. Dat 'afstoffen' van zijn broek deed hij meerdere keren in het uur. Niet dat er iets op zijn broek zat, het was een gewoonte van hem en ze begon er langzamerhand zenuwachtig van te worden.

Had hij haar gehoord? Dat was altijd nog maar de vraag. 'Het wordt wel mijn eerste keer. Wil je misschien meelopen?'

'Nee, nee, nee, ga maar. Dat lukt je wel.' Zonder van zijn computerscherm weg te kijken haalde hij een bruine boterham met kaas uit zijn trommeltje en nam er een grote hap van.

Ze haalde haar schouders op en bekeek de e-mails van de voorzitster van de VMG (Vereniging van Modern Glas). Aan de toon van de berichten te horen keek ze er ontzettend naar uit. Er kwamen twaalf mensen, die waarschijnlijk allemaal meer verstand van het product hadden dan zij en zeker bergen meer interesse.

Geconcentreerd bestudeerde ze haar bureaublad voordat ze het mapje 'uitleg voor de bezoeker' opende. Er waren drie opties. Er was een grondige tour, met ellenlange teksten, waarbij ze zelf halverwege de inleiding al afhaakte. Of het werd een beknopte rondleiding, die aan de tekst te zien binnen tien minuten voorbij was (of het was de bedoeling dat ze deze tour naar eigen inzicht zou moeten aanvullen, wat voor lachwekkende situaties zou kunnen zorgen). De laatste keus was een tour met voor iedere vitrine een feitenstuk en een weetje. Net iets voor haar. Van kinds af aan was ze dol op weetjes. Die kon ze altijd makkelijk onthouden. Monter drukte ze op 'print'. Deze informatie kon ze mooi met een *latte macchiato* doornemen.

'Robin?' Ze zwaaide net haar jas over haar schouders toen Jonathan haar aansprak. 'Er is morgen een Gemmologisch symposium in Roermond. Heb jij belangstelling om daarheen te gaan? Met het oog op een beetje bijscholing?' Hij bleef haar aankijken terwijl zijn hand tevergeefs in de lege broodtrommel naast hem tastte.

'Ehm, even kijken wat ik voor morgen heb staan.' Met haar jas aan ging ze achter haar computer zitten en tikte razendsnel *gemmologisch* in op Wikipedia.

Gemmologie is de wetenschap die edelstenen en halfedelstenen bestudeert.

'Ehm, ik denk dat ik me eerst nog wat verder wil verdiepen in edelstenen voordat ik naar zoiets inhoudelijks ga. Ik wil wel graag beslagen ten ijs komen als ik namens dit museum aan een belangrijk symposium deelneem.' Verbaasd luisterde ze naar haar eigen woorden. Beslagen ten ijs komen? Blijkbaar veranderde met deze baan ook haar taalgebruik. Waarschijnlijk ging ze over niet al te lange tijd bruine polyester broeken kopen.

Jonathan knikte een paar keer, zonder haar aan te kijken. 'Begrijpelijk,' mompelde hij. 'Zeer begrijpelijk...'

In de Coffee Company was het licht en rook het naar verse muffins. In tegenstelling tot haar kantoor, waar het de hele dag leek te schemeren en waar het naar oude kranten rook. Met een kaneelrol en een koffie verkeerd ging ze aan de bar bij het raam zitten. Met frisse moed begon ze de rondleiding door te lezen. Dat was in ieder geval een leuke klus. Tot nu toe had ze alleen maar de stapels informatie op haar bureau uitgezocht en geprobeerd om het archiveringssysteem te begrijpen. Gretig beet ze in haar kaneelrol.

> ***Angel aura kwarts*** *zijn bergkristalpunten, -clusters en -stenen die behandeld worden met o.a. platina en zilver, waardoor het oppervlak een olieachtige glans krijgt en een regenboog aan kleuren gaat vertonen. Deze laag is permanent en kan er niet af gewassen worden.*

De kaneelrol was verrassend lekker. Deze tekst kon ze prima voorlezen als ze voor de vitrine stond. Ze hoefde alleen de weetjes uit haar hoofd te leren.

> ***Weetje: angel aura kwarts*** *verenigt de energie van bergkristal, platina en zilver in zich. Het resultaat is een heel zachte en lichte energie die een sereen, vredig en tevreden gevoel geeft. De steen heeft een sterke connectie met het engelenrijk en helpt je haar boodschappen te ontvangen.*

Van schrik slikte ze een te groot stuk van haar broodje door. Het enorme brok deeg bewoog zich moeizaam door haar keel naar beneden. Stond dit er echt? Was het de bedoeling dat ze die mensen deze onzin zou voorschotelen? Deed Jonathan dat ook? Enigszins verbaasd las ze de laatste zin nog een keer. Inwendig proestte ze het uit. Misschien moest ze de weetjes ook maar oplezen. Een zachte lichte energie? Het engelenrijk?

'Jonathan? Sorry dat ik je weer stoor, maar ik heb een rondleiding uitgeprint en daar staat bij de angel aura kwarts iets in over het engelenrijk? Ik vroeg me af in hoeverre ik het daarover moet hebben met de bezoekers vanmiddag.'

'Hoezo in hoeverre? Dat staat toch gewoon in de rondleiding?' Hij keek haar niet-begrijpend aan.

'Dus je wilt ook dat ik vertel dat citrien de zelfverwezenlijking stimuleert?'

'Ja? Dat is toch wat die steen doet?'

'Oké!' Robin probeerde haar stem zo normaal mogelijk te laten klinken en keek op de elektrische jarenzeventigklok boven de deur. Ze had nog een uur de tijd. Genoeg om voor de zekerheid een rondje door het museum te lopen en de juiste vitrines bij het verhaal te zoeken.

'De eerste steen die we vandaag zien is de agaat. Ik zal wat afstand nemen zodat u de steen kunt bekijken. In de tussentijd zal ik er wat meer over vertellen. Ik begin met het weetje, daarna zal ik ingaan op de compositie van de steen. De agaat is een aardende, stabiliserende en beschermende steen.' Praatte ze te hard? 'De steen bevordert innerlijke rust en een kalme en nuchtere houding.' Beter te hard dan te zacht toch? 'Hij stimuleert spirituele en geestelijke groei door aan te zetten tot zelfreflectie. Ook spoort de steen aan tot het nemen van afstand om op die manier alles objectiever te bekijken.'

Robin ademde diep in en durfde bijna niet op te kijken na deze informatie, maar ze deed het toch. Zo zelfverzekerd mogelijk gleden haar ogen over de gezondheidsschoenen van de vrouw voor haar, langs haar kobaltblauwe rok (of was het een broek? Een broekrok?), naar boven. Bij haar wijd zittende truitje aangekomen bleven haar ogen even steken, omdat er een leren ketting met een steen (geen idee welke) overheen hing. Daarna vervolgde ze haar weg naar haar gezicht.

Opgelucht concludeerde ze dat ze er niets anders op las dan oprechte interesse. Dat gaf haar moed. Ongelovig dwaalde haar blik over de twaalf vrouwen voor haar. Er was er niet een die een lach onderdrukte. Allemaal stonden ze bloedserieus te luisteren naar haar verhaal. De vrouw die zich het dichtst bij haar bevond, glimlachte haar zelfs bemoedigend toe. Het gaf haar een nieuwe stoot energie. Dit kon ze. Ze las de rest voor en probeerde ondertussen zo veel mogelijk oogcontact te zoeken met haar publiek. Als ze dit een paar maanden deed, zou ze het briefje misschien niet meer nodig hebben. Pff, de gedachte aan die komende maanden wond haar niet echt op, maar het hoorde allemaal bij haar masterplan.

Tegen het einde van de rondleiding hoorde ze Jonathan zijn keel schrapen. 'Ehm, dames, mag ik misschien even storen? Ik heb nog een zeer geïnteresseerd persoon buiten staan, die zich afvroeg of het mogelijk was de rest van de rondleiding bij te wonen. Dus als niemand daar bezwaar tegen heeft?' Hij klopte zijn broek af.

'Ik denk dat ik voor ons allemaal spreek als ik zeg dat die persoon van harte welkom is.' De vrouw met de blauwe rok, die duidelijk het opperhoofd was, keek om zich heen. De vrouwen die niet over de vitrine geleund stonden knikten instemmend.

'Nou, dat is dan goed nieuws.' Jonathan verdween in de hal en even later slenterde een man de ruimte in.

Eerst was ze in shock. Een paar seconden kon ze niets uitbrengen. Ze was bang dat haar hart haar lichaam uit zou bonken en de glazen deur uit zou rennen, de straat op. Ver weg van hem.

Connor knikte vriendelijk naar de vrouwen. 'Dames! Wat fijn dat ik het laatste stukje mag meelopen.' Hij lachte op zijn vriendelijkst naar de vrouw met de steen om haar nek. Samenzweerderig lachte ze terug. Alsof ze samen in het verzet zaten en ze hem te kennen wilde geven dat ze de verzetskranten zoals afgesproken onder haar enorme rok bewaarde. Ook de rest van de vrouwen leken allemaal zeer content met de plotselinge aanwezigheid van een knappe man die hun passie voor stenen deelde.

'Ehm, we gaan door naar de volgende vitrine.' Klonk haar stem bibberig? Een ogenblik speelde ze met de gedachte om de een na laatste vitrine over te slaan. Zou het iemand opvallen als ze er eentje niet behandelde? Zo snel mogelijk wilde ze dit achter de rug hebben. Helaas! De dames stonden al om de vitrine die ze wilde overslaan heen. Die konden natuurlijk zelf ook heel goed de nummers lezen!

'Oké...' Ze deed een poging de bibber uit haar keel te schrapen. Het blaadje in haar hand trilde licht. Nog twee vitrines te gaan. Wat deed hij hier? 'Ik begin weer met het weetje. Obsidiaan is een sterk inzicht ehm... gevende en... en reinigende steen en ehm... stimuleert persoonlijke... ontwikkeling door inzicht... en het opruimen van bagage uit het verleden.'

Ze las net als Dahlia!

'Het brengt de waarheid...' Zou het iemand zijn opgevallen dat ze dezelfde kleur had aangenomen als het bloedkoraal van een paar vitrines terug? '... de kern of oorzaak van dingen...' Waarom was ze zich ineens nog bewuster van de belachelijkheid van de informatie die ze verstrekte? '... Verdrongen en weggestopte ervaringen en emoties naar boven.' Concentreer je, Robin! 'De steen kan als een spiegel werken en helpt ontdekken wie men werkelijk is, maar kan ook de minder leuke kanten van de persoonlijkheid aan het licht brengen.' Ze schraapte zachtjes haar keel. Het lezen lukte in ieder geval weer.

Meteen na haar verhaal deed ze een grote stap in de richting van de laatste vitrine. 'Zo, en als laatste, de actinoliet! De actinoliet werkt zeer geleidelijk en kan dan ook het beste gedurende langere tijd gedragen worden als knuffelsteen.' Robin besloot niet meer op te kijken van haar briefje en zich er snel doorheen te slaan. 'Actinoliet stimuleert emotionele, spirituele en fysieke groeiprocessen. Het helpt je een eigen pad te volgen en een nieuwe richting in te slaan wanneer dat nodig is. De steen geeft je inzicht in je eigen kwaliteiten en mogelijkheden...' Gelukkig was Connor achteraan blijven staan. '... En helpt je het goede moment af te wachten om van koers te veranderen.'

Zo, als dit geen charmante binnenkomer was! Als hij nog niet tot over zijn oren verliefd op haar was, zou hij dat na dit realistische verhaal zeker zijn geworden! In gedachten las ze de laatste zin op haar A4'tje:

Zijn er nog vragen?

Nee! Natuurlijk ging ze dat niet hardop voorlezen! Stel je voor! Bij voorbaat had ze al geen antwoord! Nu was het inmiddels wel tijd geworden om op te kijken. Langzaam hief ze haar hoofd op. Eerst keek ze naar de vrouwen. 'Ik hoop dat u hebt genoten van deze rondleiding...'

Ze zag de geamuseerde blik die ze van hem kende. Zijn ene mondhoek was een beetje opgetrokken, zijn ogen stonden op iets wat tussen lachen en fascinatie in zat. Inmiddels beefde ze als een windhond. Zou hij het doorhebben? Hij knipoogde en bleef rustig staan wachten tot ze de groep vrouwen naar de uitgang had begeleid. Na een paar vage gesprekjes, die ze buiten zichzelf om voerde en waarin ze waarschijnlijk heel rare antwoorden gaf, sloot ze de deur achter de laatste vrouw. Connor kwam naar haar toe. Was dit loopje minder nonchalant dan anders?

'Kom ik gelegen?'

Nee, natuurlijk niet! Je komt binnenlopen terwijl ik het wereldrecord gênante ervaringen aan het verbreken ben! Wat denk je zelf? 'Ik ben aan het werk, maar ik heb wel even.'

'Je hebt hakken aan.'

Goddank had ze vanochtend haar best gedaan op haar outfit. 'Dat heb je goed gezien.'

'Dus dit is je nieuwe werkplek?' Hij keek naar de vitrines die werden verlicht door de tl-buizen aan het plafond.

Was dit een wedstrijd beleefde gesprekken of zo? 'Inderdaad.'

'Misschien was dit toch niet zo'n goed idee...'

Wat? O nee! Hij bedenkt zich nu dat hij voor niets is gekomen! Dat ik een stoffige vrouw ben die in de kracht van stenen gelooft!

'Misschien is het beter om vanavond samen te eten. Ik kan je dit niet in vijf minuten zeggen en dan weer de deur uit lopen.' Met twee handen wreef hij over zijn stoppelbaardje.

'Waarom ben je hier, Connor?' Haar stem klonk vaster dan daarvoor. Eindelijk vond ze een sprankje van zichzelf terug.

'Ik ben al jaren op zoek naar een steen die emotionele, spirituele en fysieke groeiprocessen stimuleert...' Hij begon te grijnzen.

Ze kon niet anders dan meegrijnzen. 'Ik zweer je dat ik deze rondleiding vanmiddag uit de computer heb gehaald! Ik heb er niets mee te maken.'

'Dat dacht ik al, tenminste, het was niet alsof je hem vol vuur voorlas of zo...'

Ze keek naar de twinkeling in zijn ogen. 'Je hebt mijn vraag nog niet beantwoord.'

'Ik ben gekomen...' Hij ging met zijn hand door zijn haar en dacht na. 'Jij bent net als die een na laatste steen.' Hij wees naar de vitrine. 'Hoe heette die ook alweer?'

Robin keek op haar briefje.

'Schaam je dat je daarvoor een spiekbrief nodig hebt.'

'Obsidiaan, ik was het even kwijt.'

'Helemaal niet, je was het al weer vergeten, want het boeit je niet.'

'Niet waar.'

'Ik was degene die goed was in liegen, weet je nog?'

'Als je gekomen bent om...'

'Nee, wat ik wilde zeggen is... Jij bent mijn obsidiaan. Je hebt mijn bagage uit het verleden opgeruimd en de waarheid naar boven gebracht...' Hij sloeg zijn armen over elkaar en tikte met zijn vingers tegen zijn bovenarm. 'Zo zei jij het toch net?' Hij beet op zijn lip om niet te lachen.

'Kun je alsjeblieft ophouden over die stomme stenen en gewoon zeggen wat je te zeggen hebt?'

'Dank je wel dat je naar mijn vader bent gegaan en dat je hem alles hebt verteld. Ik zie nu pas in dat ik dat zelf al veel eerder had moeten doen.'

'Waarom deed je dat dan niet?'

'Daar wil ik het graag rustig met je over hebben. Misschien moeten we na je werk afspreken?'

'Ik heb al plannen.' Een heel belangrijke afspraak met het programma *Love in the wild.*

'Morgen dan?'

'Dan heb ik een symposium in Roermond.'

'Robin, ik snap dat je me wilt straffen omdat ik zo kortaf tegen je ben geweest, maar ik ben hier om het uit te leggen en als je mij daar geen kans toe geeft...'

Ze keek hoe zijn vingers steeds sneller op zijn arm tikten.

'Verdorie, Rob, ik ben hier nu. Doe niet zo kinderachtig en praat gewoon met me.'

Ze zuchtte. Eén ding was zeker: ze kreeg niets meer gedaan als ze wist dat ze hem een paar uur later zou zien. Dus er zat niets anders op dan meteen maar met hem mee te gaan. 'Oké, ik zal Jonathan vertellen dat ik de middag vrij neem.' Terwijl ze wegliep wierp ze nog een blik over haar schouder. 'Niet stiekem stenen in je zak stoppen, hè!'

'Dank je.' Connor hield de buitendeur voor haar open. 'Wil je ergens heen of zullen we wandelen?' Ze trok haar donkerblauwe trenchcoat aan. Echt een museumjas, had Roos gezegd toen ze hem bij de Zara uit het rek had getrokken. Toen had ze nog gedacht dat ze er netjes uit moest zien voor dit werk.

'Wandelen, daar hou jij toch van? Misschien kunnen we naar dat groene gebouw daar lopen.' Hij wees naar de overkant van het water.

'Het Nemo, ja, dat is goed.' Ze keek opzij. Het was raar dat hij hier was. In haar wereld. 'Dus je hebt het bijgelegd met je vader?'

'Nou ja, het gaat wat beter tussen ons.' Bij het oversteken van de straat, pakte hij haar arm vast. Robin trok zich los.

'Waarom heb je me niet gebeld in plaats van zomaar op te duiken?'

'Omdat je de uitnodiging terugstuurde. Ik wist echt wel dat ik met wat beters moest komen dan een telefoontje.' Hij keek haar vanuit zijn ooghoeken aan, zijn gezicht nauwelijks gedraaid.

Die blik. Ze moest haar hoofd erbij houden. Als het zo makkelijk was zou er al eerder iets gebeurd zijn tussen hen. Ze keek naar het VOC-schip dat voor het Scheepvaartmuseum lag. Dit was haar thuis. De plek waar ze alles op orde probeerde te krijgen. Waarom was de opaal in haar buik de afgelopen weken niet geslonken? Er was nauwelijks plaats in haar maag geweest voor eten en te weinig ruimte in haar middenrif om diep adem te halen. Connor keek ook naar het schip. Een tijdje liepen ze zwijgend naast elkaar. Toen ze bij een bankje aan het water kwamen, gingen ze zitten.

'Het spijt me dat het zo is gelopen.'

Stilte.

'Wat spijt je precies?'

'Dat ik je niet heb verteld over Greg en Daisy. Dat je er zelf achter moest komen. Daisy was mijn eerste vriendinnetje. En meer dan dat. Ik kende haar al mijn hele leven. Ze was als een zus voor me. Ik wilde niet dat iemand negatief over haar zou denken.'

'Dus ben je maar gewoon weggegaan? Daar los je toch niets mee op? Stel je voor dat de baby wel van jou was geweest? Dat wist je toch niet op dat moment? Het blijft slap van je, Connor.' Ze trok haar been op en vouwde haar armen eromheen. 'Je zwangere vriendin in de steek laten is echt erg. Afschuwelijk. Ook al ben je achttien!' Ze duwde haar been tegen haar buik.

'Het was mijn baby niet. Denk je nu echt dat ik dat niet wist?'

'Natuurlijk wist je dat niet!' Ze trok haar jas uit en hing hem over de houten leuning naast haar.

'En of ik dat wist! Denk je dat ik een vrouw aan haar lot overlaat als er een kans is dat ze mijn baby draagt?' Ongelovig keek hij haar aan. 'Wat denk je wel niet! Jezus! Alsof ik een of andere onverantwoordelijke hufter ben. Heb je dat de hele tijd gedacht? Dat ik rustig mijn leven leidde terwijl er mogelijk een zoon van mij vijftig kilometer verderop woonde?'

'Ja, alles wees erop dat dat zo was. Wat dacht jij dan?'

'Dat je beter zou weten. Dat je meer mensenkennis had!'

'Hoe kon je dan honderd procent zeker weten dat het kind niet van jou was? Dat weet je toch nooit?'

'Ik wel.'

'Heb je een DNA-test gedaan dan?'

'Dat was niet nodig.' Hij sloeg zijn armen over elkaar en hield ze stevig voor zijn borst geklemd.

'Je had zeker een sterk onderbuikgevoel...'

'We hadden geen seks.'

'Wat!'

'We waren blijkbaar meer broer en zus dan iets anders. Zij wilde het kind graag samen grootbrengen, maar dat wilde ik niet, omdat het niet van mij was.'

'Wist je dat Greg de vader was?'

'Nee, natuurlijk niet. Dan had ik hem veertien jaar geleden beslist het ziekenhuis in geslagen. Mijn vader vertelde het me toen jij weg was. Ik was er destijds kapot van dat ze met een ander was geweest. Voor mijn gevoel had ze ons verbond verbroken. Dat broer-en-zusgedoe begreep ik pas toen ik echt verliefd werd op iemand anders. Greg koos haar kant en vertelde mij dat ze bij hem kwam wonen. Als ik niet voor haar wilde zorgen, zou hij het wel doen. De roddel dat het mijn kind was ging natuurlijk meteen door het dorp.'

'Waarom heb je die niet ontkracht?'

'Omdat ik Daisy niet in een rottige situatie wilde brengen. Ik kon gewoon naar Dublin gaan en Granmoore achter me laten, maar zij moest daar een kind krijgen. Het is een klein dorp waar veel wordt gepraat. Daisy werd na mijn vertrek door iedereen in de watten gelegd, omdat zij het arme schaap was. Het gevoel dat ik haar goed achterliet was me veel waard. Toen overzag ik niet dat ik ooit terug zou komen om voor mijn vader te zorgen.'

'En Greg?'

'Greg was mijn beste vriend. Dat hij het voor Daisy opnam was nog het pijnlijkste van alles. Hij nam gewoon van de een op de andere dag mijn vriendin over. Heel lang heb ik me schuldig gevoeld, omdat hij wel voor een kind wilde zorgen dat niet van hem was en een toekomst in Granmoore zag met haar en ik niet, maar ik vond hem vooral een vuile verrader!' Ineens moest hij lachen.

'Er valt hier echt niets te lachen. Het is een afschuwelijk verhaal. Waarom doet Greg de hele tijd alsof zijn zoon niet van hem is? Dat is toch raar?'

'Omdat iedereen hem nu als de reddende engel ziet. Hij is de held die Daisy en haar baby heeft opgevangen nadat ik haar had verlaten. Hij is niet voor niets vijf dorpen verder weg gaan wonen. In Droughby kent niemand dat verhaal en neemt iedereen gewoon aan dat het zijn kind is. Dat is wel zo rustig voor hem. Stel dat hij in Granmoore was blijven wonen en mensen waren erachter gekomen, zoals jij? Dan zou hij met de nek aangekeken worden.'

'Net als jij nu!'

'Dat valt wel mee. Alleen die oude dametjes in de supermarkt...'

'Wil je geen gerechtigheid? Het is toch oneerlijk als mensen je iets nadragen wat je niet hebt gedaan? Dat je daarmee kunt leven!'

'Als ik terugkom zal ik een advertentie zetten in de *Granmoore Post*.' Hij ging met zijn vinger heen en weer over de nerven van de houten bank. 'Weet je, het is inmiddels zo lang geleden... Gerechtigheid is echt het laatste wat ik nog belangrijk vind.'

'En je vader?'

'Moeten we niet eerst ergens koffie halen?'

'Nee, ik wil alles horen.'

'Dan lopen we alvast die kant op.' Hij gebaarde naar het groene gebouw voor hen.

'Eerst over je vader vertellen...'

'Dat verhaal spreekt toch voor zich?' Hij stond op en gaf haar een hand om haar overeind te trekken. 'Kom.'

Toen ze eenmaal stond, had hij haar hand nog steeds vast. Met een rukje trok ze hem los.

Connor grinnikte.

'Vertel dan.'

'Mijn vader heeft altijd aangenomen dat het mijn kind was. Hij vond mij een slappeling, omdat ik niet voor Daisy en het kind koos maar voor mezelf. Ik was zo teleurgesteld dat hij zomaar aannam dat ik mijn kind achterliet... Dat hij mij niet goed genoeg kende om beter te weten... Ik was zo gekwetst dat ik hem nooit de waarheid heb willen vertellen. Het is uiteindelijk uit de hand gelopen. We zijn gestopt met praten en we konden ons allebei moeilijk over onze trots heen zetten.'

'Je kunt er toch niet van uitgaan dat iedereen zomaar in jouw goede "ik" gelooft? Dat iedereen weet dat jij zoiets nooit zou doen?'

'Kom op, Robin, je eigen vader? Die moet toch beter weten. Hij heeft ervoor gezorgd dat we van elkaar vervreemdden!'

'Daar hebben jullie samen voor gezorgd.'

'Fijn dat je aan mijn kant staat.' Hij gaf haar een zetje in de richting van het water.

Ze duwde hem veel harder terug. 'Even serieus nu. Dit is een belangrijk gesprek. En je moeder?'

'Mijn moeder heeft het altijd voor me opgenomen. Tenminste dat zegt mijn vader nu, achteraf. Mijn moeder en John. Dat waren de enigen die wisten dat ik een meisje dat zwanger van mij was niet in de steek zou laten.'

'John is al zijn halve leven barman. Die zít erop!'

'Waarop?'

'Mensenkennis!'

'Wat?'

'Dat is een uitdrukking.' Ze keek hoe hij enigszins gefrustreerd met zijn handen door zijn haar kamde. 'Laat maar, dat boekje met spreekwoorden en gezegdes krijg je nog steeds.'

'Met kerst?' Zijn stem klonk hoopvol.

'Ik snap nu wel beter waarom je zo boos was dat ik met Greg

had gezoend.' Meteen zag ze zijn ogen samenknijpen. Ze namen de kleur aan van het Amsterdamse water naast hen.

'Het was sowieso niet de bedoeling dat je met iemand anders zou zoenen dan met mij.'

'Maar jij kuste mij niet!'

'Was dat een reden om je meteen door een of andere sukkel te laten betasten? Omdat ik er wel de tijd voor nam om je eerst fatsoenlijk te versieren?'

'Nou ja! Het was een rare avond. Het was een misverstand!'

'Laten we het daar alsjeblieft bij laten, voordat ik pislink word.'

'Hoe kom je nou bij het woord "pislink"? Je weet niet eens wat twee vliegen in één klap is! Pislink?'

'Ik ben mijn Nederlands aan het oefenen!'

'Waar leer je zo'n woord dan?'

'Op internet.'

'Vast op een ordinaire site.' Ze moest lachen. 'Waarom oefen je?'

'Omdat ik het leuk vind. Nederland zit in mijn *roots*.'

'Kom een tijdje bij mij wonen dan.' Het was eruit voordat ze er erg in had. Wat moest hij wel denken! Ze vroeg hem om naar Nederland te verhuizen. Voor haar! Alsof ze zijn sloffen alvast bij de voordeur had gezet!

Connor bleef staan en keek naar twee duiven die op de rand van de kade zaten. De ene duif stak zijn vleugels uit en maakte zich groot. De andere liep er keurend omheen. 'Ik zou het morgen doen. Als het kon. Maar ik kan mijn vader niet achterlaten. Mijn paarden kan ik verkopen. Ik kan iemand aannemen om het landgoed te runnen, maar ik kan hem niet aan zijn lot over laten. Dat kon ik niet toen we slecht met elkaar overweg konden en nu het beter gaat al helemaal niet. Ik kan wel heel vaak langskomen en skypen, maar ik kan nog niet in Nederland komen wonen. Ik snap dat je het niet ziet zitten om in een Iers gehucht te wonen in een koud, tochtig huis. Maar als er iets is waarmee ik je kan overhalen om terug te komen...'

Robin was er stil van. Ze keek naar het kabbelende, bruine, troebele water naast haar. 'Ooit in een gracht gezwommen?'

Met samengeknepen ogen keek hij haar aan. Toen trok hij zijn shirt uit.

'Gadver Connor, dat was een grapje.'

Daar gingen zijn schoenen.

'Ik maak altijd stomme grapjes als ik nerveus word! Misschien is het hier wel heel ondiep!'

Zijn broek lag ook op de kinderkopjes langs het water.

'Het is echt niet zo dat ik terugkom als jij in dat smerige water springt! Daar is echt meer voor nodig, Connor McFarland.' Ze giechelde toen hij een aanloop nam. Hij zweefde door de lucht en belandde vervolgens tussen twee woonboten in het water. Een moment lang was hij verdwenen. Toen kwam hij proestend boven. Hij schudde een paar keer met zijn hoofd heen en weer om het natte haar uit zijn gezicht te halen. Daarna stak hij zijn armen in de lucht. 'Kom terug naar Granmoore. Ik weet dat het misschien niet helemaal is wat je in gedachten had, maar ik zal er alles aan doen om je gelukkig te maken. De lucht is er in ieder geval schoner dan hier en het water ook!' Snel zwom hij naar de dichtstbijzijnde woonboot en beklom het trappetje. Over de boot heen klom hij terug naar de kade, waar hij druipend voor haar bleef staan. 'Wat zeg je ervan?'

'Waarvan precies? Of ik weer kom voorlezen?' Ze grijnsde.

'Nee, ik wil dat je van mij bent. Dat we het samen proberen... dat je het een kans geeft. Alles is minder leuk zonder jou. Ik dacht dat ik er wel overheen zou komen, maar dat gebeurt niet. Ik wil dat je bij me bent. Niet dat je meteen bij mij hoeft in te trekken, je mag ergens anders wonen. Zelfs hier in Amsterdam, als er maar wat is tussen ons. Verdorie Robin, je weet precies wat ik wil, zit het niet zo te rekken.'

'Je ging me toch fatsoenlijk versieren?'

'Ik heb me toch bedacht.' Hij deed een stap naar voren, sloeg zijn armen om haar heen en drukte zijn lippen op die van haar. Robin voelde zijn natte, warme lijf door haar T-shirt heen. Haar hart ging in haar ribbenkast tekeer als iemand op een danceparty met xtc op. Het verraadde haar meedogenloos.

Vaag op de achtergrond hoorde ze iemand naar hen fluiten. Nog geen tien seconden later riep een voorbijganger 'Sexy hoor!'

Robin maakte zich van hem los en keek Connor aan. Ademloos.

'Lekkere billen!' schreeuwde een jongetje op de fiets.

'Trouwens, je onderbroek schijnt nogal door,' hijgde ze.

'Niet!'

'Echt heel erg. Je staat hier eigenlijk praktisch in je blote kont.'

Hij grinnikte. 'Ik doe pas weer mijn kleren aan als je ja zegt...'

'Tegen die tijd is je onderbroek vanzelf al opgedroogd...'

Zijn gezicht werd serieus. 'Het moment dat je met die veel te grote tas terug naar de bushalte liep, ben ik verliefd op je geworden. Ik weet niet hoe het bij jou zit, maar ik moet de hele dag aan je denken. Alleen als ik aan het opereren ben, denk ik aan iets anders. Dat probeerde ik dus zo veel mogelijk te doen de afgelopen tijd. Ik zet mijn naam achter alle geplande operaties in de praktijk. Dus om mijn leven weer gewoon op te kunnen pakken, heb ik een antwoord nodig. Dan kan ik je vergeten, of gewoon met je doen wat ik in gedachten heb.'

Robin wenste dat die stomme grijns van haar gezicht verdween.

'En dat is heus niet alleen seks.'

'Mmm... vast niet.' Ze negeerden een man die suggestief naar Connor floot.

'Jezus Robin, zeg gewoon dat je het met mij wilt proberen.

Dat je voorlopig van mij bent. Daar maak je mij de gelukkigste man van de wereld mee en mijn collega's ook, want die willen ook wel weer eens een operatie doen.'

'Oké, Connor McFarland. Voorlopig ben ik van jou. Voorlopig.'

'Van dat voorlopig maak ik eeuwig, wacht maar af.' Hij deed een stap naar voren om haar te kussen.

'Eerst die broek aan!'

31

Stad en land had ze afgezocht naar het perfecte masker en uiteindelijk had ze hem, samen met een paar lange zwarte handschoenen, in een klein tweedehandswinkeltje in de Negen Straatjes gevonden. Met haar vingers aaide ze over het zwarte satijn met de zilveren glitters. Daarna zette ze het op en keek ze een tijdje geïntrigeerd naar haar eigen spiegelbeeld. Het voelde alsof ze weer zeven was en de bruidsjurk van oma aanhad met een gek hoedje.

'Robin?' Sam stond helemaal opgemaakt, met alleen een loeistrak correctiejurkje aan, in de deuropening. 'Jeetje, jij zou altijd in zo'n jurk moeten lopen.' Vol bewondering bekeek Sam haar vriendin via de spiegel. 'Die jurk valt perfect. Alleen jij kan zo'n jurk aan zonder er ordinair uit te zien.' Jaloers keek Sam naar de open rug van de zwarte glitterjurk, die een inkeping had tot vlak boven Robins billen.

'Sam, kun jij nog wel ademhalen in dat ding?' Vol afschuw keek Robin naar de huidkleurige koker waarin Sam zich had gewurmd.

'Ik kan nog net ademen, alleen dat ding ademt zelf voor geen meter. 92 procent polyamide! Ik heb nu al klotsende oksels.'

'Doe uit, rare gek! Het ziet er benauwd uit. Straks val je nog flauw op de dansvloer. En voor wie? John heeft je al vaak genoeg zonder gezien en dat bevalt hem prima volgens mij...' Robin zette haar masker af en wreef met haar hand over haar voorhoofd. De zwarte veertjes waarmee het masker was afgezet kriebelden enorm.

Sam ging naast Robin voor de spiegel staan.

'Het is sowieso belachelijk. Stel je voor dat John zich voor jou in een huidkleurige dwangbuis opsluit? Daar wordt hij toch niet knapper van? Je wilt toch dat hij tevreden is met wie hij is en hoe hij eruitziet, dat is toch veel aantrekkelijker?'

'Daar heb je een punt. Ik ben om. Weg met dat ding. Ik had er waarschijnlijk toch niet het einde van het feest mee gehaald. De kans is groot dat ik tijdens mijn eerste pasjes op de dansvloer in ademnood was gekomen en was bezweken. Ik denk alleen niet dat ik het nu nog uit krijg.' Sam sjorde aan de bovenkant van het huidkleurige geval, zonder resultaat.

'Kom, ik help je.' Robin begon het strakke ding van Sams lijf te pellen.

'Hoe heb je je haar zo gekregen?' Sam keek bewonderend naar het haar van Robin.

'Mooi hè!' Roos kwam binnen lopen vanuit de badkamer. 'Ik heb er een uur over gedaan om het zo op te steken. Als je nu nog geen seks hebt vannacht...'

'Wat?' Sam keek ongelovig via de spiegel naar Roos, die de rits van haar lichtgroene jurk probeerde dicht te doen. 'Is ze nog niet met hem van bil geweest?'

Robin stond nog steeds aan het polyamide geval van Sam te trekken. 'Van bil? Je bedoelt of ik al de liefde met hem heb bedreven?'

'Ben je nu serieus? Ben je aan het wachten?' Sam keek haar ongelovig aan.

'Wat is daar mis mee? Ik heb een weddenschap...'

'Waaraan je je van mij echt niet meer hoeft te houden!' Roos liep naar Sam toe en pakte met twee handen de onderjurk vast.

'Ik tel tot drie en dan trekken we samen. Een, twee... drie!'

De correctiejurk maakte een slurpend geluid en lag daarna op Sams voeten. 'Daar ben ik weer! Wat een bevrijding!'

Roos staarde naar het lichaam van Sam. 'Je hebt dat ding echt niet nodig.'

'Ik hecht er waarde aan!' ging Robin verder. Het is ook een weddenschap die ik met mezelf ben aangegaan. Het is belangrijk voor mij om voet bij stuk te houden.'

Roos ging met haar rug naar haar zus staan en hield haar haar omhoog. 'Arme Connor! Die man is dag en nacht bezig om alles voor dit feest in orde te krijgen. Vanavond valt die last eindelijk van zijn schouders, heeft zijn vriendin de mooiste jurk aan die je je maar kunt voorstellen en dan moet hij zijn handen thuishouden...'

Robin ritste abrupt het laatste stukje van haar zus' groene jurk dicht. 'Nou ja! Er is meer in het leven dan seks! Wat is er mis mee om een paar weken te wachten? En Roos, daar bedoel ik verder niets mee. Ik heb echt wel gezien dat jij net een condoom in dat groene tasje stopte en ik vind het fijn dat jij wat losser bent geworden op dat vlak.' Ze knipoogde naar haar zus, die haar gezicht afwendde en een mascara uit haar krappe tasje peuterde.

'Dit is de omgekeerde wereld. Ik moet er nog aan wennen.' Roos duwde Robin voor de spiegel weg en begon geconcentreerd mascara aan te brengen. 'Wat een afschuwelijk lawaai maakt die deurbel!'

Sam gooide haar knalrode zijden jurk op bed. 'Dat is Joyce! Die komt de reservesleutel van de winkel halen!'

Robin wierp haar een badjas toe, die ze snel aandeed voordat ze met veel kabaal naar beneden rende.

Roos pakte een doosje oogschaduw en bracht een flinke hoeveelheid aan. 'Slaap je vannacht hier of bij Connor?'

'Bij Connor.'

'Haha.'

'Wat?'

'De manier waarop je zijn naam zegt! Dat jij nog eens zo verliefd zou worden! Mijn zusje, de mannenverslindster!'

'Niet normaal hè?' Sam kwam weer binnen. 'Moet je ze de hele tijd schaapachtig naar elkaar zien lachen! Dat doen ze al vanaf het begin. En dan doen alsof er niets aan de hand is!'

'Heb je Joyce innig geknuffeld?' veranderde Robin van onderwerp. Met haar handen streek ze haar jurk glad voor ze op de oude bureaustoel van Sam ging zitten.

'Ja, ik heb vooral lekker met mijn handen door haar sluike haar gewoeld. Net zo lang tot die kaarsrechte scheiding helemaal rommelig was!'

'Knap hoor, dat je je over al die irritaties heen hebt gezet.' Robin draaide heen en weer op de bureaustoel.

'Ze is zo in de wolken met die winkel. Er staat nu de hele dag panfluitmuziek op. Achteraf ben ik zo blij dat ik hem aan haar heb verkocht. Natuurlijk krijg ik spontaan de kriebels als ik haar zie, maar als je iemand zo intens gelukkig kunt maken en je doet het niet, wat ben je dan voor mens?'

'Panfluitmuziek?' Robin keek getergd naar Sam.

'Ja, het is net of je een Balinese spa binnenstapt.'

'Zeg, die panty kan echt niet, veel te licht,' zei Sam. 'Ik kijk wel of–'

'Doe ik wel, trek jij je jurk nu maar aan, anders komen we te laat.' Robin liep naar de sokkenla van Sam en begon er panty's uit te halen. Na een tijdje gooide ze er een naar Roos. 'Wat is dit?' Robin haalde een doorzichtig siliconending uit de la.

'Kipfilets, daar kun je je borsten mee omhoog duwen. Nooit van gehoord?' Sam trok haar rode pumps aan en bekeek het geheel in de spiegel.

'Die heb jij toch niet nodig?' Robin kneedde de flexibele vormpjes in haar handen.

'Niet meer nee. Vroeger deed ik ze in als ik uitging. Maar nu kun jij ze rustig als antistressbal gebruiken.'

'Ik wil ze wel lenen vanavond. Mag dat?' Roos keek Sam vragend aan.

'Tuurlijk, als je dat niet vies vindt?'

'Nee hoor.' Roos ving de kipfilets op die Robin met een boogje naar haar toe gooide en propte ze onder in haar bh. 'Jeetje.'

'Inderdaad, Roos! Jeetje!' Robin bekeek het ineens zeer behoorlijke decolleté van haar zus en ging weer op de stoel zitten.

'Dit lijkt mij nu een geweldig experiment voor vanavond.' Roos keek tevreden naar haar boezem.

'Misschien moet je wat meer van die glimmende pakketjes in je tas doen.' Robin stak haar voeten in de lucht en zette zich met haar handen af tegen het bureau. De bureaustoel draaide een rondje. Halverwege stootte ze met een klap de prullenbak om.

'Pas nou op. Straks blijft je jurk nog ergens achter haken!' Roos' stem klonk moederlijk. Vroeger zou het Robin geïrriteerd hebben, nu kon ze erom glimlachen. Ze keek toe hoe haar zus nog meer condooms in haar piepkleine tasje propte.

'Het is tijd om te gaan, volgens mij.' Sam klikte haar laatste oorbel vast en stond op.

Robin zat op de achterbank van Johns auto. Met haar vingers streek ze ongeduldig over de veertjes van het masker op haar schoot. Haar gedachten gingen terug naar haar nacht met Connor. Met haar hoofd op zijn borst was ze in slaap gevallen. Om daarna weer wakker te worden en zich te realiseren dat hij bij haar lag. Dat besef had gevoeld alsof ze een heel Chinees vuurwerkpakket had ingeslikt.

Ze vroeg zich af hoe het zou zijn om hem weer te zien. Het kon een tegenvaller zijn. Tijdens hun laatste telefoongesprek had hij gejaagd geklonken, gestrest bijna. Hij had erop gestaan om hen van het vliegveld te halen, maar na een korte discussie waarin ze hem duidelijk had gemaakt dat hij echt wel iets belangrijkers te doen had, had ze Sam gebeld.

'Fijn dat we hier blijven slapen.' John parkeerde zijn auto op het uit de grond gestampte parkeerterreintje en legde zijn hand op Sams blote been. 'Dan kunnen we tenminste uitgebreid genieten van de champagnefontein.'

Met z'n vieren liepen ze de lange oprijlaan op. Toen Robin de met fakkels verlichte weg naar het landhuis zag, voelde het als thuiskomen. Ze kon niet wachten om meneer McFarland te zien. Wat zou hij van Connor en haar vinden? Roos pakte haar arm vast.

'Zenuwachtig om je nieuwe schoonvader te zien?'

Wat kende ze haar toch irritant goed.

Sam haakte aan de andere kant van haar aan. 'En Connor? Stel dat hij je ineens niet meer leuk vindt? Dat hij je jurk veel te bloot vindt en ter plekke besluit het uit te maken!' Haar stem klonk plagerig.

'Ga jij maar snel terug naar je man, voordat hij een of ander maagdelijk meisje in haar nek bijt!' Sam draaide zich lachend om naar John, die een graaf Draculacape droeg en zijn gezicht wit had gemaakt. Hij lachte vervaarlijk naar de vrouwen voor hem, waarbij zijn plastic gebitje, inclusief puntige hoektanden, oplichtte.

'Nu moeten onze maskers op!' Roos stond aan het begin van de lange rode loper die naar de voordeur leidde. Ze haalde een groen kattenmasker uit haar tas, dat ze bij de feestwinkel had gekocht, en begon spontaan te miauwen. Waarop John haar in de houdgreep nam en in haar nek beet.

'Nu zit mijn hele nek onder de schmink!' Roos wreef met haar hand haar nek schoon.

Robin en Sam lachten er alleen maar om en zetten ook hun

masker op. Bij de voordeur stond een streng kijkende vrouw in een zeventiende-eeuws kostuum.

'Goedenavond, mag ik jullie uitnodiging zien?'

Sam haalde een witte kaart uit haar tas. Met een pen die eruitzag als een ganzenveer streepte de vrouw een regel af op de lijst in haar hand.

'En die van jullie?' Ze keek vragend naar Roos en Robin.

'Ehm, ik ken... ik ben een vriendin van... ik bedoel...' Robin keek ongemakkelijk naar Roos, die zich kostelijk amuseerde om de nieuwe kant van haar zus die tevoorschijn gekomen was.

De vrouw keek haar streng aan en wierp daarna ongeduldig een blik langs haar heen, naar de mensen die achter hen stonden te wachten.

'Ik ken Connor,' besloot Robin.

De vrouw haalde haar schouders op en keek haar onbewogen aan. 'Als je niet op de lijst staat, kan ik helaas niets voor je doen...'

'Ze is mijn vriendin.' Connor stond ineens naast haar. 'Ze moet alleen nog oefenen om het hardop te zeggen.'

De vrouw bloosde. 'Mijn excuses.' Robin glimlachte gegeneerd en liep door.

'Je ziet er prachtig uit.'

'Hoe weet je dat nou als je zo dicht bij me staat?'

'Ik heb je de hele oprijlaan af zien lopen, vanuit het raam boven.'

Ze glimlachte en keek naar zijn smoking. 'Waar is je masker?'

'Ik ben de gastheer, als ik een masker op doe herkent niemand me.'

'Des te beter, lijkt mij.'

'Blijf slapen vannacht.' Hij drukte zijn lippen tegen haar slaap. 'Ik vrees dat je vanavond niet al te veel aan me hebt.' Hij had het nog niet uitgesproken of hij werd hartelijk op zijn schouder geklopt door een lange dunne man met een wit spook-van-de opera-masker.

Robin trok haar zwarte jasje uit en liep naar de garderobe, waar een vrouw in pak met een hoge hoed op hem aannam. Verbaasd keek ze naar de metamorfose die de entree had ondergaan. Aan het plafond hingen grote ronde kandelaars met brandende kaarsen. Het gedempte licht gaf het huis een sprookjesachtige sfeer. Op haar gemak alle details in zich opnemend, liep ze naar het hoekje waar de anderen stonden. Nog voordat ze was aangekomen voelde ze een warme hand op haar rug. 'Nu ik je jurk helemaal heb gezien, geloof ik toch dat ik de hele avond bij je blijf.' Zijn hand gleed naar beneden.

'Hey Connor.' Roos zoende hem op zijn wangen.

'Fijn dat er ook mensen zijn die ik herken zonder dat ik hun foto heb moeten onthouden.' Hij omhelsde John kort en sloeg hem op zijn schouder. Vervolgens boog hij voorover om Sam een snelle kus te geven.

'Dit verplichte nummertje onderhoudt anders wel je landgoed.' John sloeg zijn arm om Sam heen. 'En het geeft ons de gelegenheid het feest van het jaar mee te maken. En dat vindt niet hier in de garderobe plaats.' John sloeg met een zwaai zijn ene arm om de schouders van Sam en de andere om die van Roos. 'Gaan jullie mee, dames?'

Robin hoorde het opgewonden geroezemoes in de grote hal, dat licht overstemd werd door de muziek. Met haar ogen seinde ze naar Connor of hij mee naar binnen ging. Hij pakte haar hand, maar werd toen aangeklampt door een vrouw in een zwart pak. 'Er zijn wat problemen met het opbouwen van de champagnefontein.'

Hij liet haar hand los. 'Is Grace er niet?'

'Die is ruzie aan het maken met de cateraar over de zalmhapjes die ze niet hebben meegebracht.'

'Ik kom eraan.' Zuchtend deed hij een stap naar Robin toe en pakte met twee handen haar gezicht vast. 'Ik moet gaan.'

Eerst voelde ze zijn driedagenbaardje op haar huid en daarna zijn lippen. Toen zijn tong over de bovenkant van haar lip streek, vroeg ze zich af hoe ze zich in godsnaam aan haar weddenschap ging houden. 'Ik ben vanavond een afschuwelijke date, maar ik beloof je dat ik het vannacht goedmaak. Na vijven.'

'Na vijven? Dat is nog erger dan een *bootie call*!'

'Je schijnt de hele tijd te vergeten dat je voorlopig mijn vriendin bent. Het is dus de normaalste zaak van de wereld dat je in mijn bed ligt.'

Ze keek hem met samengeknepen ogen aan. 'Dat vind je fijn hè, om te zeggen.'

'Ja, vooral als ik dan die angst in jouw ogen zie!' Hij gaf haar een kusje en liep weg.

Robin keek hem na en vroeg zich af of er ooit een dag zou komen dat ze het niet meer zo warm van hem zou krijgen. Dat ze gewoon zou functioneren als hij naast haar stond. Dat haar zenuwstelsel niet spontaan aan alle kanten kortsluiting maakte als hij haar kuste. Die dag kwam vast. Dan zou ze gewoon van hem houden. Van de manier waarop hij als een klein kind zijn armen over elkaar sloeg als hij het ergens niet mee eens was, van de manier waarop hij tegen zijn paarden praatte als ze onrustig waren en van de manier waarop zijn rechter mondhoek trok als hij lachte.

Of ging ze zich aan al die eigenschappen juist ontzettend ergeren? Vanzelfsprekend had hij ook vervelende kanten. Daar kon ze op wachten. Misschien kwam ze er binnenkort wel achter dat hij drie dagen achter elkaar dezelfde onderbroek aan hield, zijn teennagels nooit knipte en heel slecht in bed was. Dat ze na weken wachten eindelijk seks met hem had en dat hij dan als een molenpaard in haar oor hijgde, keihard in haar borsten kneep en rare dingen riep terwijl hij binnen een minuut klaarkwam. Ze realiseerde zich dat ze het niet eens erg zou vinden. Niet van hem. Hij mocht het allemaal doen. De gedachte verbaasde haar. Dit was dus liefde. Zo voelde dat.

'Ik was je kwijt! Ga je mee naar binnen? Er is een heel leuk bandje.' Roos trok haar mee de grote hal in. Vol bewondering keek Robin naar de perfect verlichte hal. Net donker genoeg. Naast de kandelaars vol brandende kaarsen, was er op het plafond een sterrenhemel geprojecteerd. Met haar hoofd in haar nek stond ze er een tijdje naar te kijken.

'Magisch hè.' Roos stond vlak naast haar. Robin knikte en liet haar blik naar de hoek van de hal glijden, waar een klein orkest stond te spelen. Ervoor stond een grote vrouw, in een gouden jurk die minstens zo strak was als de correctiejurk van Sam eerder die avond, met zwoele stem te zingen.

Roos haakte haar arm in de hare. 'Wat een fijne plek is dit,' zuchtte ze.

Robin kneep bevestigend in haar arm, terwijl ze naar de mensen in gekleurde outfits keek die geanimeerd op de brede trappen stonden te praten. Obers in ouderwetse lakeikostuums en witte langharige pruiken liepen rond met champagne. Op de overloop stond Connor bij zijn vader, die in een stoel naast de balustrade zat, zodat hij alles goed kon overzien. Roos liep weg en duwde nog geen minuut later een glas roze champagne in Robins hand. Zonder haar zus aan te kijken, nam ze het aan. Connor en zijn vader in gesprek. Dat was nieuw. Connor lachte zelfs naar hem. De hele lichaamstaal tussen de mannen leek te zijn veranderd. Het zag er nog wel stijf uit, maar Connor stond dichter bij hem dan anders. Hij raakte zelfs zijn arm aan.

'Heb je die man in dat gouden pak al gezien?' Roos stond naast haar en keek haar ogen uit.

Robin zag nu pas wat er in haar glas zat en gaf het snel aan Roos. 'Nee, ik kijk naar meneer McFarland en Connor. Het is zo raar om ze ineens zo met elkaar te zien.'

Roos keek naar de twee glazen in haar hand.

'Ik haal zo wel een frisje voor mezelf...' Connor liep al weer weg. Robin volgde hem met haar ogen en zag hoe hij beleefd praatjes maakte met de mensen die hij tegenkwam. Hij had gisteren de hele avond op de gastenlijst geoefend. Grace had speciaal voor hem de foto's bij alle genodigden geplakt. Gelukkig deden de meeste mensen uit beleefdheid hun masker af. Robin keek naast zich en zag dat Roos inmiddels een paar meter verderop met de man in het gouden pak stond te praten. Sam en John stonden dicht bij elkaar tegen een pilaar geleund. Robin bewoog zich door de mensenmenigte de trap op naar meneer McFarland. Hij zat achterin in een fauteuil op de overloop, die daar speciaal voor hem neergezet was. Naast hem zat een oudere, gedistingeerde man met een Venetiaans masker in zijn hand.

Ze bleef staan en twijfelde net of ze niet later terug moest komen toen hij verrast zijn hand naar haar opstak. Hij zei iets tegen de man naast hem, die meteen opstond uit zijn stoel. Nadat hij haar vriendelijk had toegelachen, zette hij zijn masker op en liep weg. Meneer McFarland klopte met schokkende bewegingen op de stoel naast hem.

Moest ze hem nu kussen? Of een hand geven? Of niets? Niets maar gewoon. Ze ging naast hem zitten. Het orkest ging zachter spelen. Het geluid kwam amper boven het geroezemoes van alle gasten uit.

'Robin! Meisje!'

'Meneer McFarland!'

'Mijn zoon heeft je eindelijk geschaakt, dus noem me nu eindelijk maar David.' Hij stak zijn bibberige arm uit.

'Dat is goed.' Ze pakte hem aan.

'Verhuis je hierheen?'

Ze moest lachen om zijn directheid. 'Dat weet ik nog niet.'

'Ik heb erover nagedacht. Je kunt hier een bed & breakfast

beginnen, als je wilt. Dat was mijn vrouw ook ooit van plan.'

'Connor vertelde dat, ja.'

Hij knikte en staarde een beetje afwezig voor zich uit. 'Laten we een ander moment kiezen om uitgebreid te praten. Ik ga dit feestje verlaten. Het is mooi geweest voor vanavond. Ik heb sinds vorige week een pieper, als ik op de knop druk, komt Dahlia er meteen aan.' Hij hield het witte plastic apparaatje omhoog dat tussen zijn been en de stoel geklemd zat. 'Bedenk wat je wilt, Robin. Het is niet zomaar wat om je hele hebben en houwen achter te laten. Voor mij was emigreren het beste wat ik ooit gedaan heb, maar naar mij moet je natuurlijk niet luisteren, want ik ben een bevooroordeelde oude knar.'

Daar was Dahlia. Voor de gelegenheid had ze een zilverkleurige jurk aan. Het stond haar verrassend vrolijk. Robin glimlachte naar haar en ze knikte kort terug. In één beweging haalde ze meneer McFarland uit de stoel. Robin zag dat hij moeite had om rechtop te blijven staan en glimlachte hem bemoedigend toe. Ze moest denken aan de eerste keer dat ze hem had gezien en hij ervan uit was gegaan dat ze zou blijven. Net als nu. Hij gaf haar het gevoel dat ze hier hoorde, dat het vanzelfsprekend was dat dit haar thuis zou worden. Dahlia had haar arm stevig door de zijne gehaakt en liep langzaam met hem naar de dichtstbijzijnde slaapkamerdeur, waar hij vanavond blijkbaar sliep. Zonder om te kijken stak hij nog kort zijn hand op, waarna Dahlia met een kordate zet de deur sloot. Robin vroeg zich af of hij ook maar een oog dicht zou doen met de herrie die er in het huis was. Hij had beter bij Connor kunnen gaan slapen.

Robin stond op en voelde dat er iemand naar haar keek. Het was Connor, die ineens vlak bij haar stond. Hij pakte haar hand.

'Hij was je aan het overhalen, hè!'

'Beetje.'

'Als jij in Amsterdam wilt blijven, verhuis ik naar je toe zodra mijn vader er niet meer is. In de tussentijd zoek ik je zo veel mogelijk op.'

Ze pakte het champagneglas uit zijn hand en rook eraan. Daarna nam ze een grote slok.

'Gaan we morgen paardrijden? Je hebt nog wat lessen van me te goed!'

Robin wilde het glas terug in zijn hand duwen.

'Hou maar, ik haal wel een nieuw glas...'

'Waarom drink je water uit een champagneglas?'

'Omdat ik scherp wil blijven, er loopt uiteindelijk altijd wel ergens iets uit de hand.'

In haar ooghoek zag ze alweer iemand in een zwart rokkostuum hun kant op komen. 'Meneer McFarland?'

Connor knikte.

'Een meneer in een gouden pak en een dame met een groene jurk sprongen in de fontein buiten. Helaas hebben meerdere gasten hun voorbeeld gevolgd...'

Robin sloeg van schrik haar handen voor haar gezicht. Roos! Dit was de eerste keer in haar leven dat ze zich schaamde voor haar zus.

Connor haalde zijn schouders op. 'Vraag Grace om alle handdoeken die ze kan vinden van boven te halen en wat badjassen. Die zullen ze straks nodig hebben.'

De jongen liep weer weg. Connor keek naar het verhitte hoofd van Robin en knipoogde. 'Maak je geen zorgen, dit gebeurt ieder jaar. Als je zus niet was gesprongen, was het iemand anders geweest.'

Robin lag al lang te slapen toen Connor binnenkwam. Ze werd wakker van armen om haar heen.

'Eindelijk.' Connor lag achter haar en begon haar in haar nek te zoenen, terwijl hij haar dichter tegen zich aan trok.

Door haar kanten nachthemdje heen voelde ze vaag zijn buikspieren. 'Hoe laat is het?' mompelde ze.

'Nog geen zes uur.'

'Slaap lekker.'

Connor liet zijn hand over haar heup glijden. 'Slaap lekker?'

'Mmm.'

Zijn hand ging langzaam naar boven. Met zijn vinger tekende hij een lijntje om haar borst. Loom draaide ze zich om om hem te kussen.

Ze voelde hoe hij haar billen vastpakte en haar tegen zich aan drukte. Even haalde hij zijn lippen van die van haar en keek haar aan. 'Ik heb zin in je.'

Robin voelde haar onderbuik direct reageren. 'Ik heb een weddenschap.'

'Weet ik.'

'Haal je handen daar weg, McFarland.'

'Wat zei je precies?'

'Ik meen het.'

Zachtjes verplaatste ze Connors arm die over haar heen lag. Hij was diep in slaap. Op haar tenen liep ze de gang in naar de kamer tegenover die van haar. Voorzichtig opende ze de deur tot hij op een flinke kier stond.

'Roos!' fluisterde ze. 'Roos!'

Ze wachtte een tijdje en hoorde daarna gemompel. 'Ik kom al.' Roos kwam alleen met een gouden jasje om zich heen geslagen de kamer uit. 'Wat doe je hier zo vroeg?'

'Kleed je aan. We gaan naar het meer,' siste Robin.

'Ik heb alleen een natte groene jurk. Dit jasje is het enige wat nog droog is,' siste Roos terug.

'Wacht, ik haal wel wat.'

'Zal ik Sam ook wakker maken?'

'Nee! Alleen jij moet mee.'

Op hun blote voeten en allebei in een veel te grote joggingbroek met T-shirt van Connor liepen ze even later samen het pad af naar het meer. De zon stond al vrij hoog in de lucht. Het was vast tegen lunchtijd, dacht Robin. Het was niet eens bij haar opgekomen om op een klok te kijken.

'Dat gouden pak van jou was wel een gangmaker.'

'Andrew?' Roos zuchtte. 'Het was echt een geweldige nacht.'

'Denk je dat we zo eelt kweken onder onze voeten?'

'In ieder geval een laag klei.'

Een tijdje zeiden ze niets. Ze liepen om het witte huisje heen en wandelden de steiger op. Aan het einde ging Robin zitten. Haar voeten bungelden boven het water.

Roos kwam naast haar zitten. 'Ik mis je nu al.'

'Hoezo?'

'Dat weet je best. Je gaat me iets vertellen.'

Robin keek naar de dansende schaduw van hun benen in het water. 'Misschien is het over een paar maanden voorbij en kom ik weer terug.'

'Nee, Rob, dat is het niet. Jij hoort hier. Bij Connor. De manier waarop hij naar jou kijkt... Hij heeft allang besloten dat hij honderd met je gaat worden. En jij was zo ongelukkig in Amsterdam met die onuitgepakte tas in dat kleine kamertje. En dan dat werk in het saaiste museum van de wereld vol nare stenen. Het enige akelige van het geheel is dat ik nu gedoemd ben om een oude vrijster te worden. Ik denk dat ik maar een kat aanschaf.'

'Hè, ja! Een gehandicapte uit het asiel! Misschien kun je ook gaan breien, onderleggers knopen en een broekrok dragen... Krijg je van mij voor je verjaardag een obsidiaan aan een leren touwtje!'

Roos zuchtte. 'Wat zal ik jou missen.'

'Ik jou ook. En vergeet niet dat je een pittige advocate bent, die vannacht een woest aantrekkelijke Engelsman heeft geschaakt. En dus niet voor niets dat tasje had volgepropt met condooms!'

'Andrew...' Ze staarde dromerig over het meer. 'Ze hebben bij mij op kantoor projecten in Londen, weet je...'

'Woont hij daar?'

'Mmm...'

'Weet je dat dit altijd het naarste moment is na zo'n feest? Als ik naar binnen moet om te kijken wat de schade is. Dat durf ik nooit. Ik ben altijd bang dat iemand aan de victoriaanse klok van opa is gaan hangen.' Connor en Sam zaten op het bankje voor het koetshuis.

'Wil je dat ik eerst voor je kijk?' Sam kneep haar ogen samen om de man die naar hen toe kwam, gekleed in alleen een gouden jasje en een boxershort, beter te kunnen zien. 'Sliep hij ook hier vannacht?'

'Ja, in het bed van Roos volgens mij.' Hij ging met zijn handen door zijn haar. 'Nee, ik ga zelf zo wel binnen kijken.'

'Morgen!' De man ging naast Connor op het bankje zitten. 'Wat een feest!' Hij staarde een tijdje voor zich uit. 'Denk je dat Roos nog terugkomt?'

'Ze is met haar zus op pad, denk ik. Geen idee waar ze naartoe zijn.' Connor haalde zijn schouders op. 'Hoezo?'

'Zomaar.' Hij trommelde met zijn vingers op zijn blote benen. 'Ze komt vast terug... ik bedoel, ze is toch niet het type dat gewoon verdwijnt de volgende ochtend en niet meer terugkomt?'

'Hoop je dat ze terugkomt?' Sam mengde zich in het gesprek.

'Beetje.'

'Beetje?' herhaalde Connor.

'Ja? Wat is er mis met een beetje?'

'Niets.' Connor stond op.

'Jij hebt haar nummer toch wel? Mocht ze iets vergeten zijn vannacht...'

Connor gaf hem een klap op zijn schouder. 'Ik ga de schade opnemen.'

Robin zwaaide naar Roos en wandelde vanaf de oprijlaan de tuin in. Her en der lagen maskers op de grond en op een verlaten bankje stonden champagneglazen. Op een afstandje bleef ze staan kijken hoe een man van het schoonmaakbedrijf voorovergebogen met een hark kledingstukken uit de fontein stond te vissen. Achter zich hoorde ze voetstappen. Voordat ze zijn armen om haar middel voelde, wist ze al dat hij het was. Ze draaide zich om en keek op naar Connor, die zijn neus in haar hals duwde en haar dichter tegen zich aan trok.

'Ik zat te denken...' Ze schraapte haar keel.

'Om nu meteen terug in bed te duiken?' Hij liet zijn handen in haar te grote joggingbroek glijden.

'Herinner je je die enorme tas nog? Die ervoor heeft gezorgd dat jij in eerste instantie op mij viel?'

'Mmm...'

'Wat zou je ervan vinden als ik... en mijn tas dus... volgende maand samen bij jou op de stoep staan?'

'Op mijn stoep? Die van het koetshuis?'

'Ja? Je hebt toch geen andere stoep?'

'Wat zit er in de tas? Zit er een winterjas in en je lievelingsfoto's en zomerjurken en het zilver van je oma? Is hij goed zwaar?'

'Grace heeft me gisteravond haar baan aangeboden bij de toeristeninformatie.'

Hij tilde haar op terwijl hij haar kuste. 'Het wordt voor eeuwig.'

'Voorlopig!'

'Jezus, wat maak je mij gelukkig.'

'Mogen al die enge groenteschilderijtjes in de keuken dan wel weg?'

'Graag!'

'En ik wil me wel gewoon vasthouden aan die weddenschap.'

Hij lachte in haar haar. 'Kom, we gaan ontbijten.'

'Toch niet met die rare gast in die boxer en dat gouden jasje!?'

'Wedden dat hij je zwager wordt?'

LEES MEER VAN

Charlotte de Monchy

Dierenarts Lisa heeft Amsterdam en haar beste vriendin Tess achtergelaten voor een droombaan in het dorpje Brentwood op het Ierse platteland. Maar eenmaal daar dringt tot haar door dat als ze alleen maar hard werkt en met tanige boeren op leeftijd omgaat, de kans klein is dat ze ooit nog de liefde van haar leven gaat vinden.

William keert na de dood van zijn ouders terug naar het enorme familielandgoed. Daar krijgt hij te horen dat de erfenis hem pas toekomt als hij zich verlooft met een 'geschikte' vrouw. Hij kent in Brentwood niemand die in aanmerking komt – behalve misschien de knappe Nederlandse dierenarts. Maar laat er nu één man op de wereld zijn op wie Lisa echt niet zit te wachten...

Verkrijgbaar als e-book & papieren boek